后浪·陕西省第二期"百优"作家丛书

西 凤

黄海兮 - 著

陕西新华出版
陕西人民出版社

图书在版编目（CIP）数据

西凤 / 黄海兮著 . —西安：陕西人民出版社，2024.1
ISBN 978-7-224-14926-5

Ⅰ.①西… Ⅱ.①黄… Ⅲ.①中篇小说 - 小说集 - 中国 - 当代 ②短篇小说 - 小说集 - 中国 - 当代 Ⅳ.① I247.7

中国国家版本馆 CIP 数据核字（2023）第 082483 号

出 品 人：赵小峰
出版统筹：王亚嘉　党静媛
责任编辑：党静媛　马　昕
责任校对：何小红
装帧设计：白明娟
版式设计：蒲梦雅

西凤
XIFENG

作　　者	黄海兮
出版发行	陕西人民出版社
	（西安市北大街 147 号　邮编：710003）
印　　刷	中煤地西安地图制印有限公司
开　　本	880 毫米 ×1230 毫米　1/32
印　　张	10.375
字　　数	232 千字
版　　次	2024 年 1 月第 1 版
印　　次	2024 年 1 月第 1 次印刷
书　　号	ISBN 978-7-224-14926-5
定　　价	68.00 元

如有印装质量问题，请与本社联系调换。电话：029-87205094

代序

时代向前，后浪奔涌

<small>陕西省作家协会主席、陕西文学院院长　贾平凹</small>

纵观中国当代文学的发展格局，陕西文学创作底蕴深厚，果实丰硕。一代又一代作家的继承与接续，使陕西文学在众声喧哗的多元文化轰鸣中，有着振聋发聩的独特力量。

时代的呼唤，激起层层后浪。对中青年作家的扶持和培养，是加强陕西文学人才队伍建设、特别是做大做强"文学陕军"品牌的必行之路，也是陕西省作家协会响应陕西文化强省建设的重要之举。2021年底，陕西省第二期"百优"作家遴选完成，集结了一批有担当、有作为、有学识、有激情的中青年作家。这些年轻一代作家在汲取优秀传统文化的基础上，不断打破写作土壤板结，在创作视野、题材和手法上寻求新的突破，展现出新时代的精神气象。

为了加大精品扶持和宣传推介力度，集中展示并扩大

"百优"作家优秀作品的传播力和影响力,激发作家的创作活力,由陕西省作家协会指导、陕西文学院具体组织编选了这套"后浪·陕西省第二期'百优'作家丛书"。丛书从第二期"百优"作家近三年创作的作品中遴选出 10 部具有代表性的优秀作品,涵盖了长篇小说、中短篇小说、报告文学、诗歌等体裁,充分展示了第二期"百优"作家对文学艺术的坚守与追求,展现了年轻一代"文学陕军"蓬勃的创作活力与丰厚的文化情怀。

时代向前,后浪奔涌。第二期"百优"作家虽还年轻,但在文学追求和写作技法上,已经积蓄了强大厚实的力量。愿我们的年轻作家承前浪之力,扬后浪之花,秉承崇高的文学理想,赓续陕西文学荣光,勇挑陕西文学事业由高原向高峰攀登的重担,让源远流长的陕西文学之河浩浩汤汤、蔚然奔流!

2023 年 7 月

目录

西凤，西凤 / 001

碑逝 / 049

画眉 / 085

夭 / 112

公牛出逃 / 139

龙泉寺 / 197

章山之铜 / 230

碑刻 / 270

后记 / 324

西凤，西凤

广场上有人唱秦腔，像北风在吼。吸引了过路的人听戏，后来，周边小区的人也去那里听戏。听的人多了，唱秦腔的地方便固定了下来。时间也逐渐固定了下来，天气好，每天都有，在傍晚时分。唱得最多的是秦腔《对绣鞋》，男声唱毕，女声唱。男女对唱，围观的人也多。

广场在何宁住的那栋楼下的不远处，有时她也带着儿子威宁和丈夫威去楼下广场玩。她以前在艺专学的是舞音专业，业余也喜欢秦腔。从她家楼上窗户向下看，正是下班时间，唐延街上的汽车和人越来越多。儿子威宁今天的午觉一直睡到傍晚，也没醒来。但嘈杂声，这几年越来越密集。她想过换个地方住，但搬家实在太折腾了，要搬的东西太多。但主要原因是自己的丈夫威和儿子威宁身体的缘故。如果换了地方，他们不习惯怎么办？

何宁怀孕那年，血液里的胆红素偏高，住了一个多月院。威宁属于早产儿，他出生后，得了脑膜炎，引起脑损伤，常常在睡梦中惊醒。三岁时的威宁只会说很简单的几句话。有时他急了便尖叫。

她听到威宁在喊她。儿子醒了，何宁知道他要尿尿了。

她摸了摸他的头，说：乖乖。

收拾好东西，何宁抱着儿子去楼下的唐延广场。起先他们看小朋友玩耍，后来，她鼓励儿子加入小朋友们玩耍的队伍。但儿子走着走着就歪倒了，她上前去扶他，威宁不停地哭，哭声扎得她心里痛。她还是一次次地把威宁扶起来让他继续行走。威宁扶着排椅走路，她牵着他，看着儿子还在蹒跚学步，她很着急，却没办法。她鼓励他坚持下去，有时忍不住生气地吼他，把自己气哭了。遵医嘱坚持锻炼，成了她每天的功课。

一次，威宁在广场和小朋友嬉戏，又绊倒了，一个提笼架鸟的人经过时，把他扶起来。他居然没哭，原来他被鸟笼里的一只鹦鹉的叫声吸引了。以后，威宁要是绊倒，何宁会说：看，鹦鹉。那时，威宁忘记了哭。她想如果养一只鹦鹉，是否对威宁的锻炼有些帮助？

但对她来说，也不现实。

因为儿子出生不久，她的丈夫威因工伤脑部受损，两个人都需要照顾。这些年，她再没有外出工作了，一家人的生活靠的是威的基本工资和工伤赔偿金。

今年春天来得早，几场小雨夹着风敲打着窗玻璃，阳台上种的蟹爪莲、芦荟和碰碰香已经长出新芽。她本打算养一只小猫，但医生说，猫身上有寄生虫和弓形体病菌。怀孕那年，她是养过猫的，她甚至怀疑孩子的脑病跟养猫的经历有关。

这时有人敲门，打断了她关于是否需要养一只猫的想法。

她半小时前打电话叫了一桶纯净水，电话预订很准时，一个年轻的送水工负责这栋楼的送水服务，有好几年了。记得那时，她只需要把水票插在喝完水的空桶的桶口，放在门外，这个送水工就会把送来的桶装水放在门口，威下班后把桶装水搬进来倒插在饮水机座上。而现在，威已经失去劳动能力，甚至自己很难照顾自己。每次，她让送水工把桶装水直接倒插进饮水机上，然后送水工把她家门口装着生活垃圾的袋子带到楼下。她开始时有些不习惯，后来她跟送水工慢慢熟了，便问他一些话，诸如你是哪里人，或者送水累不累、薪水多少等等。他呢，河南平顶山人，来西城快十年了，和他女人一起在昆明路开了家花店，他负责进货，他女人在店里卖货，送水是他目前的主要工作。言外之意，他可能兼职做些其他的事情。她不便细问。

何姐，有什么垃圾需要带下楼吗？他问。

她把装满垃圾的塑料袋拧紧收口，再套了一个黑色塑料袋。她说了句谢谢，轻轻关上门，从猫眼看见送水工进了电梯后，她才回到卧室。

威宁在地板上玩耍，他最喜欢拼装乐高，她盘腿坐在儿子身旁，小家伙玩得很专心。她不时地跟他说话，儿子也不回应，不耐烦时用小手拍打地板。她准备了一些数字卡片，教他数数发声，他开始觉得新奇，但反复多次后就不再感兴趣。她回头再看看丈夫，他坐在一旁的椅子上，正木讷地看着儿子玩耍。他越来越寡言少语，即便是饿了渴了也不主动要了。

威宁入园的事便成了何宁的心头难。以前，她找过社区的领导，他们协调了一家公办幼儿园，上小班。可没上几天课，老师便把她叫到学校。园方反映威宁课堂上常常莫名地尖叫，已经影响到其他孩子的学习。园长说，等威宁长大些，再来入园吧。

现在儿子的病情有了好转，医生说，他的语言表达能力有了很大的进步。

她去找过园长，但是园长避而不见，这事就不了了之。

威宁每年要打一种"神经节苷脂"注射液，一般三个疗程，还要在康复治疗中心做脑部和肢体的专业按摩。医生特别强调说，要少食多餐，平衡膳食。

威宁身上的每一点向好的变化，令她开心，她搂着威的脖子说，儿子走稳路了，儿子会叫妈妈了，儿子会笑了……这些在她梦里多次出现的情景变成现实，她为自己的付出感到欣慰。威的神情依然呆板，他目光呆滞地看着天花板。以前他不是这样的，他对她有说不完的话，那些温暖的甜言蜜语时常在她心里泛起涟漪。

她的眼神常常透出某种无奈。威的脑伤后遗症似乎还在加重，嘴巴左侧时常流下口水，特别是睡觉的时候，口水经常会打湿枕头。

她问威，还记得我们楼下的唐延街吗？我们吃遍那里的美食。威似乎想起了什么，说：好多汽车、树，好多人。然后威的表情显现出一种莫名的恐惧。

她连忙安慰起威，轻拍他的背，像轻拍她儿子的背那样，也得哄着他，等他安静下来。

威宁喝完牛奶睡着了，她才有时间去做午饭。从小区内的小超市买回的菜，不太新鲜，但价格比市场便宜些。她把洗好的青菜切成小段，把筒子骨和黄豆加水一起熬汤。忙完这些，她翻看了一下手机微信朋友圈，朋友圈晒出的图片和文字大都是关于吃喝玩乐的，满满的幸福感。她的微信朋友圈从未晒过自己的生活动态，她害怕别人知道她的近况。

她发现有条问候微信，是那个送水工昨天发的。她忘记了什么时候加的他微信，可能是为了方便叫水吧，但她从没有聊过天。送水工的微信头像很特别，是一头长着翅膀的猪，但他的网名却是素食的鱼。其实她也不知道这个小河南叫什么，素食的鱼，姑且这么叫吧。

她扑哧地笑了。她已经好久没有这样笑了。

他在微信里说：何姐，好久没见你叫水了，需要的话说一声。

她迟回了一个"微笑"的表情。

她的手机屏幕上很快跳出一行字：多喝水，健康身体。

她回复：明天上午记得送水。

最近没叫水的原因是她在网上看到一条西城某品牌的桶装水的负面新闻，她害怕孩子和丈夫喝的桶装水也会有问题。

骨汤小火熬了半个多小时，不大的房子里弥散着肉香。这间小两室一厅的房子是她结婚后买的，每月要还一千多元的银行贷款。再加上威和威宁的医药和康复治疗费，这几年的生活压力陡增。

以前，她在淘宝搞了一个网店，卖韩国的化妆品，货源是旅行社的朋友帮忙从韩国机场免税店代购的。卖得并不好，过期的化妆品她舍不得丢，说是留着自己用。但她很少出门，化妆给谁看呢？今天，她试着化了妆，换了套结婚前爱穿的红色连衣裙，没想到现在穿着腰身还合适。她习惯性地在穿衣镜前转了两圈，摆动的裙边在旋转，她仿佛又回到了自己的青春时代，在舞台上，她像一只天鹅一样万众瞩目……她看着镜中的人微微一笑，觉得这才是她本来的面貌。她的头发已经齐肩,该剪了。

蒸好馍、炒好菜后,她把骨汤盛在碗里,午饭每天推迟在下午两点。孩子还没醒来,她先和威一起吃。她的长发散发出一阵久违的香味,她还特意在身上喷洒了香水。换了以前,威会把头凑到她耳边说:真香啊。现在威却始终无动于衷。她忽然有想哭的冲动。她隐忍着,泪水还是掉了下来。她转身去卫生间用自来水洗了脸,然后长舒一口气,表情平静地回到餐桌前,看着他一口一口地吃着,她给他夹菜,他吃得很认真,不挑食。记得以前,辣子有时放少了、味道淡了,他还会嘟囔两句。他们再也不为此拌嘴,她常常感到落寞。

吃完饭后,有人敲门,是社区志愿者,每个月末都有人来访,她已经习惯了。两个年轻人,大学生模样,他们聊了关于她孩子和丈夫的一些话题。然后,社区志愿者把她家的困难在笔记本写下来。又给她丈夫拍了照,让她签名、留电话,并加了她的微信。他的网名叫"工蜂",何宁觉得他依旧是做做样子完成家访的工作。她想让丈夫到西城残疾人康复治疗中心接受免费康复治疗的事,这回照样会落空吧!

何宁问:这次能解决我们的困难吗?

他说:床位还是紧张,已经排上队了。

威的病越来越严重,需要专业的康复和护理。何宁在焦急中等了快一年时间,她几次去街办反映问题,但街办又把问题推给了社区居委会。

好吧。她无奈地点了点头。

她又说:上回,我找的社区领导,反映我儿子的入学问题还没解决……

　　工蜂又把何宁的话在笔记本上记了下来，然后说：我们正着手解决你家的现实问题。

　　送他们出门时，又把刚才说过的话重复了一遍。

　　她心里知道，这些社区的义工不过是做社会实践和调查的大学生。

　　儿子喜欢听她讲《一千零一夜》里的故事。一天，她讲到《鹦鹉的故事》时，威宁问她：妈，妈，鹦鹉，死了？

　　从那之后，威宁老问到她，那只鹦鹉为什么会死？何宁惊讶的是儿子的记忆力，但故事中的那只鹦鹉确实被商人杀死了。

　　她不信，儿子会是这种缺氧缺血性脑病。

　　威宁醒来，该吃饭了。

　　他坐在床上，手里拿着蜘蛛侠的橡胶玩具左右把玩。

　　她端来饭菜一口一口地喂他，每一次都是那么艰难，她哄着儿子吃一口，接下来的一口却被儿子用手把饭勺打掉了，她手忙脚乱地收拾干净后，又耐心地哄着儿子吃下一口。

　　等到喂完饭，已经是下午四点多了。阳光正好斜照在床上，温和地洒在儿子的脸上。她双手捧着威宁的脸蛋，对他说：我们该下楼去找小朋友玩了。儿子倔强地摆了摆手，他不让何宁碰他的玩具。

　　小家伙把蜘蛛侠的橡胶玩具摔在地上，突然尖叫起来，他眼中充满了恐惧，似乎受了什么刺激。何宁赶忙过来抱起他，轻拍他的背部让他安静下来。她唱着儿歌：找呀找呀找朋友，找到一个好朋友；敬个礼呀握握手，笑嘻嘻呀点点头，你是我的好朋友……

此时，儿子趴在她的身上像个软体动物。

她带着儿子和丈夫坐电梯下楼时，在电梯里碰到一个以前的熟人，她几年前工作过的酒店客服部经理李东坤，现在快秃顶了但还算是青年的男人，她一眼就认出了他，但她故意装着没看着，并没有主动和他打招呼。李东坤一直打量着她，直到走出单元门口时，他问：是何宁吧？

何宁故作疑惑地看了他一眼说：你是？

我是李东坤，还记得吗？

李总，真巧啊。

李东坤又看了何宁的丈夫一眼，也打了招呼，只是他没什么反应。

李东坤只好"哦"了一声，从口袋里掏出一张宣传名片递给了何宁，说：我现在单干了，在我们的楼下开了家按摩馆，有空过来按摩。

何宁把名片塞进了口袋，礼貌地回了句：谢谢李总。

李东坤顺便夸了何宁的儿子很帅又可爱。然后摸了摸小家伙的头，孩子突然一声尖叫，把他吓了一跳。

何宁说：我家孩子认生。

李东坤说：我住在你家楼上，刚搬过来，有空联系。

何宁感觉世界真小。这些年，她除了还偶尔跟爸妈打几次电话外，其他人已经从她的世界隐藏起来，或者说她刻意地忘掉了他们。她想给自己穿一件隐身衣，最好没有人知道她的存在。

可是李东坤搬到了她楼上，像一双探视眼，总有一天他会知道她的境况。

她害怕留给别人的美好印记被现实生活一点就破。

妈妈，我要玩。

何宁放开儿子的手，看着他跌跌撞撞地向小朋友跑去，心里总有紧张感，但她必须放手，让孩子参与到集体活动中去，让他自己成长。

她和威坐在小区活动广场的排椅上，威眼神呆滞地看着玩耍的孩子们。秦腔的唱声正回荡在上空，混杂着汽车和人群的嘈杂。

广场上，大孩子踩着滑板车来回飞奔，小一点的孩子围在一起嬉闹，妈妈们聚在一起七嘴八舌，无非是一些家长里短。何宁的耳朵早就听出茧了，她心里又有些不是滋味。威，静静地坐在那里，落单的儿子一个人站在一旁，她心里一酸，泪水在眼眶里打转。她捡起小皮球和儿子玩了起来。儿子把小皮球捡回来给她，她又扔开了，儿子又捡回来，来回了好几个回合，小家伙玩得高兴。其他的孩子也跑来抢小皮球玩，皮球刚好打在儿子的脸上。威宁"哇"了一声大哭了起来，孩子们都跑开了，剩下的小皮球静静地待在地上。

这样的情形不只是今天发生，往常也会遇到这样的时候，但她依然希望有孩子和威宁一起玩，一起做游戏。

一天晚上，工蜂发来一条微信：何姐，你丈夫下周可以来康复治疗中心报到，到时我再电话联系你。她本来对此事就不抱有希望的，但这突如其来的消息，令她按捺不住内心的兴奋，她告诉了躺在她身边的威，可是他听后没有反应。

此时，她的手机嘀嘀两声跳出"素食的鱼"的微信：何姐，我以后不能给你送水了。

她问：怎么啦？

素食的鱼：我老婆要回乡下生娃了，我要照看花店。

对她来说谁送水都是一样的，不过，她觉得这个叫素食的鱼的人倒是服务很好，也熟了。如果再换一个陌生人，会把桶装水放在门外，什么也不管了。

她随手赞美了他一句：你老婆真漂亮。她的回复牛头不对马嘴，但素食的鱼明白，何宁是在夸他微信上的头像——那是他们结婚时的照片。他微信已换了头像。

素食的鱼：谢谢。你也很漂亮。

他这样随口说出的廉价的赞美，何宁心里顿时柔软起来，她好久没有听到了。

她很高兴，回复说：我马上自由了。

素食的鱼：不懂啊，何姐。

她回复：呵呵。

她不再回复。其实，她在给别人分享她此时的快乐。

今晚，她实在是睡不着。她悄悄起身下床，走到露台的靠椅坐下来，随手拿一本书翻了翻，这本关于脑瘫儿童食谱的书，她用红笔画出了重点来。明天早餐，她准备为孩子和丈夫做皮蛋瘦肉粥。

那时，何宁和威本来没有什么生活交集。有一次，上级部门要求学校准备一台节目参加元旦慰问演出。威是那家企业的宣传员，跟学校对接演出的事宜。她负责其中的舞蹈节目的设计和排练。有一次，她邀请威去看排练谈感受，威很会赞美人，幽默风趣，还提出将舞蹈背景的流行音乐元素，换成秦腔打击乐的建议，他还给舞蹈换了一个响亮的名称"西凤来兮"。

原来威也是秦腔戏迷。

演出非常成功，何宁设计排练的舞蹈《西凤来兮》获得了演出的好评，被评为最佳节目。为了感谢威，她单独请威吃饭，他们互留了手机号码。那年毕业时，她接受了威对她的表白。用她的话来说威的花言巧语俘获了她的鬼迷心窍。

她摇了摇头，苦笑了。

她在书房的躺椅上靠了一会儿，顺手拿了一本书。她翻了翻，夹在书里的那张名片正好掉了下来，李东坤按摩馆的宣传名片。这本书，她翻阅了很多次，但她习惯跳着页码看，所以某些章节还是新的。她拿起名片看了看，李东坤，按摩馆总经理，手机号码、微信号、公寓楼东侧商铺。她想了想，这不是在自己楼下嘛。

她把李东坤的电话号码存在手机通讯录里，说不定哪天还真去了呢。

威去了西城残疾人康复治疗中心后，何宁的心空空落落。

人，真是矛盾，你说人家在你身边，你觉得有时是多余的，一旦离开了却忍不住去想他。她拉着儿子的小手问：想爸爸吗？儿子看着她，忽闪着一双大眼睛，真像威的眼睛。这时儿子嘴里蹦出一个字：想。她会心一笑。

傍晚，她像往常一样带儿子下楼活动。她和儿子做起了抛接球游戏，这是她这段时间训练儿子身体协调能力的必修课。医生说过，威宁的肌张力已有明显改善。相比一年前，他走起路来虽还有踮脚的动作，但行走已经很稳了。

接下来，她要重新给儿子找一所幼儿园，让他进入学校的集体生活，这样对提高他的语言表达能力有帮助。工蜂托人给她打听了一家农民工子弟幼儿园，园方同意接受威宁入园。她带着儿子去看过，那个幼儿园在临时搭建的工棚里，"雨露"两个大字用红漆写在墙上。

幼儿园离她家不远，步行十来分钟，很方便。

毛园长是个二十多岁的年轻人，她刚从学前师范学院毕业时，在本城一家双语幼儿园做过两年幼儿英教。她是这所幼儿园唯一有幼教经验的老师，其他的几个老师是从工地上的一些高中或职校毕业的农民工里挑选来的。

毛园长觉得幼儿园条件差了点，但这些孩子毕竟能享受到有父母陪伴的快乐。何宁倒觉得没什么，威宁要是在这样的幼儿园上学，或许不会受到什么歧视和压力。

她问毛园长：威宁入园，我是否可以伴读一段时间让他适应？

毛园长说：伴读的话，我们条件并不允许。

毛园长看出她的顾虑，于是又说：园里正好缺一名保育员，你如果愿意可以过来，也方便照看孩子。

照看自己孩子的吃住起居，何宁从未马虎过，但要照看这么多孩子，她还有些信心不足。她迟疑了一会儿说，我可以教孩子们舞蹈和音乐课，我以前在学校里学的是舞音专业，当然，如果让我做保育员我也会努力做好。

毛园长说：园里老师的工资不高。

毛园长答应了她的请求，事情办得十分顺利。

她给威宁办好了入园手续。

之后，她来到楼下东侧的商铺，她带威宁去理发，要经过李东坤的按摩馆。它的招牌很醒目，门口的广告灯箱写着：二十四小时营业。她特意在店门口停下了脚步，有服务员马上过来热情招呼。她问：李总在吗？服务员说：他在呢。她问：有专业给儿童按摩的技师吗？

服务员笑着说：老少皆宜。

何宁将信将疑地走开了。

服务员说：下回来，记得报我名字。

何宁笑着说：你还没告诉我你的名字呢。

她已经进了理发店。

何宁给威宁准备的新书包一直放在柜子里，现在终于可以用上了。何宁教威宁如何使用文具盒，威宁好奇地照做了几遍。她告诉威宁，水杯在书包侧面的网袋里，喝水时自己拿，遇到困难找老师帮忙。

晚上，何宁发短信问李东坤：李总，你的按摩馆有专业的儿童按摩技师吗？

李东坤回复：有的，小儿推拿师，手法很好。

她打算周末有空时去看看。

入睡前，她想起了威，他不在自己身边，他在康复治疗中心过得好吗？

梦里她见威开口说话了，但说了什么，她醒来后彻底忘了。

威宁在幼儿园刚开始有些不习惯，慢慢熟悉了环境，和小朋友熟了，逐渐融入进去。何宁在幼儿园教的是舞音课，因为好像没有运动的缘故，几天的课使得她的腰腿酸痛，但她的生活却充实起来。威宁在幼儿园的学习生活很开心，他交了很多好朋友，并且还能记得他们的名字。何宁想：威宁通过身体训练和智力学习，他的病情一定会好转的。

半个月很快过去了,夏天接近了尾声。

周末,她带儿子去康复治疗中心看威。儿子看到威时,一个劲地喊爸爸。威,毫无表情,且始终无动于衷。威的病情并未有什么起色。

护理师摆了摆手示意他们安静。她问了医生关于威的情况,总之不容乐观。

何宁问:威,最坏的可能是什么?

医生说:怎么说呢,他的视觉失调削减和感知觉障碍越来越严重。

有时,她真想彻底放弃自己,甚至是威,但想起威宁这可怜的孩子,她的心又柔软起来。

何宁问:还有什么办法吗?

医生说:两手准备吧。

她听多了这样的坏消息的暗示,她能怎么办呢。

出门时,听见有人喊她"何姐——"

她回头一看,原来是工蜂,她很惊讶,怎么在这里遇见了他呢。

我已经毕业了,在这里上班。

何宁还未反应过来。工蜂又说:何姐,来看威哥的吧。她点了点头。

工蜂说:以后关于威哥的情况,你可以短信或电话问我。

何宁说了"谢谢",威宁也说了一句"谢谢"。

威宁歪着头看着工蜂,又小声地说:叔叔好。

何宁并没有教威宁这么做,一定是儿子在幼儿园学会的。她激动地抱起儿子使劲地亲吻他的脸蛋。威宁似乎受到了鼓励,又叫了声：叔叔好。

今天，威宁的表现，已经超出了她的预想。也许是她太高兴了，她一个劲儿地对工蜂说"谢谢"。她很感激工蜂，如果不是他，威宁入园的事或许如今还没有着落。

威宁很棒。工蜂说。威宁并不认生，竟然还对着工蜂笑了。

威宁小朋友，下次来，我给你准备礼物。工蜂很友好地伸出手跟威宁小朋友握手。

这次短暂的探视，却让何宁看到威宁康复的希望。

从康复治疗中心出来，威宁说饿，何宁带他去了必胜客，给他点了一小份比萨。

这是她第一次带威宁在外吃饭，她却忘了给自己点单。

在幼儿园里，她的舞音课成了孩子们的最爱。

她给威宁所在班级上课时，威宁也喊她何老师，这是她教儿子这么称呼她的。刚开始，威宁不习惯，总是喊她妈妈。她说，我现在是你老师了，你在课堂上叫我何老师，回家了，我又变成你妈妈。威宁掰着手指说：妈妈和何老师，两个人。有时威宁叫错了称呼，何妈妈——孩子们也跟着这么叫她。

将错就错吧——何妈妈，儿子这个班上的孩子从此都这么亲切地叫她。

威宁在幼儿园的进步很快，基本的表达没什么问题，只是语言课他还是坐不住，经常跑到她的课上来。何宁说：听妈妈的话，回到自己的教室去。威宁拿个小凳子坐了一会儿，又悄悄回到她的教室了。有时候，威宁趴在走廊的窗户边看着她上课。

一天，毛园长找到何宁，让她组织一个新年的文艺表演节目。

毛园长说，这次的文艺表演很重要，西城教育局的领导关心我们的农民工的子女幼儿教育问题，要来我们幼儿园慰问。

何宁接下任务后，加强了舞音课的实践活动。

她挑出舞蹈基础稍好的十个小男生放学后排练。因为没有空余的教室作为训练的场地，只好等到幼儿园放学后，何宁带着儿子和小男生一起排练自编的舞蹈《小男孩》，没有音响设备，她用手机下载了背景乐；没有道具，他们便从家里拿来玩具枪。排练进行得很顺利，不到半个月的时间，《小男孩》的动作排练基本成型。而领舞者竟然是威宁，真是不敢想象。威宁还有点踮脚，现在竟然可以领舞了。每次排练时，他很听话，累得满头大汗，也不停下来。毕竟，儿子才五岁，她鼓励威宁说：真棒！

再坚持一段时间，孩子们会把这套舞蹈的动作熟记于心。毕竟，她以前排练设计过《西凤来兮》，她不缺这样的经验。

为了编排好这个舞蹈节目，何宁已是好久没去康复治疗中心了。关于威的情况，她给工蜂发了短信。工蜂很快回复：何姐，威还好吧，有空来看看威。

是的，她应该去看看威的。

周末的上午，她还要继续给孩子们排练，下午她还要去李东坤的按摩馆给威宁做康复按摩。这样的安排是从威宁排练舞蹈时开始的，因为儿子跳舞时脚跟不习惯着地。按摩脚底可以促进足部血液循环，对于足部的治疗总是有好处的。刚开始时，威宁哭闹着不愿配合，但何宁告诉他，这是为了练好舞蹈要做的功课。他信了，捏痛了，他哇哇直叫。后来慢慢习惯，按摩的时间可以拉长点。

又是周末，何宁照常带儿子去按摩，不巧，给威宁按摩的技师今天请假。李东坤说：我来给威宁做按摩吧。

李东坤还记得，一年多前，他在电梯里遇见威宁时，摸了他的头，威宁惊恐不安的神情。今天，他尝试着摸了摸威宁的脚，果然，威宁条件反射地将脚缩了回去，哭闹着，不愿李东坤碰他。

何宁为此感到歉意，说：李总，我们下次再来吧。

李东坤不好勉强。

从按摩馆出来，何宁决定带着儿子去了康复治疗中心看威。去之前她短信联系了工蜂。工蜂回了短信：何姐，来吧，威刚做完理疗。

何宁见到威时，感觉他的身体又差了好多，他坐在轮椅上，已不能长时间站立了。威坐在轮椅上在院子里转了一圈，威宁一路亲热地喊着爸爸，但威的目光呆滞，根本没有看他。何宁看得难受，儿子越来越懂事了，他问何宁：爸爸为什么不说话呢？

何宁不知道如何解释，眼泪不由自主地流出来。

威宁又说：妈妈，你、你哭了。

儿子的话又让她深感欣慰，他已经懂得察言观色了。

威宁问何宁：工蜂叔叔上次答应过他的礼物，为什么这次没有给他？

何宁忽然想起来，真有这回事，她搪塞儿子说：工蜂叔叔的礼物要等到新年才有。

威宁说：新年也快到了吧。

何宁点了点头，说：新年在你们的节目演出之后。

威宁非常期待。

一天，威宁在学校惹事了。他打了班上的一个叫小强的男生，准确地说是他用手抓伤了小强的脸。至于原因，据上课的老师说是威宁又莫名的惊叫，然后抓伤了小强的脸。小强的家长找到毛园长，要求何宁给个说法，何宁做了赔偿和道歉，以为事情这么结束了。后来，被家长以讹传讹，说威宁有精神疾病，居然有人信了。其中有人带头闹事，要求园方以后不再接受威宁入园。

毛园长也没办法，她对此事深表遗憾。

但毛园长希望何宁能继续留在幼儿园给孩子们上课。

何宁说：威宁需要人照顾，我不可能抛下他来上班。

何宁不得不选择了离开。关于孩子们舞蹈排练的事，何宁答应毛园长，如果需要，她会利用周末时间过来继续排练孩子们的舞蹈。

毛园长说：等等看吧。

何宁等到大家下班离开后，才收拾好东西，走出大门。她长吁了一口气，如释重负。她对儿子说：明天，我带你去看你爸爸。威宁有点心不在焉，他低着头，没有吱声。

新年快到了，何宁没准备怎么庆祝。

威宁问：妈妈，我们的舞蹈节目还演出吗？

何宁说：会的，你还会收到新年礼物呢。

何宁计划在新年到来给威一个惊喜，这样的"惊喜"对威来说，也许徒劳。

一大早，何宁和儿子去看威，她给威买了新衣服。他如果还是从前的威该多好呀！他一定会说，嗯，这衣服款式不错，或者会说，这颜色很适合，然后再给她一个拥抱或者亲吻。

曾经的美好对她来说是一种奢侈。

来到康复治疗中心已是早上九点。

医生给她介绍了威近来的情况。这么说吧，威的身体跟刚来时比较，没什么明显的改善，时好时坏，只做了保守康复治疗。

何宁心里明白，她面前的威，已经不认识自己了。

她拉着威的手，说：威，我带你回家吧。

威木木地坐在椅子上。他没看何宁，他似乎在看威宁玩耍，威宁此时正专注地看着玻璃窗上的一只飞蛾。

威宁说：妈妈，蝴蝶。

何宁纠正他说：那是飞蛾。

威宁问：飞蛾，它为什么不飞呢？

那是一只冬天已经死去的飞蛾。某个夜里，这只飞蛾向光飞行，撞击在玻璃的那一刻，它依旧以飞翔的姿态粘在玻璃上。

威宁叫了几声：爸爸，快来看飞蛾。威依旧没什么反应。

窗外新年的气氛渐浓，张灯结彩。

她给威换上了新衣服。嗯，很合身，她自言自语。

她问儿子：爸爸的新衣服好看吗？

威宁说：好看。

她说：威宁，你想表演你的舞蹈吗？

威宁手舞足蹈，说：妈妈，是不是有礼物？

她点了点头说：嗯，爸爸想看你的舞蹈表演。

威宁在病房里给威表演了舞蹈《小男孩》。何宁请来了工蜂一起观看。即便是没有背景乐和舞美灯光，此刻的威宁心无旁骛，像王子一样。

威宁的舞蹈表演结束了，他们陷入了巨大沉默，也忘记了掌声。

威宁问：妈妈，我是不是没跳好？

这时，何宁泪流满面，她紧紧抱住儿子……

威宁终于收到了工蜂送给他的新年礼物，那是他梦寐的电动声光玩具枪。

西城的春天很短暂，这段时间，她带儿子总来看望威。因为威的病情似乎到了不可逆转的地步。医生说，有空多陪陪他吧。

她想在威的床头放一盆绿色植物，病房会多一点生气。

素食的鱼不是在昆明路开了家花店吗。昆明路的花卉市场她还没去过。她给素食的鱼发了微信，但不见回复。

一天，她决定带着儿子去逛逛，正好去素食的鱼的花店看看，好久没见他，在西城，何宁几乎没有朋友，素食的鱼算得上朋友吗？她觉得是吧！

有一家店名叫"素食的鱼"的花店吸引了她。

准确地说，是门外笼子里那只绿毛鹦鹉吸引了威宁。威宁对着鹦鹉说：你好。没想到，鹦鹉张口说：欢迎光临。

威宁兴奋地说：妈妈，鹦鹉，我喜欢。

她不由得往里看了看，一个女人像一尊雕像一般坐在藤椅上，一动不动。没见那个网名叫"素食的鱼"的小河南。从屋里摆设看，主要是卖花鸟鱼虫的。她想买一株盆栽植物，最好是四季常绿的那种。她觉得万年青，又便宜，又好养。但她却买了一株南方种植的栀子花。

下午，她带着儿子去按摩馆。李东坤穿着白大褂，像一位老中医。这个秃顶的中年男人，脸上堆满笑容。他不再像酒店客房部的李经理，那张严肃的蜡像脸早已变成笑面罗汉。

他说：你来啦。

何宁说：我带孩子来捏捏脚。

李东坤说：要不，我给威宁捏捏吧。

何宁犹豫了一下，上次威宁还认生呢。她问过威宁，他不喜欢李东坤身上的狐臭。孩子的话太天真了。

李东坤笑说：我学过几年针灸和穴位推拿，你放心吧。

这次威宁很听话，他主动躺在床上。李东坤戴着口罩和手套，动作娴熟地给威宁按摩足底的穴位。威宁有时痛得叫出声音，李东坤便减少了力度。他说：嗯，好样的，小伙子，再忍受一下。

何宁在给儿子鼓劲，说：如果受不了这痛，你抓紧妈妈的手。

威宁这次异常地听话，一点也不反抗。

窗外，鸟的叫声在午后清脆欢愉，听声音是一只鹦鹉。李东坤说：这只鹦鹉被养在鸟笼子里，每天都在叫，真烦人。

果然，窗外那只鹦鹉养在鸟笼里，鸟笼挂在枝丫上。不细看不容易被发现。

威宁说：我喜欢。

他是喜欢鹦鹉的叫声呢？还是喜欢这只鹦鹉呢？

李东坤接下来给威宁按摩头部穴位，这整套按摩动作做完已近一小时。李东坤的额头渗着汗珠，何宁给他递去纸巾，说：先擦擦汗。

李东坤说：孩子睡了，让他休息一会儿。

按摩馆的面积不大，有六个房间，每间能放下两张单人小床，其中一间是他的办公室，放着一张桌子和一套沙发。店里还有三名员工，一男两女，其中两个年轻人闲坐在进门的小厅里。

何宁在李东坤的办公室聊了一会儿，大多是一些陈年旧事，李东坤说到高兴时口沫飞溅，神情却像个糟老头。他聊的那些事，她已经没有了印象。

要不是他的中医康复理疗师证书挂在墙上（证件上有他的出生年月，今年四十出头），何宁简直不敢相信自己的眼睛。七八年前的他，西装革履，只是头顶的毛发有些稀松而已。

她问李东坤：怎么想到要做中医按摩保健？

他说：怎么说呢？先是无奈，后来因为兴趣。

原来他老婆因为股骨头坏死，不能站立，为减轻她身体的疼痛，他自学了中医推拿手艺。后来他考了证，他老婆去世后，他便开了这家中医按摩馆。

每个人都有自己的不幸。她甚至同情起眼前这个男人，他们的遭遇何其相似。

孩子醒来时，已是傍晚时分。何宁付钱时，李东坤不收，他说，改天你请我吃饭吧。

以后，威宁去按摩，每次，都是李东坤亲自上阵。

何宁请他吃过一次饭，在楼下的塞北菜馆。那天菜馆几乎没什么顾客，他们选择了二楼靠窗的桌子坐下来。空空的二楼餐厅没有服务员，李东坤喊了几声，那个体态臃肿的中年女人打着哈欠说，厨师还没上班。李东坤看了时间，下午五点刚过，时间还早，他们要了一壶花茶。

上了茶，还送了一碟五香花生米，李东坤伸了个懒腰说：五月，路边的唐槐已经开花。

何宁一直看着窗外，李东坤在一旁看着何宁，这个女人那颗孤傲的心从未变过。何宁在酒店客房部工作时，并不合群，除了公司年会之类的一些集体活动外，她很少和同事来往。公司年会上，李东坤那时邀请过她跳舞，被她拒绝了。后来，他请部门同事吃饭，何宁没有赴约。但交代给她的工作，她却从不拖沓。

他那时对何宁有过念想，他追求和暗示过何宁，何宁却高冷地存在于他的世界。现在，这种印象总在加深。

他说：我加你的微信吧。

李东坤的网名叫"老生"，头像是一张秦腔的三原色脸谱。

何宁问：你喜欢秦腔？

李东坤点了点头。

何宁想起来了，那年酒店答谢会上，李东坤唱的是秦腔《八件衣》片段，男女对唱的那段戏。那次李东坤唱词跑调，何宁记忆犹新。

何宁笑着问：你在广场唱过秦腔吗？

本来只是随便问，因为她觉得李东坤的水准大抵属于自乐班的吧。

原来李东坤真是秦腔自乐班的。何宁说：下次，我去广场听你唱秦腔。

李东坤有些得意，没想到何宁也喜欢秦腔。

吃完饭，威宁催着回家。她想去剪发，索性哄着儿子一起去剪发。她跟理发师说，我们都剪短发吧。

理发师说：你的肤色好，短发很适合你。

她欣然接受这样的赞美。

回到家，她给李东坤发了微信：谢谢。

李东坤很快回了一条微信：美好的晚餐。

何宁接到毛园长打来的电话，关于上次舞蹈排练的事，要请何宁回去帮忙。她以为这事早就结束了。

还是威宁领舞,威宁又回到了幼儿园,不过他没有跟小朋友一起上课,何宁心里很难过。

毛园长为这次舞蹈排练特别购置了一台音响设备。每天放学后,何宁带着儿子来到幼儿园。孩子们说:何妈妈又回来了。

她与这些孩子融洽的关系,使舞蹈排练进行得很顺利。

也许是这些天太累,这段时间她没有带威宁去按摩馆。李东坤打来电话问:威宁好久没来了。

她正好在康复治疗中心。她说:威的病加重了,我和儿子在陪他。

李东坤问:我能帮你什么忙吗?

她说:不用。

她的语气不冷不热。

第二天上午,她带威宁去按摩。何宁气色不好,李东坤看在眼里,他问:要不,你也来按摩一下吧。

何宁正在犹豫。李东坤又说:我这里有女技师。

她说:还是你来吧!男的手劲大。

何宁换好理疗服,心里有些不大习惯,毕竟这么近的距离,她已清晰听到李东坤的呼吸。好在衣服上的精油气味已经覆盖了这个男人身体的气味。

李东坤心里没事似的动作熟练地推拿,也许是职业习惯使然,也许是口罩遮住了他的脸,她看不清。大约四十分钟时间,她觉得十分漫长。她几乎忘了跟他说话,也许是自己太紧张。其间李东坤只是问了她,手法重了还是轻了。

她竟忘了回答。

晚上吃完饭，儿子在看电视，自己去洗澡了。洗完澡，身上的精油味还在，是淡淡的玫瑰清香散发出来，身心轻松多了。穿衣镜中的那个人，她看了又看，是自己吗？

晚上她做了一个梦，梦见自己全身赤裸地裹在一床红色的毛毯里，拼命地挣扎。

两天后的星期天，毛园长打电话说：周一，教育局的领导要来幼儿园检查工作，我安排了观摩你的课。说白了，其实是给幼儿园做一次评估，关乎幼儿园的生存。毛园长打出孩子们这块情感牌管用吗？何宁好久没给孩子们上课了，她心里没底。

那天，毛园长安排大班的孩子们列队欢迎领导，气氛热烈。

领导观摩何宁的舞音课，压轴节目是孩子们跳的那支《小男孩》的集体舞，由威宁领舞，近乎完美。

鼓掌不断，现场效果很好。

随后，领导即兴讲话，气氛更加热烈。孩子们围在领导的周围，毛园长和何宁，还有几位老师面对着领导。领导讲完话，老师带头使劲鼓掌，孩子们跟着掌声热烈鼓掌。可是意外还是发生了，威宁突然昏厥倒地，口吐白沫，气氛突然凝固。何宁赶快上前扶起威宁，掐了他的人中穴，不久后他苏醒过来。威宁是癫痫发作，这种情况以前也有发生，只是威宁最近没有发作。何宁心里清楚，患脑病的孩子，偶尔的癫痫发作再正常不过。但这一幕，真是把领导惊住了，也把孩子们吓哭了，还好没出现什么严重的后果。

领导问：需要送医院吗？

何宁说：癫痫发作，很快没事了。

毛园长说：何老师，你先把威宁带到办公室休息吧。

领导问：幼儿园有校医吗？

毛园长说：还没到位。

领导再也没问什么，领导安抚了他们几句，这次调研便匆匆结束。

毛园长看望了威宁，对于今天发生的事，她也不便说什么。毕竟威宁没什么事，也算万幸。何宁为此感到歉意，她向毛园长道歉说，没想到会把事情搞成这样，我是有责任的。

毛园长说：不怪你。这事是我的责任。

回家的路上，何宁不停地逗威宁开心，但他始终闷闷不乐。他问：妈妈，我是不是今天表现不好？

何宁说：你表现很好呀。

他又问：为什么你跟园长道歉？

何宁说：是妈妈工作没做好。

他说：妈妈，我还能去幼儿园吗？

何宁很认真地说：你是大小伙了，到时该上小学了。

夏天正汹涌而来时，威却死了。

这天清晨，她接到康复治疗中心打来的电话，让她赶快去一趟。这消息突如其来，让她十分惊愕，虽然早有准备，但是心里却是无法接受。

一纸死亡的通知，冰冷而苍白。从此，威和她，成了两个世界的人。她极力忍住，不要让悲伤感染儿子。威宁却先哭了出来，他的哭声多半因为惊恐，他此刻并不懂生离死别。

何宁紧紧抱着儿子在哭。

她目睹着威的尸体被装进裹尸袋，被殡仪馆的车子拉走。

她身边没有一个朋友可以帮忙。远方的父母年事已高，这些年只来过一次西城，还是结婚的时候。她偶尔给父母打打电话，嘘寒问暖，她已经好多年没有回章镇了。她想告诉她所有的亲人，威死了。可是，在西城，她和威没有亲人。威的父母早他先死。

没有人知道她此刻死了丈夫，她不知该告诉谁。

何宁在回家的路上找到一家照相馆，打印了她手机里的威的照片，装裱镶边。她在家里客厅设好简单灵堂，如果真有人来，总得有个上香的地方吧。简单布置后，她点亮蜡烛，摆上供果。然后她在威的遗像前磕头作揖上香，威宁也照做了一遍。

工蜂最先得知威的死讯，但在医生眼里，生死是职业中稀松平常的事。

她给自己的母亲打去电话，威清晨死了，一切都结束了。她说。

电话里，她的母亲半天没有说话。

接下来，她觉得应该给李东坤说说。她曾经的同事，告诉他也没什么不妥。发完短信，她有些不安，李东坤一直没有回复，他正给一个顾客做推拿，手机放在办公桌上。等他看到这条消息时，已是午饭时。

李东坤回复：节哀。随后，他去了何宁家里，祭拜了。

出殡那天，李东坤陪着何宁去殡仪馆领回了威的骨灰。

何宁决定以后有机会把威的骨灰带回自己出生地章镇，埋在她家的祖坟地。

盛夏，正是毕业季，她教过的大班孩子也该毕业了。

毛园长打来电话说：幼儿园送走这届孩子后关闭了。

何宁问：你打算怎么办？

毛园长已经找到新的工作。

何宁依然很抱歉，说：我没能帮上你。

毛园长说：威宁还好吧？下半年也该上小学了吧。

何宁说：嗯，正发愁上学的事。

挂了电话，何宁带着儿子出门来到按摩馆。她不是带威宁来按摩，她想感谢一下李东坤。她送了李东坤一件礼物：一条深蓝色的领带，正好配他喜欢穿的白衬衫。对李东坤来说，显然这是意外的惊喜。

他打算回请何宁和威宁，他说：我请你和威宁看电影吧。她嘴角微微一翘，笑了，在李东坤看来也有特别的寓意，她用表情答应了他。

她觉得有些愧对儿子，一直忙着威的事，没有好好陪儿子看一场电影。她问威宁想看什么电影。威宁说：我要看《变形金刚5》。

李东坤说：叔叔带你去看电影，好不好？

威宁高兴得手舞足蹈，说：好，叔叔好。

李东坤说：以后好好听话，我给你买好多好多的变形金刚。

算起来，她已经两个月没有出门逛了，今天她的心情不错，她已经不去想威的事了。为了儿子，她也得微笑地面对别人和生活。看电影的那天下午，何宁穿着那件红色的连衣裙。她用手机给自己自拍了一张照片发在了微信朋友圈。

李东坤早早地来到她的楼下等她。她的心里似乎正在改变对李东坤的印象。威宁说：叔叔好帅哦！李东坤笑了笑，说：乖，一起帅吧。李东坤今天穿的白衬衫、打着的那条深蓝的领带格外显眼，明晃晃地盖过他谢顶的脑壳。

他们一直沿着唐延街向南走,两条路中间的绿化带是唐城墙遗址公园。上午有很多人在这里提笼架鸟、跳广场舞、遛狗。穿过唐延街来到永辉超市。这是一个下沉式广场,它开业有几年了,何宁却没来过这里,她甚至不知道这里什么时候有了影院。

《变形金刚5》正在放映。何宁却陷入沉思,她想了想这一年发生的事,她心有余悸。她隐约明白李东坤为她所做的,是因为他对自己有了好感,但她刻意地回避。眼前这个身材敦实的中年男人,根本不是她喜欢的类型。再说她没有想过自己今后的事。他们之间隐约隔些什么,到底是什么,何宁也说不清。

她记得前天傍晚,李东坤约她去广场听他唱戏,《清风亭》片段和《卖妙郎》片段,他又是跑调,硬是把秦腔唱成了街头摇滚。她真想笑。

电影放映结束后,他们在一家咖啡店小坐了一会儿,要了一份甜品和一杯咖啡、两杯加冰可乐。李东坤额头上的汗珠不时地滴落在桌面上。

那条深蓝色领带一直没有解开。他解释说他是一个容易出汗的人。

李东坤喝了一大口咖啡,他努力想让自己表情自然些。

李东坤的刻意,何宁早看出来了。回家的路上,他们都没有说话。

威宁不想走路,央求着何宁背他。

李东坤说:我来背他吧。

到达按摩馆时,威宁已经睡着了。李东坤的白衬衫已变成花衬衫,背上的衣服蹭着威宁的鞋印。

何宁说:把你衣服换下来,我帮你洗洗。

李东坤假装客气了一下,他想借此机会与何宁多接触。

几天后,她忽然收到素食的鱼的微信:何姐,最近有空吗?
他们很久没有联系了。
她回复:有事吗?
素食的鱼说:我想与你见面说。
她猜想什么事非得见面说呢?
她回复:忙完这两天见面。

威宁入学的事,毛园长答应帮忙。她不想让威宁去特殊教育学校。她认为威宁的智力能跟得上学校的课程。

又等了几天,一所私立小学同意威宁入学了(毛园长刚应聘到这所私立小学)。学校有点远,毛园长说可以寄宿。威宁还要进行身体康复训练,寄宿的事何宁不想考虑。威宁除了有些口吃外,已经没有语言障碍。

她把这个消息短信告诉了李东坤时,李东坤却平静地回复了一个"哦"字。

这个在她看来还可以诉说的男人,没过几天竟然对他冷淡了。她倒是不在意,这样的交往让她保持冷静。

那件洗好烫好的衣服和领带还放在衣柜里。她拿出衬衫和领带装进塑料袋,她下午要带威宁去按摩,顺便把洗好的衬衫和领带还给李东坤。

她下楼一趟拿了快递,以前她大多是给威和儿子网购,比如纸尿裤、卫生纸、衣服鞋袜,甚至是锅碗瓢盆。这次有些不同,她为自己买了衣服,她想对自己好点。

吃完午饭后,她和威宁躺在床上休息。她的手机振动了一下,她看了看是素食的鱼发来的短信:何姐,忙完了吗?

哦,她想起了几天前答应他的事。

何宁说:要不,下午吧。

何宁给他微信发了按摩馆的位置定位。这一带,他很熟悉,给很多商户送过水。

何宁带着威宁来到按摩馆,李东坤没在,她把衣服放在了他的办公桌。

半小时后,素食的鱼匆匆赶来,他很是焦急的样子,何宁问:发生了什么事吗?

素食的鱼说:花店需要人照看几天,何姐,你能帮忙吗?

花店,昆明路的花卉市场,前不久她去过,挺远的。

她拒绝说:威去世后,我带着孩子真有些不便。

素食的鱼几乎用乞求的口吻说:我最多一周时间回来。

到底是什么事让他这么急,何宁没问,她觉得没有必要。她记得素食的鱼说过他老婆回乡下生娃去了。

素食的鱼说:它们很好养的,花草一两天喷洒一次,一只绿毛鹦鹉给它喂些带壳的小米。

可是,再过半月威宁就要开学了,何宁要做的事情很多。

何宁很犹豫,她说:我明天先去花店看看吧。

她跟素食的鱼最多算一般的客户关系,她买水,他给她送水,她还不知道他的真实姓名,一般朋友也不是。这事也太突然了。西城,她已经待了十年了,从读书、工作到成家,十年来,她也没什么朋友。

素食的鱼走后给她发来花店的位置地图。他说:何姐,明天你一定要来啊。

她知道那地方，她以前去过花卉市场。

从地图看，花店离威宁的学校不远，目测地图的比例，应该不到一公里的距离。明天，她想去威宁的学校看看，熟悉一下路径，然后再去他的花店。

何宁回复了一个微笑的表情符号。

素食的鱼：我会给你算工钱。

她没有回复。

李东坤回到按摩馆时，威宁刚做完了按摩。

何宁说：你的衣服我洗好带来了，放在你桌上。

李东坤说：谢谢。

今天正好周末，李东坤邀请她去西城剧院看戏，正好是秦腔经典剧目《秦香莲》演出。李东坤的借口是庆祝威宁顺利入学。

何宁不想去，她借口家里马桶的下水道堵了。

其实，家里的卫生间下水不太顺畅，还可以使用。

李东坤说：我是水管疏通专家。

他确信自己能够帮助到何宁。至于他说自己在酒店物业部做过水工，她不太清楚，总之，李东坤认为自己是专业的。

她一笑，说：你以前不是还做过厨师，要不晚饭你来帮我做了吧。

虽是她一句玩笑话，李东坤却爽快地点头。

不管怎么说，李东坤就想在何宁面前表现一下。

他去卫生间拿了疏通器和疏通剂，对何宁说：走吧。

何宁说：你的设备真是齐全。

李东坤很快便把马桶的下水道疏通好了，他果然专业。

李东坤说：看来我以后还得帮你把饭也做了。

何宁一笑，说：大材小用了，李总。

李东坤洗完手坐了一会儿，何宁给他倒了茶水，她把客厅的空调打开，凉气一下子四散开来。他端着茶杯，不紧不慢地喝着，他不想这么快离开，他有好多话想跟何宁说，却不知道从哪里说起。

他有点紧张，紧张时额头的汗珠会滴落下来。

何宁问：是不是茶太烫了？要不给你换杯冷饮吧。

李东坤说：还是茶好，我喝茶。

他不停地夸赞她家里收拾得整洁。实在没话说了，又夸赞何宁的人美心好，具体怎么好，他感到词穷。

李东坤的秦腔自乐班傍晚在楼下的广场又开唱了，唱的是秦腔《周仁回府》。何宁站在楼上，远远听去，李东坤的唱腔，这次好像没有跑调。

第二天，她带着威宁去学校看了，校园像公园一般漂亮，她很满意。她随手拍了几张发在朋友圈，她写道：欢迎威宁同学。

素食的鱼给她点赞。

素食的鱼在微信问何宁：何姐，快到了吧？我在"素食的鱼"等你到来。

哦，原来他的网名源自花店名称。上回，她来过这里，这店名和他的网名一样。没想到，还真是他的店。

坐在店里的那个雕像一般的女人，今天没见。

整个花卉市场，四通八达，是由以前的工业厂房改造的。

素食的鱼的花店不大，烫金的店名牌匾很醒目，像是走进了古玩店，有点不伦不类。物件摆放得有些杂乱。说是花店，其实只卖一种玫瑰花。她有些奇怪，为什么品种不多。

素食的鱼说：如果你喜欢，我还可以低价转让你。

何宁苦笑说：我哪会做生意呀。

他带何宁和威宁到里屋看了一下，说：这是休息室，有点乱。里屋放着一张双人床和一张油迹斑斑的桌子，桌子边上还有一个简易的衣柜。

素食的鱼继续说：有个小厨房，一直没有用，现在堆着杂物，市场两个正门出口的地方有公厕，不远。

素食的鱼说：这里离威宁上学的学校近。

他怎么知道威宁要在附近上学。哦，她想起自己刚才所发的朋友圈。

更早之前，她在朋友圈发布过找房子的消息，在威宁的学校附近，素食的鱼一定是知道的。

素食的鱼又说：威宁上学，你还得租房吧，这里也是可以住的。

我再考虑一下，过几天给你答复。

何宁这才心动了。是的，她该考虑一下了。

威宁对花店那只绿毛鹦鹉似乎很有兴趣，他一直逗着鹦鹉说话。他太喜欢这只鹦鹉了。以前在李东坤的按摩店窗外的那只鹦鹉，他同样喜欢。

下午，她带着威宁去按摩馆，她打算听听李东坤的意见。

李东坤问：素食的鱼，这个人靠得住吗？

她说：他以前给我家送饮用桶装水，有过交流，不是很了解，这个店原先是他老婆打理的。

李东坤问：他为什么不做了呢？

何宁说：他家里遇到了一些事情吧。

李东坤说：他告诉你了吗？

何宁摇头。

李东坤说：先了解一下吧。

但是，威宁的开学迫在眉睫，她需要在学校附近租房，更需要工作，不能再这么歇下去了，威宁上学还需要很多钱。她在朋友圈又发布了一条找房信息，其实没什么效果，那些所谓朋友圈的朋友，是前同事，同学和以前开网店时的客户，从来没有打过招呼，也不点赞。但她一直抑制不住自己的高兴，她在告诉大家，威宁很好，上学啦。

李东坤明白何宁心里所想的，他说：你要是愿意，来按摩馆做事吧。

李东坤的按摩馆生意并不好，她看在眼里，她能做什么呢。

何宁说：不了，我要搬到学校附近去住，来回太远并不方便。

既然李东坤也给不了她什么好的建议，她觉得有必要先了解店铺的具体事宜。所以，她答应素食的鱼照看几天花店。如此既可以了解客流情况，还能熟悉花卉市场什么好卖。

离开学还有一周的时间，毛园长打来电话，关于威宁入学报名的事，让她准备好钱。除了正常的费用外，还要交一笔赞助费，这是一笔巨款，对她来说，几乎花光了所剩下的积蓄。所以，何宁下定决心要努力挣钱。

第二天上午，她带着威宁又来到花店，但它还没有开门营业。

她打了电话,素食的鱼好久才接。他让何宁等一会儿,马上有人来开门。

来开门的年轻女人,穿着连衣裙子,干净地梳着马尾辫,脸色有些苍白。

何宁有印象,她想起来了,素食的鱼的微信头像,就是她嘛。

前不久,她坐在店里,雕像一般一动不动的人就是她。

她声音嘶哑,说:进来吧。

她问:你是素食的鱼的爱人吧?

这个女人点了头。

素食的鱼原来的真名叫向坦。

她说:谢谢你能照看我的花店。

何宁说:我想接手你的花店。

这让她意外,显然,她也很高兴,她说:何姐,你说真的吗?

她简直不信自己的耳朵。

她们讨论了关于租金、转让费和续签等问题。房租原来每月五千元,面积有五十平方米,租金已交一年,还余八个多月。至于转让费,她说:不收了。物件和存货,当然也包括那只绿毛鹦鹉,一起收三千元。这样加起来四万三千元。

四万三千元,对何宁来说,现在依然吃紧。

不过,过些时间,威的丧葬费也该到了。

对于花店将来是否能赚到钱,她心里没底。

俗话说:船到桥头自然直。好吧,她决定试水一次。

她们都在等一个人,素食的鱼。

临近中午,素食的鱼一直没来,他老婆解释说:他帮人送货,堵在路上。

何宁说：付款方式上，如果能改变一下，我可以把合同签了。

租金半年内分两次给完，这是何宁的唯一要求。

谈妥后，她们便签了合同，交了预付款，现在便可以交钥匙了。

何宁觉得也太顺利了，万一上当了怎么办？

威宁终于可以拥有一只会说话的鹦鹉。

接手店面的那天，李东坤也去帮忙，有些东西需要重新布置。她从街边叫来了两个泥瓦工把墙面重新粉刷了一遍，把厨房的杂物也清理了。她和威宁住在这里，也可以省去一笔租金。

她觉得"素食的鱼"店名挺好的，加之以前的那些客户还得维护，不用再换了。

正式开张的那天是威宁开学的第一天，她重新购置了一张大一点的床，衣柜和桌子都能放下。桌上她铺了一张淡绿的桌布，桌上放了两小盆绿萝装饰。

李东坤说：为你高兴。

何宁也感到满意，她说：接下来我准备进货，我想以鲜花为主，鱼虫为辅；大家都在卖植物盆景，竞争趋同，利润太低；宠物鸟不好饲养，容易死亡，风险大，气味重。威宁说：妈妈，绿毛鹦鹉不能卖。何宁说：只要你喜欢，我们一直养着。

鲜花是卖点，但保鲜期短，整个花卉市场也不多见。玫瑰、康乃馨、天堂鸟、跳舞兰、蝴蝶兰、月季、剑兰、洋兰、非洲菊、桔梗、满天星、情人草、勿忘我，这些鲜花经常用在婚车扎花上，用量很大，需要跟婚庆公司合作。

鲜花进货主要是从云南和广州空运过来的，本地产的鲜花很少。

李东坤说：这么高的价格，本地人消费得起？

何宁说：物以稀为贵吧。

花店的经营还算顺利，一切按部就班地进行。

自从威宁上学后，她没有时间再去按摩店，李东坤有时过来看她，帮帮忙什么的。一次，他问起何宁房子是否打算出租。何宁说：屋里东西太多，没办法腾挪，先放着吧。

李东坤说：你可以租给我呀。

她觉得李东坤有些轻佻，不该跟她开这玩笑。

她说：这不是成了合租吗？

李东坤解释说：我租下来给按摩馆里的员工住。

他觉得何宁的房子空着，物业费不少交，租给他，可以收租补贴花店，降低运营成本。本来是想让何宁高兴的，没想着会引起她的误会。

时间过得真快，威宁开学已经三个多月了。

她盘算了一下，除去吃喝和日常开销外，她还有盈余，这给了她巨大的信心。

按照合同，素食的鱼该问她要剩下的钱。可是，他好像消失了一样。有一天，她给他微信留言，不见回复。后来，她给他打了电话，语音提示关机。素食的鱼不会忘了这笔钱吧。

不会的，他爱人也知道。一张"贰万壹仟伍佰元钱"的欠条在他爱人手里。

她怎么也不来找她呢？

周末那天，是威宁的生日。何宁带着威宁回到她原先的住处，她邀请了李东坤一起给威宁过生日。本来在楼下的塞北食府订了餐，但李东坤坚持要给何宁和威宁做顿饭，他有几个拿手的菜：菊花全鱼、八珍烩菜和葫芦鸡。他还订了生日蛋糕，准备了黄酒。

这是威宁的第一个生日蛋糕。当威宁吹灭了蜡烛许愿时，生日歌唱起来时，何宁早已泪光闪闪。

嗯，八珍烩菜的味道还真不错。何宁说。

李东坤说：葫芦鸡更入味。

他给何宁夹了一根鸡腿。

威宁说：叔叔，我也要吃鸡腿。

李东坤又给威宁夹了一根鸡腿。

好久没有在家这么吃饭了，她喝了温热的黄酒后，脸上有了烧一般的感觉。

晚上，何宁不打算回花店了。

李东坤继续在喝酒。他想有些话，趁着酒劲，也许好说出口。

该说些什么呢？

起初，他对何宁并没有动心，自从他那次给何宁做按摩后。

何宁的身体经常出现在他脑海里，一种欲望和暗示，燃烧着他。他想告诉她，他可以跟她一起共赴艰难，但他又理智地摇头。后来，他又死心了，原因是何宁对他那种冷淡，和反复的心理变化，令他陷入困顿。直到有一天何宁去听他唱的秦腔时，他的思绪仿佛像洪水，闸门陡然又被打开了。

他猛地把一杯黄酒喝了。何宁又给他倒上了一杯。

他突然抓住何宁的手，说：我，我……

何宁把手缩回来，说：李总，你喝多了。

我没多，我想，请你去听秦腔戏。

他自己转移了话题，不至于令自己太难堪。

又是秦腔自乐班吗？

他说：是。

算了吧。

何宁的本意是他唱得并不好，并非是拒绝。

李东坤又喝下一杯。

何宁说了一些感谢的话，但李东坤一句也不想听。

李东坤从何宁家里出来，"算了吧"这句话一直萦绕着他，他越想越觉得自己对何宁的好换来的是一种屈辱。他并未上楼回家，他直接去了楼下的洗浴中心，似乎要用这种方式洗净身体的欲望。

又过了俩月，天气越来越寒，花店的生意似乎未受影响，圣诞和新年的气氛，越来越浓。何宁忙于花店，她好久没有跟李东坤联系，她不想再去打扰他了。他们之间，微信问候，偶尔彼此回复一下。

一天傍晚，雨夹雪，花店里来了一个人，

何宁一眼便认出了这个女人，她有些胖了，准确地说，她的胖可能是脸部的浮肿。她穿着一件白色羽绒服，头发也长了，这次却梳了两条辫子，一身干净而朴素。

何宁说：我终于把你等来了。

何宁知道她的来意，欠条和原始合同都带来了。

何宁责怪她这么久怎么不来。

她略微停顿了一下，用手捋了一下头发，说：素食的鱼去山西了，我留在西城看病。

何宁有点好奇，看病？谁照顾她呢？她没问，但她还真不信。

何宁用手机银行给她支付了剩下的两万多元钱。

她问：花店的生意还好吗？

何宁说：还好吧。

还好吧——她听到何宁这么说，她感觉她的病突然好多了。

她跟何宁开始讲她和素食的鱼的种种担心，他们把花店转让给何宁，万一要是亏了呢？他们当时实在找不到人接手，本来打算让何宁只是照看几天。但她那时的病情越来越重，血液透析的频次越来越多，已无暇照看花店。每个月看病都会花掉很多钱，素食的鱼只好去山西挖煤……

她眼泪在打转，偷偷地用纸巾擦拭了一下。

哎——

这些事，素食的鱼从未对何宁提过，甚至是他刻意在隐藏自己的处境，藏得那么深。"素食的鱼"的微信头像，幸福的恋人，她曾经羡慕的对象。

何宁想想自己，想想他们，生活真实得令人嘘唏。

人，不论在哪儿，都是在炼狱。她却安慰自己。

何宁心里一颤。

她何尝不是如此呢？一个人必须放下另一个人，但是谁又能忍心放下呢。

威对于何宁，素食的鱼对于她，从来都是这样。

但是，谁又放弃过？请问。

年关将至，威宁的寒假开始了，那只绿毛鹦鹉白天又欢乐起来。

威宁一遍遍地逗着它说话。威宁说：妈妈好！鹦鹉也说：妈妈好！

威宁说：哥俩好！鹦鹉也说：哥俩好！

现在来看，威宁哪像一个患有脑病的孩子。

何宁觉得自己的努力得到了回报，她抱住威宁，想大声痛哭一场。但是，她没有。

趁着威宁放寒假，何宁想把威的骨灰带回章镇入土安息。

但威宁放心不下那只绿毛鹦鹉。她想到了李东坤，请他帮忙照看一下鹦鹉。李东坤正悠闲地坐在办公室抽烟，她记得他以前是不抽烟的。

威宁还是像以前那样跑到他面前，亲热地叫他李叔叔，可是李东坤并没伸手抱他。何宁说：你还好吧？

还好吧。他不冷不热。

秦腔自乐班还在唱吗？

我最近没去了，因为忙着新店开张的事。

开心点啦，挺好的。

这时，推门进来一个年轻女孩，打断了他们的聊天。

女孩说：东坤，新店的员工已经培训好，可以上岗了。

李东坤点头说：这几天可以开张了？

女孩说：老皇历说明天是吉日。

李东坤说：小未，时间定在明天吧！

原来，那女孩叫小未。听他们说话的口气，彼此关系不一般吧。何宁的脸有点像火烧的感觉。今天自己怎么啦。她很是礼貌地跟小未打了招呼。

小未，二十来岁的年纪，脸上不需涂脂抹粉，便透出青春的气息来。

何宁问小未：你是南方人吧？

小未说：安康人。

她说：秦头楚尾，好地方。

小未笑着说：东坤常常说起你，耳闻不如眼见。

章镇的冬天，没什么特别，跟她离开时候是一样的。

巨大的原野上，几座小土丘兀立在那里，不长树的冬天，一排排交错参差的房子高高矮矮地分布在街道两边，章河水不过是一条小溪，已经结冰。土丘上有几座新坟，其中一座是威的，她亲手把他埋在这里。她和母亲大哭一场，这对于死亡也无济于事。

小时候，她习惯围炉而坐，现在她坐在父亲的床边，父亲已经中风卧床不起，她说什么，父亲似乎都心里清楚，但是他已说不出话来。

母亲说：我们老了。

言外之意是让她回到他们的身边。

她安慰母亲：终有一天，她会回来的。

母亲说：别把自己等老了。

她明白母亲的一语双关。

她说：嗯，会的。

母亲说：如果不便，你把孩子留下来。

她说：没什么不便的，威宁很听话。

母亲叹息一声，她低头不语。

夜晚，章镇张灯结彩，她带着威宁上街逛了逛。她走在章镇，已没人能认出她，一茬一茬的人，铁打的营盘流水的兵，章镇的变化不过是盖了几座楼房，又建了几条街道。

她给儿子和自己买了冰糖葫芦，真甜，记忆中小时候就是这种馋人的味道。

威宁问她：妈妈，你是不是不要我了？

她一愣，说：妈妈只有你这么一个儿子，妈妈爱你。

威宁继续问他：妈妈如果不要我，我也会爱妈妈。

何宁心里一酸，说：我们永远在一起。

威宁咬了一口冰糖葫芦说：妈妈，真甜。

这北风吹拂的冬夜，传来威宁清脆的笑声。

又过了几天，何宁带着威宁返回了城里，临走时，她塞给母亲一千元钱，这是这些年，她唯一一次给母亲的过年红包。母亲皴裂的手接过钱的那刻，她感到自己忽然生出许多悲哀，像寒风吹在脸上，刺骨地痛。

回到城里，她重新装修了门店，换了牌匾，还叫"素食的鱼"。为何如此，她难以说清。她打算进些鲜花，如玫瑰、百合、康乃馨、雏菊、薰衣草等，再配上水果，如菠萝、柑橘、火龙果，扎成花篮，花果一色。她为自己的这创意叫好，期待春节期间能卖出好价钱。

忙完这些事，她带着威宁去了一趟按摩店，那只绿毛鹦鹉也该领回来了。

威宁说：妈妈，那只绿毛鹦鹉还会认识我吗？

威宁这么帅，还能不认识吗？

谁知那只绿毛鹦鹉和威宁见了面，歪着脖子，竟然不理他。这期间，不知发生了什么。

威宁对着它说：哥俩好！

它也不理了，威宁很伤心。

何宁安慰他：带回去养几天就熟了。

她本打算请李东坤和小未一起吃个饭的，李东坤去了新店，只有小未在店里忙着。

小未的气色有些差，何宁问小未：你怎么啦？

小未苦笑着说：没事。

谢谢你们帮我照顾这只鹦鹉。

小未说：鹦鹉来店后，不大说话。

何宁笑着说：它可能怕见到生人。

何宁刚走出门不远，小未叫了一声"何姐"，何宁回过头，说：小未，有事吗？

小未说：你对东坤熟悉吗？

以前和他是酒店的同事。

他这个人怎么样？

还好吧。

小未低着头，没说话。

何宁问：怎么了？你们闹矛盾了？

小未说：我意外流产了。

小未欲言又止，她身上有多个明显的瘀青，何宁似乎明白了什么。

何宁说：你年纪小，要保护好自己。

小未突然哭出声来。

威宁说：小姐姐，是不是李叔叔欺负你了？他还欺负过我妈，他是个坏人。

何宁一阵慌乱，生气地责备了儿子。

她又安抚小未,说:小孩子瞎说的,你别放在心上。

回到花店,绿毛鹦鹉变得烦躁起来,它满嘴的脏话不知是从哪里学来的。

何宁看不过去,用布把鸟笼罩住了。

儿子问她:鹦鹉为什么要骂人呢?

她想李东坤一定是跟小未吵架了,动手打了小未,导致了小未的流产。

鹦鹉应该目睹了这一切,不然不会性情大变的。

今年春节的花店生意不错,网上订单开始多了,花店的生意越来越好,她为自己的创意感到满意。

春节期间,李东坤打电话向她借钱,原因是他的新店还在培育期,他手头有些周转不开。她想了想,便借给他两万块钱。

又一年的西城,迟来的春天花枝招展。

何宁又续租了一年的花店。

有一天,小未来找她,看她焦急的样子,小未告诉何宁:李东坤联系不上了,他的电话关机、微信已经销号,已失联多日。

何宁没想到事情会发展到这步,李东坤半年前开了新店,他不至于跑路吧。何宁问小未:事发前,李东坤跟你说了什么?

小未摇了摇头。

小未问:还有其他办法吗?

小未说:新店装修的钱和员工的工资都欠着……我说不是老板娘,但他们不信。

何宁在小未眼里是唯一的救命稻草。可是何宁刚交了租金,实在是拿不出多余的钱。

炎热的夏天到了,是鲜花买卖的淡季。坏的消息漫天飞舞:这个花鸟鱼虫市场即将关闭,原因是这里将修建一条连接两条主干道的中间道路。在生活中,小道消息真假难辨,何宁早就处变不惊。

一天上午,她依旧像往常一样打理着花店,正低头给鹦鹉喂食时,花店进来一对男女,她习惯性地问候了一句,你们先看着,选好了,我再给你优惠……

进来的女人问:是何宁吧?

她抬头一看,女人不认识,站在她旁边的那个男人,正是李东坤,尽管他戴着鸭舌帽,秃顶的脑袋被包裹得严实,但何宁还是很快认出了他。

何宁装着没认出,她问:找我吗?

那女人从挂包里掏出一个鼓鼓的信封,说:这是李总还你的两万块钱。

李东坤站在那女人的身边一声不响。

女人说:李总,我喜欢这玫瑰礼盒。

李东坤说:我买下,送你。

何宁却说:玫瑰礼盒已被人订了。

李东坤尴尬地说:没事,我们去别处买。

何宁其实不想卖给他们。

此刻,对门的一家婚庆公司今天上午正好开张,门口摆满了庆祝的花篮,正在播放秦腔《书堂合婚》,好不热闹。这时威宁听到唱戏的声音便从卧室出来,他也认出了李东坤……

这时鞭炮声想起,噼里啪啦,一直响个不停,秦腔的吼声被淹没在鞭炮声里。那只绿毛鹦鹉在笼子里一通乱串，它挣脱了笼子飞了出去。

威宁急忙追了上去，鹦鹉已经飞得不见了。

威宁一边跑着，一边喊着：鹦鹉，鹦鹉……

鹦鹉的走失令威宁的癫痫突然发作了，昏厥倒地……

他们都围了上去，李东坤赶忙上前正要抱起威宁时，被何宁制止了。

你不要碰我的儿子！何宁吼道。

当李东坤抱起威宁时，何宁像发了疯一样，给了他一记耳光，令他不知所措。

鞭炮声结束，秦腔《书堂合婚》的唱声恢复了。

那只绿毛鹦鹉惊叫着从树上飞落到何宁的肩上。这只好久没有学舌的绿毛鹦鹉，像受了什么刺激，它突然叫声响亮：威宁死了，威宁死了。

这只绿毛鹦鹉，不停地乱叫：威宁死了，威宁死了。

——原载《芳草》2021 年第 2 期

碑逝

老刘是石城档案馆的研究员，毛高的朋友。

我从省城回到章镇，为了完成课题的论文研究，需要查阅一些关于章镇的地方志资料。毛高这次陪我去石城档案馆找老刘，我们选择步行龙山古道，还有一个原因，替我妈完成龙泉寺供养的心愿。

龙泉寺正好在我们途经的龙山古道上。

从龙泉湖坐船到岸，天已经黑了，走龙山古道，正好在龙泉寺的寮房可以住一晚。

龙泉寺的方仁和尚是我的朋友。我跟他的认识，还要从多年前说起，那时候我妈是龙泉寺的香客和供养人，每年正月的初一或十五，寺里的第一炷香要留给我妈来敬。

记得以前我陪我妈去龙泉寺烧香，要起大早，出门时，启明星还在东方的天空。一路上，我们之间没说一句话，只能听到彼此的脚步声，有时我很害怕，便问我妈一些问题，她也不回答我。后来我知道，我妈是个虔诚的信徒，每次去寺里烧香，她所有的话是要在拜了菩萨、祈祷完后，才能跟我讲。

敬完香后，很多人来到龙泉寺的章峰看日出。我也不例外，红彤彤的太阳从远处的江面上升起来，太阳真大，太阳真红，这是我对龙泉寺最初最美的印象。

多少年过去了，我还是这么跟方仁和尚说：在龙泉寺的章峰，可以观到天下最美的日出。这次，天气不错，我和毛高，明天还可能看到最美的日出。

大地还未彻底黑下来，天空还有一抹光亮，照着龙山古道的青石板上，森森逼人。我感到背后的风声有些阴凉，在初秋的密林中穿行，偶尔听到夜鸟鸣叫，气氛有些惊恐。抬头看远山，仿佛黑影袭来，再往上走，听到水声。我们已来到章山山脉龙山南坡的山腰上。这里有一口泉，清泉咕咚咕咚从石缝里冒出来，形成一个小的水洼地，人们叫它"枯堂坳"，泉水四季都这么咕咚咕咚地冒着，低洼的地方积水总是很少，没有形成水塘。泉水，在连绵的九十里章山山脉随处可见，这口泉流水量不大，如果不听声音并不显眼。不过，关于这泉有一段传说却是另一番景象：相传朱元璋兵败陈友谅，经过这里休整，忽见一条飞龙从洞口喷薄而出。后来他取得天下之后，当地人把此地的章山山脉改称为龙山，把这口泉水叫作龙泉，龙泉经过溪流流进大冶湖，人们习惯把这一段叫作龙泉湖。

龙泉寺建在这泉上面的不远处，相传当年是洪武皇帝亲笔御赐"龙泉寺"墨宝，并在此立碑为证，龙泉碑以前还在，后来被人偷走。我问过我妈，我妈说：好像有这么回事，碑应该还在吧。

我后来亲自去看过，碑址周边荆棘和茅草密布，有一条小道从龙山古道旁伸过去，龙泉碑早不见踪影。这次走到这里，又听到泉水咕咚的声音，让我想起了龙泉碑的事。我问同行的毛高：龙泉碑这事，你信吗？

他说：应该可信吧。

我又问：有记载吗？

他说：口口相传。

一路上，我们拾级而上，也有几个下山的旅人，他们行色匆匆。

按照章镇当地人说法，不走山寺之路。因为在过去，常有赶尸人从龙泉寺背着亲人下来。如果遇到，要远远躲掉，并背对这些人，等他们走远了，还要拍拍身上的尘土，以防死者的魂魄附在自己的身上。所以，无论有没有赶尸的人走过，只要遇到迎面而来的人，我们总是习惯性地拍拍衣服。

我还记得我妈说过，赶尸人过界碑，死者的魂魄只要听到生人的声音，最容易魂魄附体。我妈提到的界碑有两块：一块在龙山的南坡，一块在龙山的北坡。

为什么会这样呢？我妈还说过，龙泉寺护佑的范围在南北两块界碑之间。

这其中的一块界碑便是南坡的龙泉碑。这么说来，龙泉碑可能真是存在的。或许，它早就淹没在杂草丛生里。

我也当面问过方仁和尚，他说他们找过界碑，却没有寻得下落。

这次经过龙泉寺小住，我依旧对龙泉碑的下落抱有兴致。如果能够寻到界碑，该是多么令人惊喜！当我把想法告诉毛高时，他却表现出异常的平淡。

他对我随口而说的话，并不抱什么希望。毕竟，我们只是路过龙泉寺，也没有找碑的打算。

我说：如果不费什么力气的话……

他打断了我的话说：章镇文化站搞过一次田野考察，也没什么结果。

对了，我才想起来毛高的身份是章镇文化站干事，整理章镇的史料和传记也是他的工作，显然我是不该忽略他的存在。

我对他客气地说：这事还得靠老伙计的关心支持。

他释怀地笑了笑说：以后，有什么事尽管说吧。

也好，说不定，他还真能帮到我。比如这次去档案馆查阅资料，也是靠他疏通的关系。

我们不知不觉地来到了龙泉寺的山门，这时再回头往下看，远处的夜色里，有零星的灯光，那是村庄发出的光。如果是白天，还能看到这里初秋的枫林，枫叶还未红染，栎树的叶子依旧茂密。

风呼啦啦地吹响山谷，山中气温已经凉了。

方仁和尚给我们安排了住处。今天的香客不多，寺里显得有些僻静，月亮照进来，我在院子里踱步，不只是我一人，有几个香客还在一起讨论白天上山的事。其中一个香客说：从北坡上，九百九十九台阶，从南坡下会不会也是这样？年长者说：一定会这样。这么多年，来过很多次龙泉寺，可我从来没有一回数完过，很多人像我一样从小都这么数过，却没有完整数过。

空寂的山里，除了山风明月疏影外，最灿烂的当属这龙泉寺了。明亮的灯火已经把寺庙照得透亮，再也不是以前的旧寺，这里的一切，都是那么井然有序。

我一个人走出院门，坐在山门台阶上，月光斑驳地照在青石上，它反衬的蓝光照出松鼠的跳跃和苔藓的幽暗。围墙上的猫眼睛发出的绿光正在逼近夜晚的真实。猫看见的，是否是我想象的真实？夜深了，林间里也会晃动动物们的响动，昼出夜伏的它们，在暗处看着我，会不会像在龙泉寺里，如我见到佛像。那时，我一动不动，坐在山门的石阶上，听着风声，这里的月光，一点不变，还是安静，风也不能使它动摇。

我在想些什么呢？

确切来说，抵达这里后，想什么此时都是平庸的……

我起身返回龙泉寺时，不禁打了寒战，借着月光，我抬头一看，院门上"龙泉寺"那几个字不知什么时候剥落不见了……

毛高已经睡着，他睡觉发出的呼噜，可以穿透墙皮，进入别人的梦里。我有时担心这个早睡的人，他的梦境里，从未出现过自己。我在清幽中常常是一觉天亮，今晚毛高鼾声如雷，他正在阻止我的梦乡。

毛高和我是渔村一起玩大的朋友，我每年回到章镇，他都要陪我几天。这次，也是这样的。今天早上，我们从湖心岛村坐船，结果是渔船在龙泉湖上游荡了大半天，毛高安排我在船上垂钓和吃渔家宴，耽误了行程。也好，在龙泉寺逗留两天，也可与方仁和尚叙叙旧，说不定还能打听一些关于龙泉寺的事，对我的课题研究也有帮助。

这些年，每当想起龙泉寺，我的脑海里总是浮现出它破败的模样：零乱的石兽和丢弃的斗拱，年久失修而龟裂的墙体和漏水的屋顶。现在，一切已经改变，前不久，乡里组织了一次商贾捐修活动，修缮了它的正殿和禅房，又重新给龙泉寺做了院墙。两棵几百年刺槐也用栅栏围了起来。方仁和尚是负责龙泉寺日常事务的住持，这里的香火越来越旺，所以供养的人也多了起来。

我坐在院子的石凳上，天气真的凉了，久坐的话，屁股有点麻木。我想起我小的时候,那时候,我祖母还活着,她是个小脚的女人,她背着半袋鱼干,一脚一脚走着去石城卖鱼干。我跟着她后面,通常歇脚三回,一次在龙山古道南坡山腰的龙泉,另一次就在山巅的龙泉寺山门,最后一次在龙山北坡的脚下。

那时,我的祖母也让我数过石阶有多少级,但我没有一次数明白。

有时越数越瞌睡,祖母会拿最恐怖的狐仙鬼怪故事吓唬我,赶尸人的故事也没少说。

龙泉寺的清晨,鸟鸣清脆,我和毛高早早起床,在正殿烧完香后来到山林间,往下走是一条蜿蜒的小道,这条小道通向哪里我并不知道。人走出来的路,一定有出处和来历,我们好奇地往下走,参差的树林和茂密的灌木林遮蔽了前方。毛高打起了退堂鼓,他说:小路那么难走,我们还是回吧。他胆子还像以前那样小。

我笑着说:大白天,还能遇见鬼吗?

毛高硬着头皮向前走,天越来越亮,当我们走到一片山间一处开阔地时,竟然被眼前的境况惊呆,这里有好多墓塔。毛高说:这个鬼地方。

我笑着说:这还真是一个鬼地方。

我来龙泉寺也有好多次了,从未听人说过,这墓塔的事。我问毛高:你在章镇这么多年,知道龙泉寺墓塔吗?

他摇摇头,说:我在文化站这些年,走访过章镇很多地方,真不知道有这么个鬼地方。

这里晨雾缭绕,如果不是到处林立高低不一的墓塔,我还以为误入了人间仙境。墓塔由砖石混搭而建，有十来座，有的已经倾斜或倒塌，目测高度两三米吧。这里很少有人来过，长满青苔的塔座久未清扫，几支燃烧过的香火还在，也许是多年前的。

我笑着对他说：这难道是武侠传说中的禁地？会不会藏有什么武功秘籍吧。

他说：拉倒你吧。

看他一脸正经，我说：说不定还有宝藏呢。

在这寂静的地方，有些墓塔被荒草覆盖了，露出残破的石兽，显得荒凉，但碑文记载的却是他们的文成武德，事迹非常有趣。时间最早的碑文是洪武十年，碑文记载了宗慧住持的童年故事，三岁识字，七岁作诗，十岁出家，十三岁成龙泉寺住持；还有一碑文记载真宝住持的功夫了得，七岁拜师学艺，十一岁剃度，宣德三年被朝廷授予教师。塔碑上刻着字，仔细辨认，才能略知一二，它记载的是龙泉寺和尚的生平和功德。

毛高说：不单是文人骚客喜欢吹牛，六根清净的和尚也不例外。

出于自己职业敏感性，我马上意识到这些墓碑铭文可能对龙泉寺的历史文化构成对应关系。我说：关于墓塔的事，我们回去可以问问方仁和尚。

毛高说：看来这次得在龙泉寺多待几天了。

我说：或许也能找到你喜欢的东西。

毛高说：为何县志却未曾记载？

关于墓塔，也许龙泉寺的藏书室可以查阅，我想：一座千年古刹总有蛛丝马迹可现，它不可能把自己包裹得严严实实。

方仁和尚正在上早课，院子里有零星的香客走动，他们都来自章镇附近的村庄，大多是中老年人。毛高和其中一个老人站着说话。这个老人，背微微躬下去，有些佝偻，他们以前好像认识。

老人说：龙泉寺啊，在我小的时候，它只有一间矮小的正殿和一间偏房，大雄殿是后来建的，以前的早毁掉了，以前的正殿成了禅房，现在的大雄殿门口的生铁大香炉还是原来的，山门原来有一对大石狮子，被人盗了。

毛高说：你记忆力真好，你听说过墓塔吗？

老人说：你说的是龙泉寺和尚的墓园吧。

毛高点了点头。老人说：那地方啊，以后少去吧。

毛高问：有什么讲究吗？

老人摇摇头说，以前大人都这么跟我说的，我也只好这么跟你说了。

毛高又问：你去过墓塔吗？

老人说：去过，我在人民公社放羊时，在那里丢过羊呢。

他大概是因为丢过羊的缘故，也不愿意多说墓塔的事。

我问：羊是怎么丢的？

他说：羊掉到陷阱里死了。

我问：那里怎么会有陷阱呢？

他说：后来发现是墓穴的地道塌陷，有人把它填了。

哦，墓塔原来是有地道的。毛高对龙泉寺的兴趣有点出乎我的意料。本来，我们去石城找老刘，是为了帮我查阅一些关于章镇的史料，这次他却主动要在龙泉寺多待几天。我想：这样也好，对于龙泉寺，我也充满了好奇。

况且这里的环境清幽，是难得的清修之处，我很喜欢。

上午，我们应邀来到方仁和尚的茶房小坐。我向他说明了来意，他指着书柜说：说来惭愧，那些经书的木刻本还是香客和居士最近赠的。方仁和尚的话让我们感到诧异，这座古寺几百年来竟然没有一本自己的藏书。

他看到我们满脸的困惑，笑了笑说：这是实情，寺内以前是有过一些藏书，因为某些原因人为被毁，有些流落民间，明朝的本道和尚在龙山建立龙泉寺，他还是一位对诗书都颇有造诣的僧人。

毛高对本道和尚的事迹表现出极大兴趣，这跟他职业有极大关系，他一直对当地民俗和文化的收集有兴趣，这次他愿意帮我去石城档案馆找老刘，也是这个原因。

毛高问：本道和尚的诗书有传承下来的吗？

方仁和尚说：没有，他的墓还在，有关他的书法碑刻，是一座仅存孤碑，可惜的是我来到龙泉寺前被人偷走了。

真是令人遗憾。不过方仁和尚愿意带我们去看看本道和尚墓。

毛高告诉我，康熙年间《大冶县志》有过记载：龙泉寺碑，龟趺，青石，高五尺，宽二尺，厚五寸。本道住持题写碑文，立龙山龙泉寺山门外青石台阶。他以前在石城档案馆查过影印的县志。

本道和尚的墓不在塔林里，它在龙泉寺的后山上，离龙泉寺不远，向上东走一段土路，穿过一片竹林，我们来到一处用石头垒砌的圆形土堆前。

方仁和尚说：这是本道祖师的埋骨地。

墓冢周围没有墓碑，也少有人祭拜，显得有些寂寥。方仁和尚说：佛家讲空，一切尘缘化了。

毛高说：本道祖师姓甚名谁，有记载吗？

方仁和尚说：出家人尘缘了无，只有法名本道。

我围着墓冢走了一圈，只有一处方孔的碑座在墓冢的北边。

显然，这墓冢原来是有碑的。

墓塔都有碑记，本道祖师的墓，也不至于这么寒碜吧，碑的丢失，是人有意而为的。那么，墓碑又该如何写了呢？

方仁和尚说：墓塔的碑文是住持的门下居士捐资修建的，碑文是居士请人写的。

按他这么说来，墓塔的碑文写得夸张而戏说是这个原因。

我有我的看法，墓塔以后还得再去一次，或许还有另外的发现，那位老人不说有墓道吗？

我说：方仁师傅如果方便，有机会请带我们一起去墓塔看看吧。

方仁和尚摇摇头说：寺里规矩，我不曾去过，也不方便去。不过我的茶房有墓塔碑刻的图册，也有碑文记录，我送你一本。

回到方仁和尚的茶室，他拿给我们一本彩色的图册，说：这是寺里的居士自己拍摄和制作的，因为我们从不主动提及，香客很少知道有墓塔的存在。

图册封面写着"考碑记"三个大字。这等口气不小，实则是一些图片加说明文字。我们翻阅了图册，每座墓塔都有照片，墓碑上的字还有特写，即便如此，有些字已经斑驳或脱落，旁白写着很多"×"，只能靠猜。

有了这本图册，毛高如获至宝。他对方仁和尚说了一些客气话：多有打扰，以后再来拜访。他向方仁和尚告别，这多少有些出乎我的意料，他不是打算多待几天吗？

离开龙泉寺，我们从北坡下山，龙山南坡和北坡的树木不尽相同，南坡上向阳的枫树林到了秋天，漫山遍野的灿烂，北坡却是翠竹葱葱。竹林里，阴凉的风不知方向地吹着，我心里默数着青石板台阶，但数着数着，好像多数，又好像少数了一块。

我们来到了北坡山脚的第一块青石板上，这里也是北坡龙山古道的起点，"龙山古道"四个大字的石碑依旧立在古道边。青石板上的坑记犹在，背夫走卒，私盐越货，什么人留下的，无从考记。山中一宿，仿佛时间停顿，寺山外的河西工业园区，工地一片繁忙……而沿路村庄房屋的墙上写满了"拆"字。对比山中的无限寂静，这里的喧哗和繁复，令人苍茫。这仿佛是说山中一日，人间已是千年。

毛高还想着碑的事，他说：龙泉寺，碑的故事，大有文章。

本来我们是去石城档案馆查阅章山故城的史料，没想，他又对龙泉寺的碑产生了极大的兴趣。

我说：档案馆也许有龙泉寺的资料。

毛高说：以前，我查阅过关于章镇的史料传记，关于碑的记载从未有过，龙泉寺的碑刻可以给章镇的历史文化提供一个新的思考角度。

但，龙泉寺的碑刻多以墓碑为主，墓塔的碑文多是记载和尚生平的碑文，其史料意义并不大。毛高并不认同我的看法。他以为龙泉寺可能隐秘着一个我们目前无法知晓的秘密，关于龙泉寺，他坚信有着一段隐秘的前世。

他笑着说：这是直觉，没有理由。

我说：或许那只是一个传说，像章镇所有的传说那样惊悚、志怪、传奇吧。

毛高说：那幽微处的光亮，也许就是我们寻找的部分。

这些年，他在文化站上班，他对史志、口头传说、民间故事的整理已有多年，形成了自己的做事习惯。

到达石城已经下午，从道士洑乘公交去黄石矶，老刘在那里等我们。

老刘微笑地跟我们握手，毛高向他介绍我，说：毛细是我们章镇走出去的青年学者、大学老师。

老刘戴着黑框眼镜，五十来岁，头发有些谢顶，他说话的语气不缓不急，他客套说：毛老师，以后请多指导。

我们互相客气一番后，来到档案馆查找当年章山故城的历史资料。我在大学从事地方志的研究和教学。这次回来，也想通过毛高找到一些一手的资料，地方志一直是传承地域文化的载体，也是研究当地风物和史实的载体。从毛高口中得知，老刘也是地方志的研究者，他有章镇的好多故事，还送我一本他的新著《石城地名考》。

下午的时间本来短促，我们来得也晚，我一直忙到天黑，老刘一直在办公室等着我们。我们查阅到的资料，老刘便把它们影印好。我在档案馆查阅了一些明清的县志，但关于龙泉寺的记载，几乎没有。明末清初的《读史方舆纪要》倒是有章山的粗略记载：自县北二十里牛马隘山，连绵为章山，自章山以至县东九十里道士洑，脉皆相连。连绵起伏的九十里章山，几千年来，南北唯有一条陆路官道，货物通过龙泉湖上岸后走龙山古道到达道士洑货物集散地，到达道士矶码头，再运往各地。

我当时的感想是，在这么个商贾云集的地方，这些有钱的商贾便在古道经过的龙山集资修建龙泉寺，供过往的信徒们朝拜。

老刘认为：那时候，龙泉寺是这些商客的祈福之地，也是他们避世的家园，战争、饥饿和瘟疫，南来北往的人，他们在此停歇，龙泉寺成了他们安放心灵的栖息地。

但是毛高不这么看，他觉得龙泉寺必然有自己的故事，它不可能听从传说和猜测，毛高说，人类有了碑，碑刻记载的是先人的功勋和事迹，也有他们的荣光和事业，传说只是它的佐料。但龙泉寺那么多碑，或许隐藏了一段自身的故事。

毛高的话也提醒了我，立碑和立传是在大地，是近似于宗教的神圣方式，不可不看。

我和毛高当场商议决定，对龙泉寺再进行一次走访，不仅仅是止于前两天对方仁和尚的访问，我们以田野调查的方式进行。

这种方式早存在于乡，已经不是什么秘密。听我祖母讲过我曾祖父在章山深山采药的故事，他寻访最多的人不是当地的老中医，而是章山的放牛人和砍柴人。

我以为龙泉寺碑不应以猎奇的心理，印证传说和志怪，碑的意义还应该从历史和人物的角度得到观照。

毛高仿佛自己已经胜券在握，他认为龙泉寺碑会按照自己的想法不久呈现在大家面前，理由是他似乎找到了一条古老的通往寺中的秘道。龙泉寺在历次的社会变革中，这些不起眼的碑刻已经散落民间，以另一种形式被搁置和埋藏。

他笑了笑，说：在寺里找碑，不如去寻常百姓人家。

我们的想法，竟然有了相似的地方，接下来，该是如何行动。

老刘无意中说到他家的一位亲戚在章镇的章山村，房子拆迁后，在自家地基上发现一块碑，经他和文物局的专家确认，这块碑竟是白阁老的墓碑。白阁老是何许人也，他生前是战国时期的吴国太宰，长期驻守于大冶湖入江口的章山故城。

龙山古道北坡下的凉山村正在拆迁，也许可以提供一些关于龙泉寺的陈迹构建。

所以，我们临时决定回去的时候去那里看看，说不定也会找到一些有用的线索。

第二天回去的时候，我们坐车从黄石矶先到了西塞山的凉山村。如果直接回毛村，还得去韦源口，从韦源口坐船到龙泉湖，这需要绕一个大圈。

凉山村已经搬得空空荡荡，几只流浪的猫猫狗狗警惕地看着我们。

挖掘机已经把房子扒得残垣断壁，大多数房子都是钢筋水泥结构的，这些房子是近年建的。但有的却是青砖瓦房，甚至是砖木结构的四合院也可以在这里看到，可惜的是，只有几面土墙立在那里。以前的梁栋已经被人拆走，石门墩和屋檐的石头构件还在。此时，一位像是巡查的人向我们走来，他远远地喊话：这里都是危房，不要在此逗留！

他疑惑地看了看，盘问说：你们是干什么的？

毛高说明来意，他反而显得格外热情，主动地带我们去看一些老房子的老物件，原来他们把我们当成了收购乡村旧物的小贩。

他说他叫胡大块，是迁拆办的巡查安全员。

我头一回听说这么个角色，我们称呼他"胡巡查"，他很高兴。

既然如此，我们就装一回商贩吧。以我和毛高对乡村旧物的了解，这一点足以以假乱真。

他给我介绍了村中的青砖瓦弄和旧时器物，我们都不感兴趣。他问我们：你们想要看什么？

毛高问：有没有石刻或碑刻一类的东西？

他想了想说：这类石雕石刻早被人收走了。

毛高说：你再想想，碑刻，甚至是宋元的墓碑也可，明清的线装木刻本也行。

他说：我帮你找找看，可能会有，你们给我留个联系电话吧。

毛高和他互留了联系方式后，他还带我们去了一个地方，他说：你一定会对这个地方感兴趣。

他把我们带到一个被挖掘机挖过的祠堂门口，他说：胡氏祠堂的屋基被挖出几根方形石块，它的雕花很精美，你们可以看看。

果然，如他所说，这些飞禽走兽被镂刻在上面，栩栩如生。

毛高说：价格合适的话，他全要了。

那人"嘿嘿"一笑，故意吊毛高的胃口，说：回头谈，电话说吧。

我对那些石刻雕花并无兴趣，我感慨说：如果能找到碑刻之类的东西多好。

他说：可以帮忙找，说不定真有。

毛高一路兴奋，他有好多的想法，他说以后要多走访一些村落，收集一些有关碑的故事，尽可能收集一些石碑。

我正好在休年假，我说：这段时间我想跟着你一起到处走走。

他很乐意地答应了。

接下来几天，我们决定先去龙泉村走访。毛高说：章山南坡下的龙泉村离寺庙最近，也许能有什么发现。

我抱着试一试的心理，跟着他走一趟。

龙泉村与龙泉寺，至于是先有了龙泉寺，还是龙泉村，没有人知道。或者它们都是因为龙泉传说的故事吧。

村里的老人说，龙泉村和龙泉寺都是因为龙泉湖的缘故。龙泉湖因为龙泉溪的汇入。它们之间没有什么必然的联系。我们了解到，龙泉寺最早是建在龙泉湖畔的飞鹅山边，这是章山山脉的余脉，后来因为洪水的原因，搬迁到龙山古道上的凉亭。至于是哪一年搬迁重建，没有人说得清楚。

老人的这种说法，彻底打乱了我们对龙泉寺的想象。有时，可以信以为真，它是假的，有时它却是真的，我们认为这是他个人的道听途说。

这跟方仁和尚的说法不一样，也更加坚定了我们把工作继续进行下去的想法。

毛高说：我记得下黄湾的那片竹林有棺坟，是兴国州李氏家族的太公坟，墓碑上写着康熙三年立碑于龙泉湖畔的龙泉寺旁。

下黄湾在飞鹅山的东边，这么说，龙泉寺康熙年还在飞鹅山，章山上的龙泉寺又是什么时候建的呢？老人所说应该没错。那么方仁和尚所说，是否有错？

我们无从考证，但是墓塔可见最早的记录是在洪武年间的墓碑，当然有些碑文早就模糊不清。

现在的飞鹅山，是一片茂密的樟树林，几百年树龄的樟树有几十棵，几乎看不到寺庙的任何遗迹。也许一场洪水已摧毁它的所有，也许是时间已经抹平所有记忆，他们选择了遗忘性记忆，灾难已不再存储在任何文字里，所有的碑记是它的丰功伟绩的记载，我们忘记了曾经的伤痛和悲愤。

有一年，我叔十多岁的女儿溺水而死，我叔把她卷着草席装进自制的条形木盒里，埋在章山的某处山坡，不立碑记，没过多久，关于她的所有印记缓缓消失于章山的草木中。我想，难道他不悲恸吗？但他遵照习俗，必要的遗忘，甚至没有任何记号，仿佛什么事也没发生过……

章山多寺庙，像龙泉寺这样的寺庙不计其数，因一些原因毁掉的也不计其数，一次又一次被毁和重建，碑文上刻着他们的名字，我却无法识别他们的身份，这样的名字在今天还有诸多重名，如果不是有立碑时间，我会以为他们是我的熟人、朋友或者同学。

其实刻在这功德碑上的人名，已经斑驳，甚至剥落不清，像一个个伤疤，已经结痂，然后整体消失在我们的生活中。

我问毛高：你信他们说的吗？

毛高没有直接回答我。他跟我讨论了另一个话题，龙泉寺，也许是章镇附近所有寺庙的传说，并未特指。

我研究过章镇的地方志，不到两百年的时间，山川河流的名称业已更名了好多次，甚至是两个地名完全置换过来。《山海经》的记载便有章山，《史记》更是清楚记载武昌章山，直到明末清初《读史方舆纪要》这里还叫章山。可是到了民国，关于章山的称谓只有我的家乡这么叫了。章山也改成黄荆山，不久前又改为黄金山。呜呼。

因为章山在古代属地的变动，我已托人帮我查找《武昌志》《江州志》和《兴国志》，是否能找到一些蛛丝马迹。

龙泉这一地名，也并非一直沿用，唐宋时期它还叫龙泉，明代叫白坟堡，清时又改回龙泉。龙泉寺近代被称作下庙，现在又改回来。

我想：每次改名一定是发生了什么，总有原因吧，但没人记载下来。

章山，这一最古老的地名继续延伸着我们对时光的追忆和触摸。

所以，我和毛高在章镇继续寻找关于碑的故事。

毛高联系了村长，因为他熟悉龙泉村的情况。他带我们来到柯氏祠堂，这座祠堂建于乾隆二年，近三百年历史柯氏祠堂宗谱的记载：祠堂门外广场立有碑，碑额露出来，刻有"叁拾陆人碑"字样。碑文埋于地下，从未有见过。

毛高很感兴趣，但按照乡俗，这柯氏祠堂门前的土是动不得的。我们无从知道这碑义究竟写了什么。

毛高问我：柯氏祠堂的石碑，你怎么看？

我说：从碑额的字体看，这属于馆阁体，正雅匀称，规范而方正，应是当时流行的官体。这碑年代感十足，不会早于明代永乐年，也不会晚于清代光绪年。

馆阁体始于永乐时期，明清几百年间不衰，可以断定这碑不会是今人立的。

毛高说：我直觉这碑与柯氏祠堂没有什么关系。

怎么说呢，他仅凭自己的猜测去说服龙泉村的人是困难的。

这块老碑的出现，让我们欣喜不已。

这碑是否是被人移立在这里的？这不过是我们的猜测。让人联想翩翩。如果这是第一现场，这块碑的意义将会大大书写。

碑文究竟记载了什么？村长说：这不是没有办法，除非求证这碑跟柯氏祠堂毫无瓜葛。或者按照乡俗，要挖出这块碑，我们得在柯氏祠堂的戏台唱上三台大戏。

我笑着说：为了看一块碑，花钱唱大戏，这成本太高了。

我们在柯氏祠堂找碑的事，没出几天，被传得沸沸扬扬。更有甚者，有人要出数千元购买此碑。这风不知是谁放出去的，毛高显然需要这样的效果。不久，这里便出现了义工护碑队。

毛高信心满满对我说：你在家等待好消息吧。

以他多年的乡村基层经验，找碑的事，不用自己卖力去找了。况且，章镇这么多村庄，要一户一户地问，猴年马月才可以问出所以然来。但现在他觉得不出几天便会有人找上门来。

他强调说：等着瞧吧。

我说：要不，我扮成买碑的客商吧。

他笑了笑说：你已经是了。

又过了几天，关于各种碑的消息漫天飞舞。章镇，最不缺好事者，经过这么一传，竟然真有人主动上门来请我去看碑。

一天，有人来到毛村，被几只恶狠狠的狗围得不敢动弹。很多人围着看热闹，这个人穿着海青，大家以为是假和尚出来骗钱。他说他是来找我的，人们不信。我虽在毛村出生长大，但十来岁便去省城读书，毕业后留在那里工作已有十多年。知道我名字的人，即便是在毛村的年轻人，也很少想起来毛村有一个叫"毛细"的人。

他开门见山对我说：我家菜园里有块墓碑，碑冠是半圆形，有雕纹，你有兴趣去看看。

看他一身打扮，像是寺庙居士，他的话应该可信。

我约毛高一起来到他家菜园，这块碑是一座启文碑，碑额为半圆形的墓碑，右下角已经破损。墓志铭字迹基本可见，大意是说墓主人原来是江州的黄氏，他叫黄启文，他的先人由江州迁移兴国，宣和二年两岁时随父迁至大冶，他娶了三位夫人，生了五个儿子，其中两个夭折。他的生平被记载得详细，四十二岁在龙泉寺出家，咸淳八年殁于章山龙泉湖。这么算来他活了五十五岁。

如果碑文所载是真的，那么龙泉寺的建寺时间向前推进到南宋，有九百余年的历史。

这位居士是五湖村的人，他家正好在龙泉湖畔，离龙泉村柯家湾不远。

我问他：这块碑什么时候被发现的？

他说，几十年前它就在这里了，那时我还小。

毛高说：即便是一块残碑，它的意义也非同小可，墓碑中的黄启文跟龙泉寺之间是什么关系，碑文没有细说。也许一块墓碑没法容下这么多内容。

毛高猜想：会不会是另有隐情？

我问：什么隐情？

毛高说：我哪知道呢！

毛高一句没头没脑的话，却给我某种启示，从墓志铭去研究龙泉寺，或许是一条可行的方法，不放过任何一个细节。

《启文碑》毫无疑问是座墓碑，它有屃头、碑身和碑担。

研究墓志铭，这是我课题研究所未有的内容，也许能为我的课题提供新的方法。

随后的一段日子，我和毛高几乎考察了章镇所有的古墓群，没有一块碑比黄氏启文碑的年代更久远的了，这条线看来也是走不通的。

黄氏启文碑被毛高买下来，送到龙泉寺。因为我们觉得黄启文一定与龙泉寺有某种或明或暗的关系，需要和方仁和尚一起解开这个神秘的面纱。

从碑文得知，黄启文是后来入寺为僧的，碑文没有交代。这期间发生了什么，碑文好像刻意隐藏了一些事情。

我们探问了方仁和尚一些关于黄氏《启文碑》所记载的事情。他说：碑文对应龙泉寺的时间应是建寺之初，和本道祖师属同一时期。

除此之外，黄启文像一个局外人一般，在龙泉寺的典籍、碑记，甚至传说中都无迹可寻。

《考碑记》的碑文我们都看过了，无非是记录生殁时间和姓名，少数有生平记载，也看不出什么的特别地方。

我便把《考碑记》归还给了方仁和尚，他说：你们如果带着猎奇的心理去揣摩这些墓塔，它当然没什么价值了。

我感到惭愧，我全然没有考虑方仁和尚的感受。

我祈求方仁和尚把《考碑记》再送我一本，我一定会好好珍藏。

告别方仁和尚后，我们又一次去了墓塔。

我问毛高：章镇黄氏族谱中能查到黄启文这个人吗？

他说：没有。

凉山村的胡大块给毛高打来电话，他兴奋地告诉毛高，他手头弄到了一块旧石碑，让他有空去一趟。

我们决定去一趟凉山村。

那天上午，我们见到了胡大块，他踩着三轮车拉着一车子东西。

他满头大汗地说：东西都在三轮车上，你先看看。

那却是一块裂开的青石板。

他说：你再仔细看看。

我发现青石板的一面有字，字体却是后人所说的"过渡仿宋体"，显然这是南宋以后的碑刻形式，因为它逐渐脱离了书法的形式。

胡大块什么也不说，他只是看了看我和毛高。我问他：怎么弄到的？

他"嘿嘿"笑了两下，很诡秘的那种表情。

我又看了看，这块已经断裂成几块的青石板，我一时无法将青石板拼凑在一起，打算带回去慢慢研究。

毛高问我：你确定这是一块有年代的碑义？

我很有信心地点了点头。

毛高决定买下这块青石板，他跟胡大块经过讨价还价，还是以碑的价格买下了。

胡大块说：这不是普通的青石板，它是刻有文字的青石碑，你们是行家，不会吃亏的。

我说：不是所有刻有字的石头都能成为碑。

胡大块说：这块一定成。

看来，这块青石碑的来历一定不小。

带着石碑怀着疑启程回章镇，一路上，我和毛高竟然没有交流过青石碑的事。那时我的心情真是难以平静，以我的直觉和专业知识，差不多可以确定它记载的是一场关于宋元时期的战事。毛高肯定也觉察到了什么，他那刻应该想着的也是这石碑的来历和时间。

很快，我们便把青石碑拼接在一起了。可是，它还是缺少了完整性，碑缘已经破损，部分文字因为断裂的原因已经剥落。

经过大部分的文字辨认后，我们大致了解这块碑说的是鄂州之战后兴国军民与蒙元军队在章山一带的战事经过，但碑文没有提及谁参与和主导了这场章山战事。并且，从碑的外表看来，这不是一块严格意义上的纪念碑，而是刻在一块不太规则的青石板上的碑。我想，这块碑的背后一定有隐秘的故事。

毛高也这么认为。

接下来，我带着青石碑的拓文又去了一趟龙泉寺。

我与方仁和尚夜谈，我们再次聊到黄启文这个人，他的身世之谜，我们猜测他与龙泉寺有着一段不解之缘。并且，我们聊到龙泉寺被毁应该发生在入寺出家之前，为什么被毁？可能与那块青石板所记载的章山之役有关。

方仁和尚看过那块青石碑拓文，非常平静。

他只说：一块普通的碑而已。

我不信这块得之不易的碑，竟然没有得到他的任何反馈。

我们再联想到《启文碑》，黄启文在龙泉寺出家时，正是兵荒马乱之年，时间很是吻合，章山之役是否是龙泉寺被毁的原因？如果是，是谁毁掉它？

正当我们一筹莫展时，我所托的朋友打来电话告诉我，他在当地的图书馆偶然见到一本洪武年编撰的《武昌志》，偶然看到关于章山龙泉寺的记载：龙泉寺因章山之役毁于1259年。关于一场战争，典籍中仅存寥寥数字。

也就是那一年，忽必烈自黄州渡江攻打鄂城，兴国、大冶等地同时沦陷，横尸遍野……之后，龙泉寺毁，近百年未重建。

也就是整个蒙元近百年统治期间，龙泉寺荒于野……

而龙泉寺最早的墓塔建于洪武十年。这就不难理解，龙泉寺从南宋咸淳年间因章山之役被毁，明洪武年间重建。

方仁和尚说：那么，龙泉寺建寺时间可以向前推进到南宋时期，之前，墓塔怎么没有保存下来呢？

我说：唯一的可能是毁于章山之役。

他说：忽必烈废道立佛，不会毁掉寺里的一切吧？

我说：极有可能遭遇了龙泉寺僧侣的强烈抵抗。

我们不得其解。

我回到省城后，因忙于整理学术材料和课题论文写作的事，疏于联系毛高，好久没有再去研究龙泉寺碑刻。但这期间，他给我寄来了许多关于龙泉寺的碑刻资料，他希望我帮他分析一下这些碑刻文字的史料和背景，是否和龙泉寺构成一定的关系。

我一直未能给他回信。

我妈来信也提到龙泉寺那些碑刻的事，毕竟这算不上什么好事，它早就在章镇被人传得沸沸扬扬，各种道听途说的事情都与我有了关系。我妈是佛教信众，她不希望我这么做。

她认为碑是龙泉寺的圣物，不要轻易触碰，这样是会犯忌的。她说：既然碑已经沉没于泥土，再无必要掀开给人看。

她来信强调说：在章镇，关于我的流言蜚语已经很多了，你差点被人说成了文物贩子和盗墓贼，好自为之吧。

我有自己的看法，透过碑文，能找到时间的秘匙，打开帝国乡土的隐秘部分。在民俗伦理与理想追求之间，我脚下的这根平衡木已经开始打滑。

我在自己的课题论文《碑铭与历史文化的关系》中写道：碑作为民间、江湖、史话与官道、庙堂、吏的关系中最隐秘的中间体，看似是文化符号的意义，但却是春秋笔法，是刀笔吏，正是由这些三教九流、民间匠人，甚至是无名氏的书写构成了个人史、历史和文化史的部分……

这段话又勾起了我对碑的记忆……

龙泉寺碑的消息不断传来,毛高又来信催我有时间回去看看。

冬日,我又一次踏上回家的路,母亲在院门口晒着太阳,她的腿脚越来越不灵便,她对我的这次回家,很不理解,甚至责备起我。无论我怎么解释,她总不能释怀,我早就料到会是这个结果。

毛高找到我说:你还记得柯氏祠堂前的那块碑吗?

我当然记得。

他已得到那块碑了,他说:又是一块残碑。

至于毛高是如何得到那块碑的,我没问他,我也不想知道,我不想卷入那些流言蜚语里。

他要想得到那块碑,根本不需要请人去龙泉村唱三天大戏,我太低估了毛高了。

好在碑首和碑身的上半部分的大半都在。这很好理解,这块碑已经被人移动过,或者说被人为破坏了。

我仔细看了碑文,上面刻的都是人名,有几十个人的名字,落款竟然有"咸淳十一年黄启文"字样。"黄启文"三个字,立即勾起了我的好奇。

它没有序文,只有密密麻麻的名字,显然不是柯氏祠堂的功德碑。

他说:他查了这些人的族谱,并未入谱,我怀疑它跟某一段历史有关。

我说:什么历史?

他说：章山之役。

他是这么看的：宋元的鄂州之战后，伯颜派兵继续沿长江东进九江途中，在章山遇到宋军的阻击。元军在西塞山筑营安寨，随后，派兵对章山一带的宋军进行围剿。宋军被迫退到龙泉寺继续抵抗。元军久攻不下，火烧龙泉寺，宋军全军覆没，龙泉寺僧人因而受到牵连，僧众出逃，元军追至龙泉湖畔，僧众十几人要么被杀，要么溺水而死。黄启文可能是这次事件唯一的幸存者。

事后，他立碑于龙泉湖畔，纪念这些因保护宋军而死的僧人。

毛高说：出家人的姓名才是不会被族谱记录的。

我说：为何不记录事件经过？

毛高说：为了不受此事牵连，黄启文选择了这一隐蔽的方式刻碑，他只记录名字，不记录过程和原因。

我觉得毛高的推断很有道理，这也是《启文碑》为什么也没有任何记载这段历史的原因。

况且，立碑处的柯氏祠堂前的广场，几年前扩建时挖出过尸骨。

毛高说：这座断碑记载的是一段血腥而残酷的历史。

为了搞清《启文碑》和断碑的关系，我决定对龙泉寺周围进行一次田野调查，希望能够掌握更翔实的材料。

这一天，我又来到南坡龙山古道的枯堂坳的龙泉。泉水处，茅草和荆棘已被人收拾了，露出原来的石凳，可能是供人休息的。石凳在一棵栎树下，落在上面的鸟屎已是陈迹，泉水边的黄荆树落光了叶子。泉水口形成一块两米见方的蓄水池，有几块方正的青石板围着。我拨开那几片漂浮在水面的枯叶，给水壶取了水。章山有青石板，它可以奢侈地铺满一条龙山古道。

所以，碑对于这片土地来说，绝非什么稀罕之物。

这些常见之物，经过千百年的风雨侵扰，有的越来越光亮，有的更加浊暗，爬满青苔。它们被彻底遗忘时，便滋生出疙瘩来，侵蚀了原来的光泽。其实，我这次龙泉寺之行，是为了探究龙山古道南北坡的石阶究竟有多少级，或者说这里有多少块青石板。

上次在龙泉寺听到香客说起龙山古道九百九十九石板，这次我有必要认真数一数。

另外如果能找到几块碑那是最好不过的，传说中的龙泉寺界碑也是我这次田野调查的目的。

从龙山古道南坡的第一块青石板开始，为了保证数字的准确，我每数到青石板整数时，便用粉笔做了记号。如此，龙泉处，恰好是第三百块。

当我数到六百时，我已经快到了龙泉寺的山门。余下的青石板，是五十六级台阶。南坡的青石板台阶是六百五十六级，并非是九百九十九级台阶。青石板的形状大都呈不规则的方形，极少数是非常规则的长方形，我一一记录，包括数量、形状、颜色，还有沿路的树木品种。

传说中的龙泉寺界碑，我并未发现，冬日的草木萧条，山川露出它本来的面目。所谓龙泉寺界碑，终无结果。

南坡的龙山古道，差不多一个上午的调查结束。

午后，我又一次见到了方仁和尚，当我说明来意时，他笑着说：我知道你会再来的，我已经候你好久了。

我回来的消息没有告诉方仁和尚，可能是毛高告诉他的。

我这次回来，母亲说我执念很重，我只是心有疑惑。我问方仁和尚：这做得对吗？

方仁和尚借用白居易的诗说：花非花，雾非雾；夜半来，天明去。

看来，方仁和尚对于我继续找碑的事，也不是特别看好。

我向他提出我想再去本道和尚的墓看看。

方仁和尚说：那只是一个土堆，上次你看过，无碑。

我心中有一个大胆猜想：《启文碑》跟本道和尚有很大的关系。

方仁和尚微微一笑，没有表示反对。他说：你的朋友毛高也来找过我，他也这么说。

方仁和尚跟我讲了毛高的推论。如果他说的成立，那么《启文碑》记载的碑文，一定能在龙泉寺得到印证。如果黄启文就是那个本道和尚，那么碑座又在哪里呢？事实上，这些碑的互相印证非常困难。

我忽然想起来，本道和尚的墓，以前是有碑的，这块《启文碑》是不是本道和尚的墓碑呢？即便是碑座与碑身吻合，也不能说明本道祖师是黄启文，原因是同规格的碑座很多，并非这里独有。

是的，这里的谜团太多，假设成立的话，本道和尚为什么不在碑文里记载？

我该好好理一下《龙泉碑》和《启文碑》以及与本道墓之间可能存在的某种关系。这些假设，其实只需要一根绳索穿起来。我想象了一个可能发生的场景：

当时章山的抗元武装在龙泉寺一带活动，黄启文带领的武装在章山被困在龙泉寺。元军有可能火攻龙泉寺，黄启文兵败杀出重围后，带领僧侣沿着南坡逃亡，在元军追到龙泉湖岸边时，他们已走投无路，他们只好投湖自杀或逃跑。而黄启文是那次战争中唯一的幸存者。事后，他把这些僧人造册立碑埋于龙泉湖畔。元军也有可能得知龙泉寺的僧人参与了抗元，然后火烧龙泉寺……

那年黄启文四十二岁，重建了龙泉寺，并出家做了和尚。

这不过是我的推测，章镇的任何传说和史志没有记载，我翻阅了黄氏宗谱，甚至黄启文的名字也没记录。这不难理解，在那个南宋亡后，蒙元高压政策统治下的南人，任何文字的记录都会招来杀身之祸。所以，龙泉寺只有本道和尚这个人，没有黄启文这个名字。

元灭后，洪武初，人们为了纪念黄启文又一次重修龙泉寺，得以把本道和尚的尸骨埋于龙泉寺后山。原来的墓碑被废弃，新碑又没确立。

方仁和尚和我一起去了龙泉寺后山。

我仔细看了本道和尚墓穴，这个用石头垒砌的圆形土堆，实在没有什么特别之处。碑座还是那个碑座，连望文生义的机会也没有。

返回龙泉寺，天忽然下起了雨，我只好在寺中留宿，这次出行的调查也半途而废。从这条龙山古道去石城，香客很少，现在几乎没人徒步了。原因是前不久章山隧道的开通，很少有人再经龙山古道去石城。

孤寂的山林中，淅淅沥沥的雨声，在木鱼的敲打声中，僧人在做晚课。我想去凉亭看看，可是这雨越下越大，我没打伞，走出山门。山中天气瞬息万变，冬日，下这么大的雨，香客都说真是少见。

凉亭在龙山古道的山顶上，从这里眺望南北，天晴的时候，可以看见南麓的龙泉湖和北麓的长江。凉亭是龙山古道中供旅人歇息的地方。

地上的雨水沿着青石板很快形成流瀑，有时也会冲毁古道上的青石板。

看来这雨不会一时半会儿停下来，既来之则安之吧。凉亭内立有碑，它记载重修的时间和捐资人的姓名。民国二年重修，什么时候始建没有说明。青砖灰瓦，保存完好。亭内有一块青石条，供过路人坐下来歇脚。青砖上被刻着正统、景泰、康熙、同治等年号，可以见得，凉亭的始建时代至少在明代。今人也学古人在墙砖上刻画，"某某到此一游，1989年"。他们都想在时间里留存，可是只有时间还在，他们早已归于尘土。我一直在凉亭坐到傍晚，雨没有停过，地上的流水沿着青石板古道向下流淌，没有什么能够阻止它的脚步。

晚上，方仁和尚邀我去茶室小坐，他说要给我看一样东西。

这是一块青石板，没什么特别，正面被岁月磨得非常光滑，在龙山古道，有很多这样的青石板，它们长时间被人踏踩，磨出一个凹下去的小坑，这块青石板也是这样的，并没什么特别。

我说：这是龙山古道上的青石板吧。

方仁和尚没有直接回答我。他说：奥秘来自青石板的背面。

我们一起把青石板翻了过来，它的背面居然是刻满了字！

这也让我想起凉山村的那块残碑，不也是刻在青石板上的吗？

那块碑在毛高手里。

方仁和尚给我讲了碑的来历——

这一意外的发现是多年前的一场暴雨冲毁了北坡一截古道，

好几块青石板被山洪冲走。方仁和尚带着几个僧人修路时发现了这块碑的秘密。唯有这块石板有碑文记录，其他的石板却没有。有人刻好碑记录了那段珍贵的历史，刻碑的人是谁已无关重要，但是他为何要把碑外露于鹿野，却又要如此隐蔽呢？

我仔细看了看这块青石板，它记录了龙泉寺一段秘闻——龙泉寺为抗元武装避乱住所。

关于这一隐秘的章山之役，史料没有任何记载。

碑文上写道：鄂州城破，时忽都帖木儿乘胜沿江而下，抵西塞、欲攻兴国军。启文乃引兵宿于章山，伏之。次日，大败其众，皆如启文所料。忽都帖木儿闻之大怒，不日，兵围龙泉寺，寺中僧众尽杀之，寺毁。启文以众寡不敌，兵败逃至龙泉湖，前陷泥淖，藏葭苇间，幸免，余众溺水而亡。

这块青石碑的字体也是"过渡仿宋体"，完全跟我在凉山村见到的那块一样，所以青石碑并非独一无二，也许龙山古道上的那些青石板，说不定哪一块便是。

当我把这个想法告诉方仁和尚时，他让我保守《青石碑》的来历，他担心江湖盗贩的蜂拥而至。我懂，如果这碑为更多的人知晓，龙山古道将永无宁日，每一块青石碑都有可能成为一些人眼中的猎物，这也是我不愿见到的。

方仁和尚说：这块青石碑，毛高也未见，不必告知他。

我理解了方仁和尚见到那块青石碑拓文时候的表情，他不想更多的人卷入龙泉寺中。

他的话提醒了我，我提前结束这次龙泉寺的田野调查。

他说：这也是意外，如果不是你的到来，我也不会留意青石碑的事。

我说：真相何其难啊！

他说：我们担心真相毁掉的同时，又害怕自己被真相被现实伤害。

方仁和尚还说到本道墓，在阳新县（元时属兴国军）一带一直流传本道祖师是兴国军的一位抗元英雄，曾在龙泉寺出家做和尚，因元军犯宋，他组织民众抗元，他能征善战，后战死沙场。如此看来，传言与民间话本竟然与碑说惊人相似。这让我想起小时看过的一部采茶戏《黄塔寺》，讲的是元军火烧黄塔寺抗元的故事。有时艺术是口口相传后记录在案的部分，别以为时间抹掉了记忆不再重现。其实，我们古老的记忆从未缺失，它通过不同的载体形式流传着。

我征得方仁和尚的同意后，拓了一份青石碑。

我问他：启文碑你打算怎么处置？

他说：先放在龙泉寺内吧。

我问：不打算物归原主吗？

他说：我们已经给本道和尚做了墓碑，已经立好。

他没有解释。我觉得这件事是寺内的事，不便多问。

离开龙泉寺前，方仁和尚陪我一起去看了塔林，他打算给黄启文修建一座墓塔，把启文碑放置在这里。也好，这也许是这块碑的最好归属。

日暮山更瘦，枯树冬来直。

此时风声猎猎作响，隐没在荒草间的石碑何止只是墓碑。

第二天，我早早下山，去章镇见了毛高。毛高对我的到来很高兴，他问我：这趟龙泉寺之行有什么新发现？

我摇了摇头。

但他却抑制不住自己的兴奋,一见我,便滔滔不绝地向我讲起他对《启文碑》的心得。按他所说,无非是要在龙泉寺找到一个历史文化的据点,印证这块土地非凡的陈迹,时间让事件生锈、结茧,斑斑驳驳。然后,他开始找寻某一刻度的残缺部分,放大、变形,找出有利自己的证据,对这片土地文化底蕴深厚、引经据典、一一对应后,果然,此地历史文化深厚,但我们每个人身上沾了血和锈。

毛高问我:你怎么看?

哦,我回过神来,心不在焉说:有用吗?

毛高一脸的诧异。我解释说:我信心不足。

毛高说:秘密在龙泉寺里,方仁和尚已心中有数。

这次该我诧异了,他为何要这么说呢?难道他也知道方仁和尚手里另有一块《青石碑》?

我问:何以见得?

他狡黠一笑。也许,世上并无秘不可宣的事。

他带我去看了看他收集的各种石碑,这些碑高高矮矮、大大小小地堆在他家的后院里。这可是他花了大价钱从附近的村庄收集到的。

他得意地对我说:柯氏祠堂的那块碑即便是一块残碑,它的意义已经大于我的想象。

这次,我表现得很平静,没有他期待的那种喜出望外的兴奋。我说:我已经完成了论文的写作,不打算再研究碑刻的事。

他略感失望,说:毛细,你像变了个人似的。

我含混地应付他说:我最近可能太累了吧。

他给我一一介绍了其他石碑的情况，大多是一些关于章镇近代的地名碑、祠堂碑、墓志碑、功德碑，并无什么历史价值。

我说：你打算怎么处置这些碑？

他问我：你有什么更好的想法吗？

我说：物归原处也不失为一种去处。

毛高说：黄启文这个人了不起，我们有责任收集整理研究他的事迹。

他还说石城档案馆的老刘已申请到一笔经费，他正在开展对龙泉寺历史的考证。

其实，这个计划他们早已进行，在我第一次去石城找老刘的时候，他非常在意我研究的课题情况。

告辞了毛高，我回到毛村，母亲问我：见到方仁和尚了？

我说：见了。

母亲问：他怎么说的？

我用了方仁和尚引用的白居易的诗，说：花非花，雾非雾；夜半来，天明去。

母亲说：他说的？

我点了点头。

母亲说：方仁和尚也这么跟我说过。

但我有心结一直抹不去，龙泉村的柯氏祠堂前，那些挖出的白骨，如果真是那些将士的，千年早化成泥土。如果不是，他们又是谁的呢？

显然，那块残碑不能解答所有的疑惑。

我回到学校后，毛高和老刘还来过学校一次，他们要在我校图书馆查阅影印一些资料，希望我能给他们帮忙。他们在一本

《鄂东南1958年水灾考》中偶然发现关于章镇的龙泉湖的文字记录：1958年夏，石城章镇龙泉湖水淹，龙泉村三十余人死，埋于柯家湾猫子头。

这已是六十年前的事了。

我问老刘：档案馆有此资料记录吗？

老刘摇摇头，说：没有文字记录。

毛高说：我从未听说过。

那么柯氏祠堂广场的埋骨真相又是什么呢？

我说：柯氏祠堂门前的尸骨，可能是1958年水灾的现场。

毛高却说：也可能是章山抗元之战的最后现场。

我们此刻彼此沉默，每个人都若有所思，可能所想的都不一样。

吃饭时，我们没有讨论碑的任何话题。用餐匆匆结束后，我问毛高：以后有什么打算？

他说：我和刘老师正在写一本书，这本书关于龙泉寺和南宋抗元的关系，柯氏祠堂广场出土的那块石碑已物归原处，并申请文物保护，后期可能会迁移柯氏祠堂。

既然这是已定的事，我不再说什么。

一年后，我母亲病重，我又回到了章镇。柯氏祠堂已经异地重建，那片地方被隆起的一个新土堆覆盖，旁边又立了一块新石碑。碑文写着：南宋抗元将士之墓。

我问母亲：你听说过1958年的龙泉村发生了什么吗？

母亲的眼泪一下子从干涩而深陷的眼窝夺眶而出。那一年，我的母亲的弟弟也死于水患。方仁和尚就是从龙泉村逃出来的，接下来那几年，饥饿又死了好多人。方仁和尚和母亲是那场大水中的少数幸存者。随后又遇几年饥荒，方仁和尚去了龙泉寺。这些死去的人，草草地被埋于柯氏祠堂前的那块空地，没有墓碑……

她不想再提这些往事了。如果不是因为这块碑的发现，这段往事将继续被尘封，甚至是被遗忘。

当年多少事，不堪回首中。

母亲说：都是过去的事，搞清楚那些事，只有自己痛苦。

我什么都不想说了，历史真是一个大误会，它覆盖过去的，这和你看见的，竟如此不同。

又一年，我回章镇，毛高送了我一本他和老刘合写《龙泉碑考》，我没有翻看，这本书和《鄂东南 1958 年水灾考》影印件一起放在我的背包里。

这块残碑被命名为"龙泉碑"，我不感到意外。

毛高陪我一起去龙泉碑，我一个人站在墓前默哀好久，好久。

毛高说：黄启文是一位大人物，你也要为家乡做些贡献，好好挖掘一下那段历史。

我没有接他的话，我在那里默默站了好久。

母亲去世后，我再没有回章镇。关于那里的消息，我零星地得知一些，也知道龙泉寺又扩建了，雄伟起来了。

但我又有担心，那些陈迹却越来越模糊，总有一天我也想不起来。

——原载《山西文学》2022 年第 12 期

画眉

冬至是开祠祭祖的日子,我妈一大早叫醒我去宗祠扫地。

我赖床不起,我妈从被窝里把我揪起来。

寒风刮着光秃秃的树,仿佛是风推着我穿过那条窄窄的巷道,来到宗祠的。

如果天气好的时候,空地上坐着晒太阳的老人和孩子,不知道闲扯什么,我那时并不关心他们的事。宗祠前的空地上,那几棵柿子树上挂着通红的柿子,麻雀从一棵树飞到另一棵树,它们成群结队地啄食柿子。

那时,我,或者大头,还有其他伙伴拿着弹弓打麻雀,它们四处逃散。

来到宗祠,随着吱呀的声音,那扇沉重的红漆大门被推开了,我妈表情严肃。

她说:你去打扫宗祠的里面吧。

她说完便开始打扫起祠堂前的空地。

我开门进去,开灯,从里屋开始打扫。地上除了一些灰尘和少量的坚果壳外，没什么杂物。我很快便把宗祠的地面扫干净了。剩下的供桌要等待我妈来清理了。几根未完全燃烧的蜡烛还立在供桌上，我正在捉摸着如何把它点燃，该多好。

供桌上的香炉还插着早已燃尽的香火，我也清理干净了。

剩下的供果，有的已经干瘪和腐烂。我喊我妈，这些供果还需要清理吗？

她急忙说：这些供果动不得的，众神在上，会怪罪于你。

我接着问，老鼠都啃食了，神灵也不吃。

她说：不能胡说，犯上。

我不敢再动了。

我妈扫完祠堂前的空地后，她进来细细地检查了一遍，她夸我做事认真。

我问她：如果没有别的事了，我去章镇玩了。

我妈瞪了我一眼，说：今天是族人开祠祭祖的日子，不要乱跑了。

以前，祭祖的事情跟我们这些孩子没什么关系，无非是大人磕头烧香祈福四季平安，然后他们把供果和糕点分给我们吃。我是不大喜欢这样的气氛，沉闷的鼓声和激荡的唱词，令我不安，我能躲就躲。

我妈喊我：毛蛋，你过来帮我把供桌上的桌布清理一下。

等她把香炉、果盘、烛台收拾好后，我们一起抖了抖桌布，那些尘土在发霉的空气中飞扬。我妈说：你再把这些抖落的渣土和供桌底下的尘土一起清扫了吧。

当我躬身下去打扫桌底时，看到一个人蜷缩在里面，"啊——"我惊叫了一声，被怔呆在那里，把我妈吓了一跳。

我妈责备地问我：什么事这么大惊小怪？

我有点语无伦次地说，有、有一个人，她躲在桌、桌底下。

我妈低头下去看时，那个长发的女人从桌底下钻出来，她还咬着供果夺门而逃，我在惊吓中只看清她穿一双红色的高跟鞋。

留在桌底下还有一个黑色的布包。我妈打开后，里面装着镜子、梳子、胭脂盒、眉刷、眉粉盒和一张卷边的二寸照片，还有一条褪色的看起来很脏的短围巾。从照片看这女子长着一张很标致的脸。

我妈自言自语说：她怎么会出现在这里呢？

从她的眼神看来，她好像认识刚才那个女人。

我妈把布包挪了一个地方，放在进门的角落，以免孩子们拿它玩耍。她还特别交代说，那些东西是不能动的。

我说：女人用的东西，我才不要呢。

村子来了一个陌生女人，这消息立即传遍了整个村落。大家开始议论这件事情。

大伟说：那个女人我见过，她原先是在章镇捡垃圾的，听说是江北人。

黄三儿说：分明是个大男人嘛，我前几天在村口看见她在土地庙拿供果吃。

我妈说：你是不是认错人了？她包里装着女人用的东西。

又有人说：她偷了我女人的内衣。

喜果说：我见他长着胡子，他在我家门口拿着菜刀追过大公鸡。

这时队长说：太可怕了！我们必须把他赶走！

队长说：如果她拿着菜刀伤害了孩子们，怎么办？

大家七嘴八舌后讨论的结果是必须先找到这个人，不管他是男人还是女人，是疯子还是傻子。

于是有人问：去哪里找？

队长说：把整个村子的猪圈、牛栏屋、茅厕、废弃的窖和柴房各家自查一遍吧。

人们散去后，我妈开始准备祭祀的物品，我去自家的猪圈和牛栏屋转了一圈，然后去茅厕上了厕所，最后我去了柴房抱些干柴送到厨房。我跟我妈说，一切正常。

但我妈不放心我，又重新检查了一遍，发现没什么异常后，她叫我一起去宗祠祭祖。

宗祠里屋的鼓乐手坐在凳子上，他们都是村里的老人。一个长者嘴里正在振振有词地说着唱词。我和我妈上前献上供果，她在祭祀的容器上点燃纸钱，又顺手把香点燃，吹灭，分给我九根。我学着我妈三叩九拜后，双手把香插在香炉上。

仪式完成后，她把供果分给了鼓乐的人，把半张猪脸肉拿回了家，晚饭凉拌或回锅，便是父亲的下酒菜。

鼓乐在村子里奏响了一个上午，要等所有人的祭祀完成后，这些鼓乐手才能散去。

下午，队长开始挨家挨户询问自查的结果。

他站在我家的屋山墙，对着我妈喊：兰嫂，你家有什么发现吗？

我妈说：没什么异样。

保持警惕，你家在村子最西头，独门独院，家里没养狗，要多加注意。

家里养了鹅,见了陌生人,它们也会叫的。

你说这人能躲到哪里去呢?

有没有可能躲到庄稼地了?

冬天的麦地一眼能望得见头,藏不住人。

是啊,她能躲到哪里呢?

队长走远了,我妈还在说,这个人为什么要躲起来呢?

我问我妈,她是一个坏人吗?

可能吧。

坏人会不会躲在山上?

我妈说:大人的事,不要乱猜了。

但我对这件事充满着好奇。

后山是一片密林,高高低低的几个山岗把几个村子隔开,山脚下是一片的坟茔,一排跟着一排。我和伙伴们经常去那里,抽竹笋、采蘑菇、摘野果、捡柴火和放牛。

有一年春天,我们在那里捉迷藏,喜果的小儿子大头不知什么原因,天黑了还没回家。喜果打着手电上山去找他,看见他坐在坟堆上哭。喜果大怒,找到当天去玩的孩子的家长,挨个儿骂了个遍,什么脏话都骂出来了。

以后,我妈再不让我去后山玩了。

我妈直至现在也不搭理喜果。她常对我说:喜果那个王八蛋迟早短寿死。

我呢,还是喜欢和大头一起。从那次之后,他见我便说:我是见过鬼的人。比他小的伙伴们都信他,觉得他太勇敢了。他还绘声绘色地跟我们讲起一些鬼故事,这些老掉牙的故事被他反复讲过了很多次。

他满不在乎地对我们说：僵尸见了，我都不怕，你们夜里敢去后山吗？

这时，他们都不吱声了。我说：大头，改天我约你去后山，不信你不怕。

他们跟着起哄，大头说：谁不去谁是地上爬的王八羔子。

这次，机会终于来了，我打算约大头一起去后山找人。

我骗我妈说：我想去章镇。

她问：和谁一起去章镇？

我说：我一个人去，我想把家里的柴刀拿到章镇磨一下。

我妈昨天还催着父亲去章镇磨柴刀呢，我想她一定不会反对我。

她说：给你五毛钱，快去快回吧。

我在村子转了一圈，找到了大头，我问大头：你敢和我一起去后山吗？

大头看我拿着柴刀，问：去后山砍柴吗？

我把他拉到一旁悄悄地说：去后山，找人。

大头打量了我一番，说：找什么人？

那个疯女人。

他大吃一惊说：谁说她躲到后山了？

我骗大头说：是队长讲的，我偷偷地听到了。

大头信了，但他摇了摇头，不愿意跟我一起去。

你分明是怕嘛，大白天是不会有僵尸的。

大头有些犹豫说：那个女人提着菜刀，说不定会砍人。

胆小鬼！我有柴刀，比起她的菜刀怎么样？我一边说，一边拿出柴刀给他看。

他看了看，说：去后山，我要拿柴刀，你跟着我。

我说：我们轮着拿。

不行。你不答应我不去了。

后来，我答应给大头五毛钱，他不再跟我争了，柴刀归我拿着，他跟在我后面。

然后我们发誓：拉钩，上吊，一百年不许变。

我和大头走在向阳的山坡上。大头问：你找那个疯女人干吗呢？

保护你家的大公鸡。

大头说：鬼信你，你是保护你妈吧。

我妈才不怕她呢。

他神秘一笑，说：难不成你要英雄救美？

我是救你呢，给你找个后妈。

大头气愤说：就算要找个后妈，也得找你妈做后妈吧。

提到大头他妈，我不想再说了。去年他妈死的时候，我记得清楚，他妈死的惨样，伸出的大舌头和翻出的大白眼，吊劲死了。至于原因，村里有人说，喜果在外面有了女人。我妈说：喜果这短寿的没死，却害了自己的女人。

我们沿着小道走，碰到几个邻村放牛的人，他们正牵着牛下山。

大头，你要不问问放牛人是否见过疯女人。

大头不耐烦地说：要问你问去，我又没见过她长什么样子？

我们继续走着，碰到一个背柴下山的妇女，她放下柴火，正在一块方石上休息。

我连忙问：你见过一个穿红色高跟鞋的散发女人了吗？

她打量了我们，说：谁穿高跟鞋上山呀，那不是有病吗？

她真的穿着一双高跟鞋呢。

你们是要给她送柴刀吗？

大头说：这柴刀是防身的。

她笑了笑，说：几个小山岗，连只野兔也见不到，还怕老虎吃了你？

我说：不是的，我要找人。

她更是不解了。

我们站在山坳上的凉亭小憩了一会儿。凉亭是砍柴人和放牛人为了遮光避雨，用树木和茅草临时搭建的。从这里看山脚下的村庄，东一片，西一片；麦地东一块，西一块。灌木林却连成了一片，偶尔能看到几头牛在茅草多的地方啃食草根，但没见一个人影。大头问我：毛蛋，还要不要继续找？太阳快要落地了。

大头，你敢不敢去那片坟岗上？

我爸自上次把我打了一顿后，我再不想去那个地方了。

你不敢去吧？以后别再吹牛了，王八羔子。

大头说：去就去，我才不怕呢。

其实，我的心里很虚，我也不想去那种地方。那片坟岗上，杂草丛生，都是几百年的老坟，墓碑上的字迹已经斑驳，但仍然可以窥见生卒、康熙和乾隆的字样。它们上面爬满了青苔，偶尔有人过来祭祀。不过，这几年，已经看不到了。

那里有一条被人踩过的小路，两边的茅草淹没了我们的身子。

尽管茅草已覆盖了北坡上的坟堆，但那些墓碑仍旧肃立在那里。我们走在草林里,风在头顶上簌簌作响。大头说:毛蛋,我好像听到草林的响声了。

天空还有云,太阳还挂在眼前,别听见风声以为是雨声。

真的。你听——簌簌的响声,在不远的地方。

他这么一说,我觉得自己好像也听到簌簌的声音了。我们停下来脚步,仔细听,那声音越来越近。我说:大头,我们躲到草丛里去。

不久,一个人从北坡上下来。

我们都看见了一个散发的女人!

大头惊呼了一下,我使劲地揪了他的胳膊,压低声音说:胆小鬼!那个女人几乎用奔跑的姿势快速地走过去,她一定是听到了大头的声音。但她这次穿的是一件红色的毛衣。但我不敢肯定,这个女人是早上我见到的人。

过了一会儿,我们才缓过神来。

大头抓着我的手说:见鬼了。

我说:刚才这个人像极了早上我见过的那个疯女人。

大头说:好恐怖。

你看见她长胡子了吗?

大头说:她长发遮面,我没看清。

那你看清她穿红色高跟鞋了吗?

大头说:没有。

她手里拿着刀吗?

大头说:没有,她拿的好像是一双红皮鞋。

不,那是一双红色的高跟鞋。

大头说:我们回吧。

我还得去那片坟岗上。我说完钻出草林,大头有些急了,他突然哭起来,说:我怕。

真他妈胆小鬼。

我要回去告诉我爸,让他找你妈去。

我不想跟你玩了。

大头拉住我的衣角,说:要不我把五毛钱还给你吧,我们回吧。

我答应了他。

大头又说:毛蛋,你把柴刀让我拿着,你跟在我后面。

我摇了摇头。

他又说:我回去绝不提今天我们一起来后山的事。

看到他那副乞求我的模样,我便爽快地答应了。

回到家,我妈问我:怎么去那么久才回来?

我说:在路上,我碰到大头,玩了一会,然后我又碰到了早上我们在宗祠见到的那个女人。

我妈很紧张地问我:她没把你怎么样吧。

她跑了。

往哪里跑了?

往后山去了。

还有谁知道?

我只告诉了大头。

我妈急忙去找队长去了,她还没来得及问我磨刀的事,我便把柴刀藏了起来。

傍晚,村广播传来队长的高音:请大家注意了,红色高跟鞋女人在村庄后山出现了,请看管好自己的小孩。

他在广播里喊了好几遍,村子的气氛顿时紧张起来。

我妈回来问我:柴刀呢?

我放起来了。

你把柴刀给我,我藏在别人找不到的地方,以防那个疯子来偷。我妈如临大敌一般。

我藏在了床底下。

她不再问了。

晚饭后,我妈不让我出门,我便早早地上床睡觉了。

我听见我妈和我爸在说话。

我妈说:我早上在宗祠见的女人,她是我四姨的女儿,她小的时候患过癫痫,感冒发烧烧坏了脑子。

我爸说:你确定是她吗?

她带的包里有她以前的照片。

我真的没想到,我妈是认得她的,并且还装着不认识。

她家人找过她吗?

刚开始离家时,婆家的人找过几次,后来,她多次离家,就不找了。

你四姨不找她吗?

也找过,后来,她的病越来越严重,出走的次数多了,也不找了。

阿媚怎么变成这个样子呢?真可怜。

原来那个疯女人叫阿媚。

我顿然又觉得那个有点可怜的女人不再那么可怕了。

过了一会儿,我妈说,我去宗祠给她送一张厚一点的破棉被吧。

我爸说：天黑了，我送去吧。

我妈说：她会被惊吓的，还是我去吧。

我在床上翻来覆去睡不着，我心想，既然我妈说阿媚是四姨的女儿，她为啥不出来为阿媚说句话呢？

我百思不得其解。

第二天早上，宗祠大门围着人。

果然是阿媚！她被围在宗祠，水泄不通。她埋着头坐在地上，穿着一双不知哪里捡来的烂布鞋，身边有一个小包，特别是那双红色的高跟鞋很显眼地挂在她肩上。

某人说：这次终于把她逮住了。

有人说：她偷了人家的棉被，我亲眼所见的。

某人问：偷了喜果家的吗？

某人又说：可能是吧，这样的人住在我们村太危险了。

有人出意见说：把她赶跑吧。

赶跑了，能保证她不回来吗？

她要是真的砍了人谁负责呢？

应该报警，让警察抓她。

还不知道她是男是女呢，太可怕了。

人们都在议论阿媚，但没有一个人能够拿出主意来。

此时，有人说：找队长去，看他怎么办。

更小的孩子好奇地给阿媚扔糖果，试探她的反应。阿媚视若无人地坐在地上，透过她脸上的散落的头发，依稀可以看到她长着一张清秀的脸庞。她的人中部位显然被眉刷画过，看起来像是胡子，有人把她看成男人这也不足为奇了。

但我不信喜果所说的——她拿着菜刀砍鸡。因为今天又有人说她偷了喜果家的棉被。棉被是我妈昨晚送来的，但我妈却没有出现在宗祠附近。

队长来后，仔细地检查了一遍，没有发现阿媚身边有什么凶器。

他说：我刚才去章镇派出所了。

他停顿了一会儿，清了清嗓子，继续说：警察说这事不归他们管。

人们开始躁动，有人说：警察不管，队长要管。

有人跟着说：他们为什么不管？

队长说：警察说她没杀人也没放火，也没妨碍我们，我们管不着，他们也没法管。

她昨晚偷了喜果家的棉被。

队长说：有谁看见她偷的？

没人吱声。有人从人群里揪出大头来，问他：你家是不是丢了棉被？

大头说：这事我管不着，你问我爸去。

喜果呢？

我爸还在睡觉呢。

去叫你爸来。

我早上叫他来，他骂我多管闲事呢。

他们都笑了起来。队长说：既然没什么事，大家都回去吧。

但她总不能住在宗祠吧，不吉利的。

这个女人会不吉利的……

他们经过商量决定等阿媚出来后把宗祠的大门锁起来。

人们陆续散去，阿媚还待在那里。

我跟大头说：你敢不敢把你家的碗拿一个来？

他说：你要碗干什么？

给她喝水啊。

去你家拿啊。

你爸不是在睡觉吗？你偷偷地拿来，他怎么会知道。

你要是再敢打我家的主意，我会告诉我爸的。

真他妈的胆小鬼！

回到家，我把刚才发生的事告诉了我妈，我妈听了，依旧低头纳鞋底，没有回话。

我说：队长要把阿媚从宗祠赶出来了。

这时她才抬头看我，说：你说什么？

队长要把阿媚从宗祠赶出来！

我妈说：阿媚？你知道她叫阿媚？

我是听了你和我爸昨晚说的话，原来你们是亲戚。

我妈说：这事是不能说的，不能让村子的人知道。

为什么？

小孩子不懂，不要问了，我们都要装着不认得她，记住了吗？

我想起来我妈第一次见她，翻开她的包，她表情平静的样子，她还一本正经地自查家里的猪圈牛栏屋和茅厕，她还叮嘱我藏好柴刀……其实，她是为了不让别人看出来阿媚跟我家的关系……

至于什么缘由，我不知道。

这几天，我妈让我送点吃的给阿媚。她说：不要让人看见了。

每天傍晚,我用土瓷碗盛两个红薯或一块南瓜放在宗祠门口的石狮子底座的旁边。第二天早上,我又把土瓷碗拿回来。

有一次,我去拿土瓷碗时,发现土瓷碗被人摔烂了。我想这大概是哪个调皮的孩子干的吧。但接下来的几天,土瓷碗经常被人破坏了。

我妈对我说:这饭不能送宗祠了。

我说:那阿媚吃什么呢?

这几天她可能没有吃到你送的东西。

我问:那些东西呢?

被人喂猪狗了,阿媚这几天根本没去宗祠。

哎,这些人太可恶了。阿媚又没有惹到他,又关他们什么事呢?

我妈说:你想办法把她引到我们家的屋山墙附近吧。

我好几天都没见她了,也不知道她住哪儿。

她一定住在后山的凉亭。

我拍了一下自己的脑瓜,应该是的。

我决定约大头一起搞个恶作剧。

我跟大头说:今天你要多吃饭,负责拉屎,越臭越好。

大头说:那你请我去章镇吃小笼包吧。

美死你这个猪头。

要让屎臭,先得吃肉。

这事搞成了,我请你吃油条。

我从家里预先偷拿出了一个土瓷碗,交给大头说:你今天把屎拉在碗里,交给我。

大头问我:你为什么不把屎拉在碗里?

难道你没听说过人小屁响屎尿多吗？你是最爱放屁的。

烂嘴一个。

记得把屎拉满一碗。

你还没告诉我你想干什么呢？

我故作神秘说：天机不可泄露，晚上我们一起看出好戏。

傍晚，大头来找我，他说：一切搞定了。

我说：你负责村子里的那只土狗，把它打跑，我负责把土瓷碗放在宗祠的石狮子底座下。

为什么？

等会儿和我一起看好戏吧。

万事俱备，只欠东风。天已经黑了，我和大头躲在宗祠空地的柿子树后。过了不久，我们看见一个人干咳了两声，直接走向放好碗的石狮子旁边，他一个伸手的动作后，把手缩了回来，发现什么不对。然后破口大骂：哪个王八羔子把屎拉在了宗祠门口？

他一脚踢飞了土瓷碗。哈，他的裤腿和鞋上一定都是屎。

他又骂道：我一定要把这个王八羔子揪出来。

等他走远了，大头却一点儿也不高兴。

他说：这声音像是我爸的，要是这样我就惨了。

如果真是你爸的，那真叫报应。

大头说：不许你说我爸。

你爸做了坏事，所以有了报应。

我爸没做坏事。

你不信的话，回去问你爸去，

我们先吵了一会儿，互相不让，最后打了起来，黑夜里，我打了他的牙齿，他打了我的鼻梁，混战中，我们都受伤了。

大头哭着说：你等着瞧吧。

我才不怕你。

你有种别动，我叫我爸来。

大头刚说完，我就跑了。

一觉醒来，鼻子还有点酸酸的痛。

我穿好衣服出门，我妈喊我：又准备野到哪里去？

我去找大头玩。

我想了解大头那边的情况怎么样了。大头此时正在给他家的母猪喂食，我叫他，他没理我，我问：你爸呢？

我爸找你妈算账去了？

算哪门子账？我家欠你钱吗？

昨晚的事，你忘了？

糟了。我赶紧往家里跑。

我远远地听见喜果正和我妈论理。喜果说：你既然想养这个疯子，你把她接到你家吧。

我妈说：你看见毛蛋给她送吃的？无凭无据，你蛮横无理。

谁蛮横无理了？把你儿子叫出来，问他昨晚干的好事。

我妈用大嗓门喊我，我只好乖乖地过去。

我妈问我：你昨晚干什么去了？

我只好如实说：我去宗祠了。

去宗祠干什么了？

给狗送吃的去了。

喜果说：你把屎拉在碗里，害得我沾了一手的脏。这是不是你干的？

我承认我送碗去了宗祠，但我没在碗里拉屎。

我妈对喜果说：这事不怪孩子，你那么晚干吗去捡碗呢？

喜果说：我是阻止有人给那个疯女人送吃的。

我妈理直气壮地说：谁给她送吃的了？我们没有！

我妈为什么要撒谎呢？就算给阿媚送了吃的，又不是偷来的，警察也管不上，我妈怕什么呢？我实在想不通。

我说：我前几天在家里拿的红薯和南瓜喂狗，是被你砸的碗，原来你是那个偷狗粮的人。

我妈故意打了我一下，说：别乱说，你又没看见。你偷偷拿了自家的粮食去喂狗，该打你这个败家子。

我又说：我头几天确实偷拿家里的粮食喂狗，后来觉得不划算，于是让大头拉屎喂狗，昨晚的屎是大头拉的。

这时过来劝架的人多了，喜果哑巴吃黄连，只好悻悻而去。

回家后，我妈对我说：毛蛋，你干得好，今天我们终于出了上回那口气，让喜果吃了哑巴亏。

见我妈高兴，我便问她：妈，你既然同情阿媚，也为她做了很多事，为什么跟她形同陌路，也不让人知道呢？

她立马拉着脸对我说：关于阿媚的事，你以后不要问了，你也不要再生事了。

冬天越来越冷，没事可干的我，经常坐在宗祠空地的木凳上晒太阳，听上了年纪的人聊天。大头有一段时间没来找我玩了。也许是我太伤他的心了，也许是他爸因为那件事把他"修理"了一顿，不再让他跟我玩了。

好几回，他远远看见我在这里晒太阳，他不想过来。

我呢，也听到了一些关于阿媚的事。

她来到章镇好多年了，她是江北人。我妈的四姨家在江北四十里的茅山镇，但她嫁给了章镇李曹村的曹军才。其实是瘸子曹军才在章镇遇见了疯疯癫癫的阿媚，把她带回了家。阿媚从此住在瘸子的家里。头两年，曹军才还带她去医院看过病。后来，嫌花的钱多了，便不再去了。听人说，阿媚因为没给曹军才生娃，被他送到山里的尼姑庵。

李曹村的人笑问曹军才，你的女人是不是跟人跑了？他撒谎说送阿媚去医院治病去了。后来，我妈的四姨家来人找过他，他才把阿媚的下落说了出来。阿媚又回到了江北，不久又跑出来，这样反复了几次，她家的人也不再找她了。

阿媚被骗到黑砖窑搬砖，这是后来的事。

这样又一年，工友们有一天发现阿媚怀孕了，她的肚子越来越大。派出所也来调查过，但也没问出一个所以然来。再后来，工头出了钱带她去医院做了人流手术。阿媚的工钱，也留在了工头那里，她被赶出黑砖窑后，便又到处流浪。

前不久，她来到我们村，是被人打出来的。她在上王村流浪了一个多月，她吃的是猪食和狗粮。有一次，她抢一个女童手上的苞谷棒子吃，女童被突如其来的力气绊倒在地。她家人以为阿媚打了女童，便对她大打出手。更诡异的事情是，有一天那个女童落水死了。整个上王村的人都认为她是一个不吉利的人，扫帚星，上王村再无她的容身之地了。

阿媚真是可怜。

我在想，阿媚这些天吃什么呢？

她不会也吃猪食和狗粮吧。深夜里的狗叫，会是她出没村子吗？

我跟我妈说：你救救阿媚吧。

我妈说：你听到了什么？

关于她的事，村子的人都在议论……

有些事你不能明白的。

我都是一个大人了，你不能说给我听听吗？

我妈把我叫到她身边，看了又看，她笑着说：你真是一个小大人了啦。

妈，你帮帮阿媚吧，她怪可怜的。

我能帮她什么呢？这个村上的人都不接纳她，把她当成灾星，如果我们帮她的话，谁家出了什么意外的事，他们都会把矛头指向我们。

阿媚不会害人的。

我妈沉默。

我们把她接下山来吧，让她好好吃顿饭，洗个澡，睡个觉。

我妈再沉默。

过了一会儿，她说：黄昏时，我们去后山凉亭，要下雪变天了。

天黑的时候，我们在凉亭见到了阿媚，她蜷缩一团。

我妈对她说：阿媚，我们回家吧。

阿媚似乎明白了什么，她坐了起来，然后嘴里咕哝了一句，我妈说：她答应了。

看来她对我们是信任的。我对阿媚说：今后，你可以吃饱饭了。

我妈说：这件事，还要遵从队长的意见。

我妈扶起阿媚往山下走，我看见阿媚深一脚浅一脚的样子，有些难过，她的脚是有伤的，也许是上一次在上王村被人打伤了。

回到家，我在昏黄的灯光下，终于看清了阿媚那张苍白瘦小的脸，脸上，有她的泪痕。如果她不是个疯子该多好，她一定有一张笑容灿烂的脸。

我对我妈说：你看，阿媚哭了，真的有眼泪。

我妈说：她不会有泪的。

真的有泪，她的泪痕还在。

我妈为阿媚准备了干净的旧衣，这些旧衣是她年轻时穿过的，一直舍不得丢。我妈让我去柴房烧水，她今晚要给阿媚好好洗个热水澡，她说：给阿媚扎个麻花辫子，再给她画眉。

我在想化完妆的阿媚会是什么样子呢？

阿媚洗完澡出来，湿漉漉的头发披在肩上，一片乌黑，跟她苍白的脸色正好形成鲜明的对比。我跟我妈说：阿媚真好看。

我妈说：我家毛蛋已经长大了。

我妈的话顿时让我满脸通红。

我妈又说：知道不好意思啦。

才不会呢。我边说边跑开了。

我妈又喊我：去看看你爸回来了吗？

我爸不是去矿井上晚班了吗？

我妈"哦"了一声，她怎么会忘了我们傍晚一起出门的事。但她还是说：去院子看看吧，把院门关好。

我妈给阿媚扎了两根麻花辫子，从她包里拿出眉粉和眉刷给她画了眉毛，阿媚穿上我妈的衣服，真像我妈年轻时候的模样。

我妈说：阿媚真漂亮。

随后她又叹了气，说：阿媚不知是哪辈子造的孽，怎么就落下这样的病呢。

我给阿媚照镜子，她看着镜子竟然微笑了。

吃完饭，我妈交代我把阿媚的脏衣服拿到土灶里烧了。

我妈说：希望阿媚能有个新的开始。

口了这么过着，阿媚在我家待了快一月了，她的精神状态有了明显的好转，气色也好了很多。

年关来临，村子的年味逐渐浓了起来。我妈说：有空带阿媚出去转转吧。

阿媚可以出去转了？

我妈说：队长不管阿媚的事了。

阿媚真的可以留在我们家了吗？

我妈说：过些天，我打算送她回四姨家了，毕竟她长住在我们家不大方便。时间久了，闲话就会多起来。

我替阿媚高兴不起来，不知为什么，我听后反而有些失落。阿媚已经跟我们很熟了，她时常坐在院子里晒太阳，有时还帮我们剥花生和打扫院子。她自己的生活，她是可以自理的，比如换洗衣服和清洁自己，梳头和画眉是她最喜欢的事。她可以吞吐出简单的话，我们所说的话，她也都能听懂。

阿媚真是了不起。

我妈说：阿媚，送你回家吧。

她嘴里蹦出"不、不、不"的字，然后又摇了摇头。

我带阿媚在我家的房前屋后转了一圈，碰见了喜果和大头。

喜果见了我说：你不好好上学，整天带个疯子闲逛什么呢？

我不想搭理他的话。

我不上学，那是因为我爸要我去章镇学个手艺活，比如篾匠、理发师、兽医，我还没想好学什么呢。

喜果又嘻嘻地说：毛蛋，把你二妈送给大头做后妈吧。

我对大头说：你爸喜欢上了阿媚，你快叫她妈吧。

大头说：我管你妈叫妈还差不多。

大头这王八羔子骂人还不带脏字。

"我呸！"

喜果骂道：兔崽子，好的没学会，坏毛病不少。

我回了他一句：都是跟你儿子学的。

我找队长评评理去。喜果撂下一句话走了。

一天，村里的黄三儿家丢了一头牛。这年关越来越近的时候，很多人家不是被偷了鸡鸭，就是莫名其妙地死了猪，这在往年也不多见。

他们找到队长，要求查明真相。队长说：派出所已经立案，大家回去等消息吧。

过了几天，时间大概是腊八那天早上，村里多家的大门被人泼了红漆，这是大家特别忌讳的事情。接下来又发生了好多事情，大伟的老婆跟人跑了，村里打铁匠的眼睛被飞溅的铁屑刺瞎了。

自从阿媚来到村子，发生了太多的事情。人们又开始议论阿媚起来。

阿媚不能再待在村子了。

她真是一个扫帚星，会给全村人带来灾难的。

这个阿媚还是毛蛋家的亲戚呢。

阿媚死了丈夫后就疯了，原来她结过两次婚。

关于阿媚的各种传言都有。

队长找到我妈说：阿媚真的不能待了，离开的时间越快越好。

我妈不再坚持，她说：好吧。

送走阿媚后，来自江北的消息越来越少。

我几次问我妈：阿媚，怎么样了？

我妈摇了摇头，说：阿媚，又跑了。

几天前，我妈的四姨家的儿子来过我家，大概是来找阿媚的。那天我爸刚好带我去章镇的刘兽医家拜师学艺。我爸说：等我学会了这门手艺，吃喝穿不愁。

我点了点头。随后给刘师傅行了叩首之礼，献上拜师帖和红包，再接受刘师傅训话，算是被他领入行了。

我妈为我感到高兴。

她说：毛蛋，妈以后在村里跟人说话可以把腰挺直了。

我懂我妈的话音，她为阿媚的事，已受了诸多的委屈。

我说：妈，我会努力的。

过完春节，天慢慢地暖和起来，我帮着刘师傅走村串乡给农户阉猪，阿媚的事慢慢淡了下来。

我家的生活仿佛又回到从前了。

即便如此，我不能经常去找大头玩了，听说大头生病住院了。我妈说：大头全身浮肿，听说得了肾病，恐怕活不久了。

肾病？

我大年十五在龙泉寺碰到了喜果,他去庙里给大头祈福。

我说:去医院看看大头吧。

大头过几天又要回来的。

我鼻子忽然一酸,问:大头真的会死吗?

我妈说:别多想了,大头还是你最好的伙伴。

大头还会把我当朋友吗?

会的。他命苦,没妈的孩子,可怜。

大头的病,喜果会认为是阿媚带来的吗?

喜果说这是报应,不怪谁,他做了对不住大家的事。

我一脸疑惑地看着我妈,问:他干了对不住大家的事?

去年年关,你还记得有人往别人家的大门泼油漆的事吗?

记得,很多家的大门都被泼了红漆。

我妈说:那是喜果干的。那时他觉得阿媚晦气,为了赶走阿媚,他做了这些事。现在他信佛了,整个人变了许多。

哦,村里人后来怎么想的?

阿媚,在他们看来是不吉利的,还是扫帚星。喜果也是为了大家的事,不再怪他了。

……

不久,大头回了家,我去看了他。我几乎不认识他了,他整个人的外貌都变形了,脸部浮肿很厉害,眼睛变成一条窄线条,正无力地看了看我。我不忍与他对视,我慢慢移动目光,说:大头,你还好吧。

大头没有任何表情地说:我以后再也不能和你玩了。

我安慰他,说:你会好起来的,我们会像以前那样拌嘴,去后山捉迷藏,等我学会阉猪,有了钱,我请你吃小笼包。

他摆了摆头,说:我没事的,小笼包的事,我早忘了。

我说:我记得,绝不食言。

我和他又一起拉钩,我们一起发誓说:拉钩,上吊,一百年不许变……

看得出他很高兴。于是他问起我关于阿媚的事,我说:她回家了,又离开了,现在也不知道去哪里了。

你不怪我和我爸吧。

怎么会呢。

如果阿媚再来了我们村,我不会再让人欺负她了。

她大概是回不来了。

大头有些失望,他说:我的病跟她没有关系……

大头死后,有人找到我妈说:大头的亡灵还在村子游荡,只有阿媚的眼泪才能超度他。

我妈说:妖言惑众。

但村里的好多人都信,阿媚来到这个村子,发生了太多的事情。

我妈说:阿媚回到江北的四姨家后,又离家出走了。

你想想办法找到她吧。

我妈拒绝了他们的请求。

接下来,又有人隔三岔五来我家与我妈抗争,我妈索性关了窗户和院门,对他们也避而不见。

后来的某天夜里,我家的院门被人涂写红漆,屋顶布瓦被石块所砸……

有的人还去了江北阿媚家,他们自发去了周边很多地方找她,都一无所获。

这件事大概又过了大半年，阿媚突然出现在村子。

但阿媚彻底疯了。

村子里的男女老少围着她，她嘻嘻哈哈地对着他们傻笑。

真有人准备了碗，随时去接阿媚的眼泪。

阿媚没有哭，有人使出了各种办法，阿媚依旧还是没有眼泪。

但有一天晚上，我听到阿媚发出了惨叫，撕心裂肺。

我妈说：阿媚出事了。

我们穿好衣服起床，直奔宗祠的空地，看到阿媚瑟瑟发抖地站在那里。我妈轻声喊叫她的名字：阿媚、阿媚……她恐惧地向后退去，她用手托着她的左腿。阿媚的腿被人打折了！

我妈说：有人打折了阿媚的腿，竟然为了她那几滴眼泪。

我想上前去帮助阿媚，但她大声尖叫了起来，并且凶狠地显露出一副不可侵犯的姿态。

我们不能靠近她，只好无功而返。

第二天早上，阿媚不见了，她去了哪里，再不会有人去寻找了。

我为自己的行为感到无力。她本可以好好待在一个不被人惊扰的地方，如果我不去后山找她，或者说她不来到我家……

——原载《芳草》2021 年第 2 期

天

消化科病房推来了一个病人,他坐在轮椅上,看上去五十多岁,身体发胖,头发顺直,他一个下午哼着痛苦的声调。病床旁的小凳子上坐着一个年轻女孩,正在努力地安慰他——她在给他捏腿按摩,腿上那白皙的皮肤顿时有了血色。但他的脸色却是苍白,如果不是他还能哼出声音来,我会以为他已经死了。

我第一眼看他时,他的眼睛一动不动地直视着我,令我生畏。

但,从他穿着干净的灰白短裤和格子短袖看来,他是个爱干净的人。

他脾气不好,根本不顾及旁人,他嘴里骂骂咧咧:妈的,这个鬼地方。

她连忙安慰他,说:将就两天,等腾出房间后,给你挪个单人间。

他开始又喊又叫⋯⋯

我爸嫌他的声音吵,他让我把耳机给他戴上,他听了一会儿广播睡了。不一会儿,便传来一阵又一阵的打鼾声。

他开始嫌我爸的鼾声大,他不停地吼叫,可能真是痛苦吧。

尽管他的声音凄厉，但很快平静下来，他实在没劲喊了。接下来，他哼的调子，变成和风细雨，像乡村的好闲者哼着的小曲。

我爸翻了身，他鼾声戛然而止，呼吸甚至停顿了数秒，突然又变得平静。

他露出痛苦的表情说，他断气了才好。显然，他在发泄对我爸的不满。

她低头继续捏他爸的大腿，或许是她觉得他爸刚才的话有些过分了，她故意加大了力气。他爸吼了她一句，你想我早点死啊！

她忙说：爸，捏痛你了，我会轻点捏。

你去叫医生吧，我实在痛得受不了。

爸，你的检查结果还没出来。

快叫医生给我打一支杜冷丁吧！

爸，人对杜冷丁有依赖性，它会上瘾引起人的休克。

我痛！

他的喊痛越来越无力。又过了一会儿，他不再喊了……

她急忙按下床头的呼叫器。护士很快来了，问：病人怎么了？

她说：我爸他痛得晕过去了。

护士给他测了心率后，说：化验单还没出结果，值班医生给他开了镇痛片和消炎针。护士说：吃完药，先挂上点滴吧。

不久，他便睡了过去。

我爸醒来时已近黄昏，阳光从窗玻璃透进来，照在夏天的水磨石地面上。

他说：嗯，毛细，我这一觉睡得香，催眠曲效果大。

我说：食堂开饭的时间到了，我给你打饭去。

他说：我自己去，吃完还要在院子里走走。

我爸自从去年胃切除手术之后，他只关心自己的身体，而对我的事关心少多了。以前他是有问不完的话，比如，老板对你好吗，也该谈女友了吧。那时，我对他的态度是这样的：你就别操心了。于是他不再问了。

我从职校毕业后，工作换了好几个地方，我爸埋怨我不好好做事。我只听不辩，他说完后"唉"一声叹气，还摆头。

我妈死了好多年，如果她不死，她今天也许会来照顾我爸。从我记事时，她经常为了一些鸡毛蒜皮的事跟我爸大吵，随后甩门而去，几天都不回来。我爸带着我到处找她，后来也懒得找了，但过几天她就回来了。回来后又吵，他们在喋喋不休的争吵中，我妈终于在我十六岁那年的某个清晨上吊死了。

去年的时候，我爸住院，我请了一个男护工照料他，那个男护工的年龄看起来比我爸的年龄还大。白天他给我爸端水送饭，陪我爸聊天说话。到了晚上他睡得比我爸还死，呼噜比我爸响声还大。我爸跟我发牢骚说：把他辞退吧，我一个病人还要照顾他，他要是死了，还找我去垫背。于是，我给他换了一个中年女护工，他又嫌人家有狐臭，后来又不甚了了。

这次，我决定把工作辞掉来照顾我爸，他反倒对我没什么要求了。我在病房的时间大都闲着，我爸很少跟我聊天，他只给我交代事情，比如上厕所腿麻了，他叫我去扶他，或者，他想吃板鸭时，叫我去给他买。

他只有时刻见到我，才能宽下心来。

其实，他越来越吃不下去食物了，只能喝些稀饭或汤汁的流食。他喜欢吃的板鸭，也只能是嚼嚼味，然后把肉吐掉。他喜欢喝的酒，已经不能再喝了。我给他买了一瓶高度烧酒，我说：爸，想喝酒了，你打开瓶盖闻闻酒香吧。

医生告诉我，我爸胃癌细胞已经扩散到食道。

这已经是他第三次住院了，他还不知道自己的病情发展到了什么地步。

他时常问我：毛细，我们什么时候可以回家呢？

我只好应付他：应该快了吧！

他现在还能走动，出去走走也好。

病房里要是只剩下我一个人的时候，气氛似乎变得轻松起来。

难怪，病人都喜欢单间，不喜欢看到自己被别人看到那种痛苦的模样，当然，病人也不想看到其他病人的痛苦。

隔壁床的病人醒来的第一句话便问他女儿：果果，那个人没事吧。

她看了看我，又低声告诉她爸：没事的，你操自己的心吧，他去走走了。

她爸又说：看他样子，活不久了。

唉，他毫无顾忌我的存在。果果扯了扯她爸的裤管，示意他不要再说了。

我倒不觉得什么，我爸的病情最坏的结果我已经知道。人终究要死的，但每当我想起我妈死时的情形，我对人的死却又是有恐惧的。章镇的老人说，非命而死的人，灵魂也是不能升天的。

章镇的人又说我妈没福气。依他们的意思是说，我妹找了个好人家，婆家是个有钱人。

我妹十多岁外出打工，具体做什么工作，我也不知道。她跟我说过她是做外贸生意的。后来嫁给了一个大她十多岁的男人，也很少回来。偶尔汇些钱回来给我，我爸住院的钱，都是她给的。

但我爸从来不给左邻右舍说起我妹给钱治病的事。他总是觉得这事不太光彩。

他跟我说：如果这些给他治病的钱是我出的，该多好。说罢，他又像往常一样"哎"一声叹息，又摇了摇头。

果果说：爸，你以后别操闲心了，自己的身体要紧。

她爸说：他嫌我声音大，我还嫌他把病传染给我呢。

果果用眼睛瞪了一下她爸，说：爸——！她用声音制止了她爸的话继续说下去。

然后，她转向我说：真是对不起，自从我爸生病后，他脾气越来越差了。

我说：我爸也这样，你们来之前，他把另一床的病人气得换房了。

她笑了笑，露出一对酒窝和右边的一颗虎牙。

晚上，我爸靠在病床上，他肺气肿又犯了，这是多年前他在章镇煤矿落下的病根。他的工友刘小风曾住在这所医院的呼吸科病房，重度矽肺病患者，每天的胸痛和咳嗽，无法入睡，那张变形的脸上显现出万分痛苦，令我难忘。

我爸大口地呼着气，他说：让我吸氧吧。

吸氧后的他又像满血的战士，他觉得世界又是一片光明。

我爸说：你明天去问问医生，我是否可以出院了。

关于出院的事，我问过了，恐怕他要一直待在医院了。

我说：很快的……医生心里有数的，你安心养病吧。

果果把房间的空调温度调高了几度，果果说：我爸额头有点烫,可能感冒了。

我爸很不乐意,说:真把医院当成自己家了。

果果说:叔,我爸的头对着空调吹呢。

这么热的天气,占了个好位置……

果果说:如果你同意,也可以换到这张床。

我爸说:那张床刚死过人,不吉利。

果果她爸也不乐意了,他怼了一句:没准要不了几天,有人会从这里抬到太平间呢。

我爸说:我都看见几个人从这里被装进裹尸袋抬出去了。

果果她爸说:你不会永远那么好运,总是最后一个。

果果她爸有些生气,他按了呼叫器,值班的护士过来问:需要什么帮助?

他说:我要换房!

护士说:住得好好的,怎么要换床呢?

他脾气很坏地说:病房有个疯子,不让我睡觉。

我爸听后也说,要换房的人是我吧。我热得睡不着,他却要调高温度,我要睡觉,却被他吵得不能睡。

护士说:到底怎么回事?

我爸说:换房!换房!他不换我换。我爸用手指了指果果她爸。

我说:爸,你别叫了,这样会伤了身体,人家也没把你怎么着。

果果她爸背对我们,呻吟着。护士走过去问他:哪里不舒服了?

果果说:我爸有点发烧,刚才把空调温度调高了点。

护士拿出温度计,说:你给他量量体温吧。

我爸假装胃难受,其实是他觉得理亏。他说:护士,你过来看看我吧。

护士问:晚上吃了什么?

吃了几口稀饭。

你忍受一下吧,明天早上医生会过来会诊。如果痛得实在不行,我让值班医生给你开点止痛药。

我爸说:换床的事呢?

已经没有空床了。

我爸听了很泄气,又一阵子闷闷不乐。我安慰他说:即便换了床,你要是碰到一个更重的病号怎么办?

这一天夜里,住院部的走廊过道传来哭声,这撕心裂肺的哭声,伴随着他们的亲人离世。我爸说:又一个鬼去见阎王了。

他接着又问我:我要是死了,你会哭吗?

我没有回答他。

我对死亡总有奋力的恐惧,我爸如果死了,他会阴魂不散吗?哭,也许是廉价的,我担心的是我要是经常想起他呢!或者说,他时常在我的梦里怎么办?

第二天一早,医生来查房,他们先来到果果她爸的病床,询问了病人一些基本情况。医生说:根据化验单诊断,病人需要尽快手术治疗。

果果问:何时可以进行手术?

医生说:先把身体调理一下,各项指标符合手术规定,我们会通知你的。

果果又问:术后效果如何?

医生打了个比方，这好比乡下人种水稻，你发现稗子小的时候跟秧子没什么太大区别，只要分清了，稗子的根很容易拔掉；而长大了的稗子和水稻很容易区分，但它的根已经连在了一起，这时拔很容易和水稻一起连根拔起，它只能把稗子割掉，而不能连根拔起。

果果似乎明白了，她点了点头。

医生又说：保持好的心态尤其重要，有空你多问问隔壁病床的病人，他是去年做的手术，效果总体还算不错。

这时，我爸听后心情顿时好多了。

他问：大夫，你是说我的病恢复得好吗？

医生说：是的，但还需要你配合治疗。

此时我爸倒像个孩子，他说：我一切听大夫的。

医生说：你要时刻保持乐观的心态，我们会结合你目前的身体状况，做一个新的治疗方案。

所谓新的治疗方案，医生跟我说过，其实就是给我爸做放疗。一年多前他做过三次放疗，因为脱发和呕吐的副作用太大，没有坚持下来，效果自然不是很好。

对于这次放疗，我还没有跟我爸讲过，我怕是他的身体受不了这苦。

我想等他身体稍好一些吧，至于下一步怎么办，再说吧。

这时，果果问我：叔做的是胃切除手术吗？

是的，胃部肿瘤切除已经一年多了。

她说：我看他身体恢复状态不错。

（当然，我知道她是在挑些好听的话给我爸听。）

他身体经不起再折腾了。

她小心翼翼问：这次住院呢？

我说：吞咽食物困难。

她"哦"一声，似乎有所明白，不再问了。

我爸呢，他正看电视的新闻，我发现果果她爸也在看，他们两个人看得很认真。

他们今天却像换了个人似的，再也没提昨晚的事。

我问果果：你爸的病有多久了？

她说：才发现的，医生说胃癌初期吧，一群酒肉朋友，吃坏的是自己的身体。

我爸也喜欢酒，我有些可怜他，他却没有朋友。每次住院的时候，亲戚都没来看望他。自从我妈死了，我们与舅舅家也再没有来往了。

我说：有朋友真好，不像我爸他……

晚上九点的病房，电视统一关掉信号，病房进入休息时间。

我爸说：你出去转转吧，一天都没出门了。

我能去哪儿呢？街道上，车水马龙，我有点不大适应了。

我在章镇的烟花厂、包装厂、服装厂上班，但很少来石市逛街买东西，以前处过一个对象，她嫌我没趣，也分手了。

我对我爸说：我想明天去钟楼看看。

我爸说：那里人多，你又不买东西。

我想买只猫。

你买猫干什么，我都需要你照顾，你哪有时间养猫。

我说：我真的太无聊了。

这时，一旁的果果听说我要买猫，她说：好啊，我最喜欢猫了。

我爸干咳了一声。果果意识到自己刚才的言行有些不大合适，她低下了头。

但我爸接着说：养猫影响别人，你要问问别人的意见。

于是，我问果果：养只猫，你爸会同意吗？

果果说：我爸也喜欢猫。

果果她爸此时在卫生间洗澡。

我爸说：他那么个倔强的人，他会同意吗？

爸，是你不同意吧，城市人把猫当宠物养呢。猫生病了，还要去宠物医院看病，饿了吃猫粮，比人的生活还过得好。

我爸说：那你别养了。

我爸担心养猫费钱，我说：我不买宠物猫，我也买不起。我买狸花猫，抓老鼠的那种猫好养，它吃剩饭，不用猫粮的。

我爸听后话锋一转，说：嗯，改天你去买只回去抓老鼠吧。

早上照例是医生的查房，他们照例问一些昨天已经问过的问题。我爸每次都是很认真地回答他们。对于疾病，他们早已习以为常。

医生问果果她爸：今天的疼痛是否减轻了？

果果他爸说：嗯，昨晚便可以下床走路了。

医生问：还发烧吗？

体温正常了。

医生说：这是输液后的副作用，属于正常的身体反应，不要担心。

他点了点头。

果果问：手术前饮食应该注意什么呢？

适当吃些牛肉、鱼虾和蛋类，平常多吃水果，不要吃辛辣刺激食物，烟酒不能碰，保持口腔卫生，防止感冒，接下来的注意事项护士都会跟你交代的。

我记得我爸手术前，医生问了很多问题，比如家族遗传病史、凝血技能障碍症、药物过敏史、全身内脏器官检查等。

果果又问：病人能养猫吗？

医生说：术后恢复期不要养猫，动物粪便的病菌会传染给病人，如果寂寞，可以养乌龟和鱼。

如此看来，养猫的想法已经破灭。

果果对我说：我们要不一人养一只乌龟吧。

我说：养一只寂寞，养两只更寂寞。

果果说：不养也寂寞。

我们都笑了。

今天有三个人来看望果果她爸。

第一个人一进门，脸上堆满笑，一口一声叫他李主任。他坐下来，聊了一会儿，还给聊了工作的事。他塞给果果一个红包：说：这是单位同事们的一点心意，给你爸买点自己想吃的吧。

第二个来客是个中年人，他提着营养品进来问寒嘘暖一番后，说：李主任，你住院了也不说一声，我好早早来看你呀。果果她爸说：给你添麻烦了。

第三个人来看望他的人，进门没跟他说话，她坐了一会儿，把果果叫出门去，说了一会儿话。果果进来时，表情很不自然。她跟她爸说，她是专门来气人的，你们分开这么多年，她还跑到医院来闹，真不怕丢人。

果果她爸没接话。

果果又说：她不安好心，她是来瞧瞧你死了没有。

她爸说：她也许是来看你的。

果果说：我要她看吗？她不来害我就不错了。

他说：她跟你讲了一些什么？

她还想住家属院那套房子，死心了吧。

她爸突然生气说：她又想干什么？

她是想搬过去住，至于和什么人我不知道。

她还有脸住？我也不会答应的。

果果情绪突然激动起来，她大吼大哭，说：我没有这样的妈妈。

我爸见了此景，也不好意思继续待在病房了。他对我说：你扶我一起出去走走吧。

我们只好暂避一会儿。

我爸的病房在住院楼一楼，穿过这条长长的走廊是住院部的侧门，它通向住院部的小广场。我爸在花坛边的木椅上坐了下来，那里有几个穿着病号服的人走来走去。

每天都是这样的。

我也坐了下来，只有走出来，才能忘记我爸是一个病人。

我爸突然说：看来这次的病，比我想的要严重得多。

不会的，病好点，我们就可以回家了。

我爸说：人总是要死的，你不用安慰我。

你好好的，什么也别想了。

我爸说：你也该谈个女朋友了。

知道了。

我们一聊到这个话题，我会卡壳。我以前处过一个对象，那时我爸还没生病住院。她是我在服装厂认识的工友单,我们几乎要谈婚论嫁时,她跟了一个河南人去了东莞。可怜了我那未出世的孩子被她从肚子里残忍地打掉了。

我不怪她,用她妈妈的话说,你用什么来养育孩子和家人?

现在的情况更糟,我爸也需要花钱,我又因为照顾他而辞掉了工作。我哪有心思去想这些人间美好的事。

我爸安慰我说:对女孩子要主动些。

知道了。

他也不再说了。

法桐树宽大的叶子遮住了上午暴烈的阳光,即便如此,但风吹在身上,很是清爽。

我和我爸坐在树下,彼此再没有说话。

果果此时和她爸向广场走来,我礼貌地跟他们打了招呼,说:叔,坐在这里吧。我起身让座。他客气地说:谢谢了。看上去,他今天气色不错,也比两天前好多了。他主动地和我爸搭讪。但我爸呢,好像总是跟他隔着一堵墙似的,躲着他。

还是因为上次他们的拌嘴吗?

不一会儿,我爸对我说:我们回房间吧。

果果说:叔,房间正在进行紫外线消毒呢。

我说:爸,保持好心情对身体很重要。

我爸也不再坚持了。

他们两个人你一句、我一句地聊着。

我和果果来到另一棵法桐树下。她问我:你还买猫吗?

我说:医生说了手术病人不能养猫。

果果说:我爸的手术暂时不能做了。

我问：为什么？

凝血因子缺乏。

什么原因造成的？

果果说：我爸有严重肝病，医生说：凝血因子在肝脏合成时会导致血小板减少，导致凝血异常，他需要先治疗肝病。

怎么会这样呢？

从我记忆时起，他喜欢酗酒。

我爸也是这样的。

你们男人是不是都是酒鬼？

我不喝酒。

喝酒有什么好呢，还挺着个大肚子，真难看。

哈，见解深刻。

果果问我：你干什么工作呀？

我说：以前在服装厂做针线活，刚辞掉了工作。

看不出来你是个心细的人。

你一个人照料你爸，也辛苦。

你也不是嘛。

我是专职照看，没有负担。

果果说：本来我想让我男友过来的，但我爸不喜欢他。

这正是他表现的机会。

果果说：我让他过两天来。

我不知道果果为什么要跟我说她男友的事。

我故意岔开这个话题，我说：你喜欢猫，我买只猫一起养吧！

果果说：好。

聊了一会儿，果果她爸叫她，他们要回病房了。

我爸问我：你们聊什么呢？

我说：还是买猫的事，她爸不做手术了。我爸没感到吃惊，他们刚才聊天已经说到这事了。

早上，我去宠物市场转了一圈，花了不到二十块钱，买了一只毛色黄白相间的狸花猫，又花了十块钱给它买了一个小笼子。我担心我爸不高兴，我把买的猫粮藏在口袋里。

回到医院，果果见到猫很惊喜，她把猫抱在怀里，又亲又摸。

她问我：它还没取名吧。

没有，猫在章镇是没有名字的。

她说：叫它暖暖吧。

暖暖，这名字真好听，在章镇还没有人叫这么好听的名字。我想为什么在我们那里的小女孩，她们的名字叫小花小草小叶什么的。

猫的名字比人的名字好。

果果说：猫有九条命，不怕好名字。

暖暖挣脱了果果的手，它在病房里乱跑，一会儿跳到床上，一会儿钻到床下。果果不停地叫它的名字：暖暖、暖暖……小猫根本不理她。我拿出猫粮，唤它暖暖，它很快蹭到我身上，喵咪喵咪地叫。

果果说：暖暖跟你亲。

下午，护士来给我爸挂针，见到笼子里的猫，说：病房里不能养猫。

我忙说：这猫打算明天拿回家的。

护士说：别让大夫看见了，你把猫笼放在卫生间吧！

果果说：它会叫的，怎么办？

我说：挂在窗户外吧，像鸟笼那样。

关于这只猫究竟放在哪里，便成了我和果果一天的话题。猫笼最后被放置在卫生间的窗台上。

猫，在那里叫了一个下午。

天快黑的时候，有人来找果果，他提着香蕉和牛奶，他问我：果果是在这个病房吗？

我说：是的，他们去住院楼广场散步还没回来。

他说：我在病房等等她吧。

我看了看他，我们的年纪相仿，他白净的脸上，一头长发，瘦瘦高高，手臂上文有鹰的图案。

我问：你们是同事吧？

他答：恋人。

我"哦"了一声。

不久，果果和她爸进来，他迎上去说：叔，身体好些了吗？

她爸没理他，果果拿出小凳子让他坐。

果果问他：你吃饭了吗？

他说：还没有。

她爸冷冷地说：你来干什么？

他说：叔，晚上我陪你，让果果回去休息一晚，明天正好周末。

她爸说：我请不起你。

他坐了一会儿，果果她爸背对着他，不说话。

果果对他说：我陪你去吃饭吧。

果果出门时说：毛细，麻烦你帮我照顾一下我爸。

我点了点头：嗯。

我没事可干，只能撩猫了，暖暖的毛发一遍又一遍被我抚摸，顺滑极了。暖暖时不时用爪轻拍我的手，它轻咬我的手指。它的爪，已经脏了，明天我给它洗个澡。

他们走后，我爸和果果她爸像往常一样在看电视新闻。他们还不时互动了一下，讨论了地区热点问题和各自看法，他们终于有话聊了。

不久，他们都睡了，我把躺椅打开休息了一会儿。

果果他们回来时，我才醒来。

果果问我，你用卫生间吗？

（他们休息之后，我每晚要在卫生间冲澡的。）

我说：今晚太累，不用了。

她说：我准备给猫洗个澡。我买了洗澡盆、小毛巾、猫用香波、刷子、小吹风机。

她展示给我看，没想到她那么细心。我要给她钱，她推托了，说：不值几个钱，再说我也喜欢养猫，我给猫洗澡，它会很舒服的。

此刻，卫生间哗啦啦的水声，像夜晚的安眠曲……

他们在厕所里给猫洗澡，猫却一声也没叫。

我假装在躺椅上睡过去，但一会儿还真的睡着了。

一天清晨，天还未亮，果果叫醒我，说：她爸不见了。

我睁眼一看，病床上空空如也。

厕所里没有，走廊过道也没有，医院内的小广场也没有。

果果她爸去哪儿了呢？

果果说：她爸不会外出的。

他的换洗衣服和手机都在，他不可能一个人不辞而别的。

我来到住院楼的后面，看见果果她爸正趴在窗户上往病房看。

我有些奇怪，但没有惊扰他，他从一个窗户走到另一个窗户，他又看了一会儿。

我回去告诉果果，果果很吃惊，她爸怎么会做这样的举动呢？

会不会是梦游症呢？

果果说：从未发现我爸有过梦游。

我们可以观察他几天，如果是梦游症患者，他以后还会有类似的行为。

果果表示同意。

我说：但我们不要惊扰他，梦游症病人在梦游过程中是不能被人惊吓的。

如果我爸把其他病友惊吓了呢？

我们再观察几天吧。

我们远远地跟着他。果果她爸穿过小广场，往住院部大门走去，我们又看着他穿过走廊，推开房门进去。过了一会儿，我们才进去，看到果果她爸在床上打着呼噜入睡了。

而我爸的病情越来越重且不容乐观，癌细胞很可能已经侵入食管，他吞咽能力越来越差，甚至连喝水也成困难。

不久，他完全不能进食了，他只能依靠每天的营养针维持生命。

我爸有时会进入短暂的昏迷状态。

我问医生：还有别的办法吗？

他摇了摇头，说：目前只能保守治疗，你要有心理准备。

自从我妈死后,我一直准备我爸可能死去的那天。

因为他常常对我说:我又梦见了你妈昨晚来找我了,她哭着跟我说,连个说话的人也没有,我想她一定是想我了。

我信我爸所说的话,这么多年过去了,他也没给我找一个后妈。

我爸的身体更差了,他几乎再也不去广场走动了。

有一天,果果陪她爸出去做术前身体检查,病房里只剩下我和我爸。

我爸问我:你觉得果果如何?

怎么说呢,我对她不是很了解吧。不过,对她也没什么坏印象,年轻人那点事,在我眼里,早就不是什么事了。

我说:对她爸挺好的一个人。

我爸又问我:还有呢?

蛮有耐心的,也挺会照顾她爸的。

我爸说:你这孩子,不会察言观色,果果她爸跟我说,他对你很是赞赏。

这跟我没什么关系吧。

我爸说:果果她爸的意思是让你们好好相处。

爸,你跟他聊得来,他对你热情一点,你就会想多。

你真是没用。

爸,你就别操心了,难道你不知道果果有男朋友吗?

有男朋友怎么了?果果她爸不喜欢,这就是给你的机会。

你别乱点鸳鸯谱了,爸。

我爸说:那个男的,不务正业,是个混社会的,你没看出他手臂上的文身吗？

这些跟我们没关系的。

我爸越说越生气，一会儿他呼吸急促起来，我赶快给他打开氧气阀。

我不想让他激动，我只好说：以后我会与果果好好相处的。

我爸这时才欣然地露出苍白的微笑。

接下来的一段时间，果果她爸跟我的相处也有了微妙的变化。

他经常叫我给他打饭和干些杂活，比如把换洗的衣服送到洗衣店去，再把洗好的衣服拿回来。

我没事的时候，他让我陪他一起去散步。

有时他叫我去街上买点果果喜欢吃的零食。

果果说：不必那么麻烦的。

我说：我也没什么事，也是顺路去的。

果果她爸夸我勤快，他说：果果可以上班去了，你比她照顾得好。

她说：爸，你怎么能麻烦别人呢？

我说：没事的，也是举手之劳。

我爸看在眼里，甜在心里，他说：以后李叔有什么需要你跑腿的，你跑得欢点。

我只好点头。

但有一天早上，医生查完房后，果果和她爸吵了起来。

果果说：我已经长大了，我有恋爱的权利。

她爸说：你跟他没有前途。

我不要你说的前途。

那你不要来见我,我不会理他的。

你不理他,我带他去见我妈去,我不信我妈容不下他。

我不想见你,你现在马上走,越远越好。

果果边哭边收拾东西。我爸劝果果她爸不要生气了,自己的姑娘,有什么不能原谅的。我也劝果果,李叔此时有病在身,不要再刺激他了,也许他比你还要难受。但果果根本不听,她冲出门,没有回头。

果果她爸说:随她去吧。

他说:都是我惯坏了她,我是有责任的。

我安慰他说:李叔,别自责了,果果也许是压力太大了,她这些天一直守候在你身边……

他眼里突然湿润起来。

他说:毛细,你帮我给果果打个电话,让她给我请个护工吧。

果果的电话一直处于忙音状态。

接下来几天,果果一直没有出现。我有时想,她太狠心了,落下她爸一个人在医院。李叔的生活起居这几天基本由我照顾,虽是一些陪护的事,但也是费时费力的过程。

我爸的身体越来越差,他已经不能下床活动,他几乎每天都要迷糊一次,相隔时间越来越频繁。最麻烦的是他有时大小便失禁,脏了一床,我只能给他换一次性的床单和尿不湿。看着他皮包骨的身体,我都有逃离的想法。

果果她爸说:你有时间再给果果打个电话吧,我的电话她已经设置了拒接。

我不知道果果为什么这么绝情。我想起她对暖暖这只猫的态度,她不应该是那样的人。

果果的电话一直关机。

我说：叔，我还在呢，你就放心养病吧。

关于猫，我实在没时间喂养它了。

我跟他商量，我想把暖暖放了，让它自生自灭。

他说：果果喜欢。

我不知如何是好。

我时常一天都忘了给暖暖喂食，终于有一天，它挣脱了笼子，跳窗跑了。

果果她爸很失望。

他有时自言自语地说：猫一定会回来的，果果也会回来的。

一天夜里，我爸死了。我没有哭声，医院依旧静悄悄的，跟什么也没有发生一样。他被搬进了地下室的太平间。我把我爸的死讯告知了我妹，她没感到意外，好像也没什么悲伤。她在电话里说，爸爸解脱了，你也解脱了。

我跟李叔说：我要去料理我爸的后事，我不能照料你了。

他说：没事，你先忙吧，我也找好了钟点工。毛细，这些天真是辛苦你了。

我跟他道别，他一直送我到医院大门。我把电话号码留给了他，我说：有事给我打电话。

忙完了我爸的后事，我去石市找工作，我想起果果她爸来，我决定去看看他。

我还是没见果果。

他目光有些呆滞地说：毛细，来啦。

他比之前清瘦了好多。

我问他：果果没来吗？

他说：果果来过又走了。

我不问了，毕竟这是他们的家事。

他问我：你爸的事办好了吧。

我点了点头。

他又问：有什么打算呢？

在找工作。

他叫我坐到他床前，语重心长地说：毛细，你想做护工吗？

护工？我没受过这方面的培训。

你要是愿意的话，给我做起吧，我看好你。

我犹豫了一会儿，说：果果呢？果果没来照料你吗？

果果有自己的事做，你要是能过来最好了，工资按护工标准付你。

我答应了他的要求。

我知道，我在他眼里还算不上护工，我最多算是个保姆，帮他完成日常的换洗和协助他如厕、洗澡、吃饭、上下床。

用果果她爸的话调侃说，我最多算是个"黑护工"罢了，比起保姆还有距离。

接下来的日子，除了陪护一些事外，我主要陪他说说话，散散步。

他跟我聊了关于果果的事。

他说——

我跟果果她妈离婚那年，果果十岁，她妈跟一个男人私奔了。几年后，她妈又回来了。那时我刚做了钢铁厂车间主任，应酬多，很少管果果，考虑果果年纪小需要人照顾，毕竟又是她还是果果的亲妈，我答应把果果交给她照管。她们住在钢铁厂分配我的那套家属院的老房子。但一天晚上，果果被她妈妈的男朋友玷污了。后来，这个禽兽投案自首，而果果她妈却帮着男朋友隐瞒事实，逃脱罪行，最后只判了三年。果果后来辍学又迷恋上了打游戏，在社会上认识了现在的男朋友，一个无业的社会青年。我苦口婆心地劝过她，她已经听不进去我任何话了。

他停顿一会儿，我把水杯递给他，他深深喝了一口水，继续说——

这件事上，我是有责任的。果果在外人看来是个听话的孩子，现在也是，但在涉及她个人情感的问题上，她容不得我说她任何一句建议的话。上次，她跟我赌气是因为她男朋友到医院来，我不接受他。她一气之下，跟我拌嘴，直接走了。我不怪她，她太需要人关心了。果果是个内心柔软的人，上次她又回来看我，看得出她还是关心我的。

唉——他长吁了口气，不再说了。

我跟果果接触的这段时间，我觉得她对李叔的照料，很是用心。

我劝他，果果会回心转意的。

过了一段时间，果果她爸的身体各项检查指标已经符合手术的要求。

我跟果果电话说：李叔最近要动手术了，你有空来看看吧。

果果说：很感谢你对我爸的照料。

暖暖已经跑了，你知道吧。

知道。那天她去医院时知道的。

如果你喜欢猫，我给你再买一只。

果果说：不了，我还要上班。

我听得出她在电话里情绪低落。

我问她：你是不是身体不舒服？

她说：没有。

我又说：是不是遇到什么困难了？

她在电话里沉默了好久……我"喂，喂"了几声，她说：林被抓了。

林？林是谁呢。我想了一会儿，林是她男友，手臂刺青的那个男孩。

我说：为什么？

她说：他去歌厅K歌，和一个舞女酒后发生性关系，舞女告他强奸。

我顿时语塞。

果果在电话里冷冷地说：这是他的报应，罪有应得。

我问果果：这件事，你爸知道吗？

不知道，我不想让他看我的笑话。

我说：有空多陪陪你爸。

我回到病房时，果果她爸已经睡了。

此时，浓密的雨季已经悄悄来临，它狠狠打在玻璃窗户上，响声覆盖了夜晚的风吹来的蛙声。

窗台上，突然有猫叫，模糊中好像有只猫贴在窗户玻璃上。

它是暖暖，没错——它黄白相间的毛色，我一眼就能认得。打开窗户，我把它放了进来。它浑身湿透，我用干毛巾给它擦身，给它喂了火腿，它发出护食时才有的呜呜的叫声。

我电话告诉了果果,暖暖回来了!

果果很平静,她"哦"了一声。

显然,她对这只曾叫暖暖的猫没有了兴趣。

她对我说:你如果喜欢,你把它关进笼子里。

我说:这只猫已经适应了放养的生活,它回不到被人宠爱的世界了。

果果她爸的手术准备在一周后进行,果果答应请假过来陪护。我为她感到高兴,他们父女又要重归于好。

我跟李叔说:下周时间果果要来照顾你了,她特意请了假。

他说:我请你们吃饭。

我说:你们父女和好,为你们高兴,我来安排吧。

李叔说:有你的功劳,我要感谢你。

那天,我们三人简单地在医院食堂吃了一顿饭。

果果说:爸,我已经和林分手了。

果果她爸深感突然,说:怎么啦?

你不是一直反对我跟他交往吗?

那是过去的事,我已经不反对你们的交往了。

果果说:他的确是个烂人,我对他那么好,他竟然……

果果趴在桌子上抽泣。

果果她爸说:我已经不反对你们的交往了,你看我这病,我会放下所有的事情。

我劝果果:你别难过,事情也许没有你想象的那么糟。

果果她爸说:果果,你长大了,爸爸尊重你所有的选择,过去,是我错了。

她哭得更厉害了。

果果不停地说：毛细，你是个好人……

果果她爸在今天清晨失踪了。

在昨天晚上，果果还给她爸捏过大腿，他们有说有笑。

护士问：他怎么在手术前失踪呢？

果果问我：会不会又像上次那样梦游去了？

我们到处找他，不见踪影。

这时，天已大亮。

我们很是着急，我们找遍医院好多地方，但始终没有找见他。

我们又问了住院部其他病房的病人。

有人说：前几天有一个人总是趴在外面窗台上看，把我们吓了一跳，后来他又去了别的病房。

有人说：这是一只猫叫，根本不是一个人的叫声。

有人说：那个人在清晨大哭，手里有一只死去的猫。

还有人说：他看见一个人在今天清晨跳楼死了，好多人在医院门口围观。我和果果去看过，那个人不是她爸。

他们越说越玄乎，最后连警察也半信半疑了。

那一整天，我和果果在病房里等，等她爸爸回来。

果果说：我爸的衣服和手机都在，他不可能一个人不辞而别的。

她把头埋在被子里失声痛哭……然后她睡着了。

我不忍心打扰她，我听她在梦里呓语，说：暖暖还在，我爸一定还在的。

——原载《飞天》2020 年第 5 期

公牛出逃

毛细！毛细——

大声喊毛细的那个人是老唐。

毛细越走越快，老唐的喊声更大：毛细，你的老婆是不是跟人跑了呀？

毛细头也没回，继续不理他。

就在刚才，老唐从章镇茶楼出来，又被人打了。至于原因，有人讲他又在偷看女人的裙底。老唐矢口否认：没有的事，我不过是弯腰下去捡的麻将牌，一不小心看见的。

那个常年游荡在章镇街道的老唐，谈起他，章镇这条老街上的人都摇头，他们说，老唐，这条老光棍所做出的行为常常为人所不齿。

今天的事如果是偶然，那么昨天呢？

昨天他在章镇茶楼围观妇女打麻将，其实他是在看那些妇女们白白的乳沟，他的那双直钩的眼睛，在旁人看来，他像是把她们的魂一起勾走。如果被她们觉察了，她们把衣领向上提了提，然后，老唐便离开了。遇到脾气不好的女人，便会骂他一句。

毛细！你妈又没跑，急什么呀？

老唐小跑追上了毛细。

今天我有事，没空跟你聊了。

我有好事告诉你。

是不是还我钱了？

钱的事，过两天便有了。

老唐跟毛细借过好几次钱，没有一次还过。毛细的母亲和老唐是远房亲戚，这层关系老唐很多次重复着跟毛细说过。毛细问过母亲，得知老唐的祖父跟母亲的外公是堂兄弟。老唐常说，这亲戚自然假不了，很多人想跟我攀亲戚，我都不想理呢。

老唐，你有什么事直说吧。

我想约你一起去趟江北。

去江北有什么事可干？

找对象。

毛细哈哈大笑，心想，这穷鬼，连自己都养不活，谁愿意跟着他受苦。

你不信？

你准是又做了偷鸡摸狗的事。

老唐嘿嘿一笑，说：王山的老婆答应借我一千元钱。

王山已经死了好多年，在章镇，我们背后都叫她李寡妇。老唐还称李翠是王山的老婆，这意思是他跟那个李翠只是平常交往，两人分得清。

哦，不是李寡妇吗？

是王山的老婆李翠。

李翠，就是李寡妇嘛。

老唐马上急了,瞪着眼说:你这乌龟王八蛋,叫法不一样,说法自然不一样了。

两个人互相顶牛,一来二去地怼着对方。

他们一前一后地走在章镇的老街上,来到一棵大樟树下。那里围着一堆人,他们挤了进去,有人在玩一种仙人跳的赌博游戏。

老唐怂恿着毛细合作玩一把。毛细说:没钱。

老唐耸耸肩说:这骗人的把戏我十多年前已经玩熟了,逢赌必赢。

毛细没经住诱惑从口袋掏出一张皱巴巴的十元纸币给了老唐。并且对他很不屑地说:就当喂狗去吧。

老唐喜出望外,他瘦削的脸庞堆满了皱纹,不,那是他的笑容。他说:毛细,你等我一会儿。

毛细随后便溜走了。他来到一个旧货市场,准备在那里买两张八仙桌。这是他老婆小月今天交代他要做的事。买八仙桌干吗?因为他儿子快满月了,他要在家里大摆宴席,请亲戚朋友来家坐坐。毛细看上了那两张结实但漆面斑驳浸渍着油污的老旧樟木桌。

老板说:这八仙桌至少有一百年了,它值五百元钱。

毛细伸出一根手指说:一百元。

老板摇头说:不卖。

再给你加五十元。

老板指着那几张杉树做的八仙桌,说:那些桌子八成新,只需要一百五十元。

毛细瞄了一眼,说:我只要这两张樟木的。

再加三十元,送货上门。

成交!

这些旧的残腿的桌椅板凳和家具都是从拆迁户那里淘来的，象征性给些钱。但是到了旧货市场，它们的身价猛增，有的老家具成了有价无市的稀罕之物。

毛细给小月打电话说，桌子马上送到家。小月还未来得及问这桌子花了多少钱，桌子品相如何，他便急忙挂了电话。他要去茶楼看看，如果有空闲的位子，他打算玩上几圈麻将再回家。这口袋里的钱，他数了数还有一百八十元。

茶楼上，有几个人闲聊，老唐也坐在那里。他见毛细过来，故意大声说：我的财神来了。

毛细装着没听见，他径直走向一张麻将桌的空位子坐了下来。他是来打麻将的。不一会儿，又有两个人坐了上来。还差一位，麻将便可以玩了。可是等了再等，还是缺一个人。于是，老唐过来坐了下来，他说今天他有钱。另外两个人不信他的话，不愿跟他玩，起身要走。

老唐从口袋里摸出几张崭新的百元钞票，说：狗眼看人低。

但另外两个人还是不愿跟他玩。

老唐说：毛细，我请你喝酒去。

毛细从他手里抽了两张钞票，说：喝酒去。

老唐追着毛细出门，毛细说：你先还我两百，还欠我六百，我记着。

老唐在他后面追赶着，喊道：毛细，你这个王八蛋。

毛细很快拐进那条窄巷，消失了。

老唐站在原地气喘吁吁，骂道：狗娘养的，算你狠。

八月的中午，太阳炽热地烘烤着柏油路，远远望去，路面上冒着一层弯曲的蒸汽，透过它，一只猫快速穿过马路。当公共汽车停下来的那刻，老唐第一个冲上去，他要去县城买些特产带去江北。平时，即便是去县城也不是非要买什么东西。他也不是为了花两元钱去享受坐一趟颠簸的公共汽车。

可以说他漫无目的，因为实在太无聊了。

但这趟公共汽车竟然没有一个下来的乘客。他很轻松地上了车，但是也没有一个空座位。他就这么站着去了县城。闷热的天气，很多人仰头大睡。

车厢里站着的人不多，他绝对是最显眼的一个。今天他穿着一件越洗越白的衬衫和乌黑的旧皮鞋。瞧，他上车时，那些乘客正盯着他看。他今天很得意，对于这一身打扮，是去江北的提前热身。

他直奔县城最大的百货商场，他不打算在买东西的过程浪费时间。当他看到这些琳琅满目的商品时，他突然改变了主意。心想送土特产，也太老土了吧。他决定给她买个包，最好是红色的包。他记得她微信朋友圈，她喜欢晒各种包。至于是什么名牌，他也不认识。此前，他每逢女方生日及各种节日，他都会给对方送上红包，尽管他也没弄懂一年中为什么会有两个情人节。所以，他决定给她一个惊喜，要给她买一个包。

他来到一家"包天下"的时尚店，一个身材高挑而皮肤白净的女人接待了他。

他的身体一下子凉爽了起来。那女人便给他介绍起各种包来，标签上的价格让他却步。

他说：我想买一款女式包。

那女人说：今年的新款古奇红色经典款，合适送任何年龄段的女人。

她说完，便挂包摆了一个性感站姿。

他说：挺好看的。

他这话是在夸她，丰乳肥臀。要是从照片看，老唐认为他的女友并不比眼前的这个女人逊色，都是他喜欢的类型吧。

那女人说：合适的话，定下来吧，只有一个样品。

老唐摇了摇头，说：挺贵的。

那女人说：也有便宜的，高仿货。

他眼睛忽然一亮，问：有什么区别？

那女人说：价格的区别，款式几乎没有什么不同。

老唐经过几番还价花了一千元还是买了下来，并且拍了货架上正品包给女友发了微信照片，他留言：七姑娘，我们很快要见面了，送给你的礼物喜欢吗？

很快他便收到女友七姑娘的回复：很喜欢，亲亲。

他提着精美的包装袋，回到章镇，从茶楼到集市，可是没有一个人注意到他手上的手提袋。他们用奇怪的眼光打量着老唐。偶尔有人问：老唐，走亲戚回来啦？

他连忙摆摆手，也不解释了。

过了几天，章镇的人知道老唐要去见女友七姑娘了。

老唐挺着腰杆春风得意地走在章镇的街道上，他开始描绘七姑娘来到章镇以后的生活。可是他一想起这令他烦恼的事，他想他还是去江北那边生活吧。这时，他会心地笑了。他拿着每月六百元的低保，过着一个人吃饱全家不饿的生活。如果有一天他成家了，他该如何去适应新的角色。想想这些，他挺烦恼的。

他是在网上认识的七姑娘。自从认识了七姑娘后,他平静的生活有了涟漪,也有了期待。这不,经过快一年的聊天交往,亲爱的七姑娘,马上要见面了。

老唐把手机里的七姑娘照片给毛细看,毛细说:七姑娘比李翠好看多了,像明星一样。

老唐诡秘一笑,说:我还有她的露背照。

毛细不信。

老唐说:这照片会被你那双色眼污掉。

毛细嘲笑他是纯洁的处男的思维要不得。

老唐很不服气说:我只给你看一张七姑娘的私房照。

毛细看后说:不就是一张泳衣照嘛。

老唐说:我还有她的浴巾照。

毛细要看,老唐说:以后吧。

毛细说:七姑娘身材不错。

老唐和七姑娘的网恋在章镇成了人们茶余饭后的谈资。有人问他:七姑娘什么时候来章镇生活呢?他笑而不答。

那人嚼着舌头南腔北调地说:老唐真是艳福不浅啊,要娶七仙女回家。

其他人跟着这个人一起说:七姑娘不就是传说里的七仙女吗?

老唐说:七姑娘是你们随便叫的吗?

有人站出来说:对,我们以后不敢了。

众人又笑。

关于老唐有了女友的事,章镇的人开始几天还有一些新鲜感,可是时间长了,也没什么人问起。老唐很少去茶馆坐了。他觉得这回他是有女人的人了。过去耻笑他偷看妇女乳沟的人,还有那些动手打他的男人，不过是嫉妒他每天可以游手好闲地出入章镇的茶楼罢了。至于为什么被打，还不是因为有人说他偷看了别人的老婆洗澡嘛。想起这些人可憎的面孔，用老唐的话来说，他是最无辜的，他是偶然看见的，绝非故意为之。不过，大家并不看好老唐网恋。他们说，这年头骗子太多了，说不定还是个男骗子呢。

只有李翠不这么看。她认为老唐是有本事的人，是驴是马迟早会拉出来遛遛。

李翠说：老唐，你把七姑娘带回章镇给他们看看。

老唐不好意思地笑了笑。

李翠说：我信你。

现在，她还没同意我去。

李翠说：你们认识多久了？

快一年。

听人说，她年轻漂亮。

那是她年轻时的照片吧。

李翠说：现在也差不了。

老唐听了心里得意，他觉得没人再敢轻视他了，以后他可以在章镇扬眉吐气了。

一天，他走在章镇的街道上，又碰见了毛细。他清了清嗓子，说：毛细，你干吗跑得这么快呢？赶死去啊！

毛细走路也不快，其实是老唐走得太慢，他是故意这么慢，他见了毛细就想骂他。他是故意这么做的，但毛细也不生气。章镇的人说老唐跑得比狗还快，如果跑慢了，他挨揍的次数又多了几回。所以说，老唐走起路来，速度一定不会慢的。

任凭老唐怎么骂，毛细都懒得回嘴。老唐说：你骂我就是骂你自己。

毛细看了看他，他还是穿着那件越洗越白的衬衫和乌黑的旧皮鞋。

于是，毛细打趣地问他：原来是唐叔啊，你要去哪里？

老唐神秘地说：去望江楼喝酒。

中午也喝酒？

老唐说：唐老板的儿子结婚，按辈分，我还是唐老板的小叔。

那个章镇的大企业家吗？

老唐的声音仿佛大了说：我侄子唐散。

毛细心想，老唐这不是给我在显摆吗？即便他们是十八代的堂侄，也比他跟我亲，谁叫唐老板是章镇最有钱的老板。

毛细说：你这做叔的什么时候结婚呢。

老唐说：还等着你一起去江北呢。

毛细说：我怕挨打。

老唐骂他：你这狗嘴，是吐不出象牙的，罢了。

他一摆手，便径直去了望江楼。它是章镇最好的酒店，也是唐老板投资的。老唐自然不客气地坐在客席上。章镇街上有头有脸的人都来捧场，镇长也来了，这条街上要数镇长和唐老板最有威名，不过，他们都跟老唐打了招呼。镇长和唐老板能跟一般人打招呼吗？如果那时有人拍照多好呀。老唐想，镇长都瞧得起我老唐，章镇的张三李四王二麻子们真是狗眼看人低。他这么一想，心情也好了起来，他俨然像一个主人一般，跟席上每个人都碰杯。

酒意正浓时，新郎和新娘过来敬酒。

他竟有些飘飘然起来,也许是喝得有几分醉意。他嚼着大舌头说:今天,我有钱,我给我侄孙一个大、大、大红包。

说完,他便从口袋里掏出两张一百元新钱。

新郎客气了几回,他硬是塞到新郎的裤袋里。这新郎竟然没有称呼他便接着去了邻桌敬酒。本来,他想借着酒劲,表明他和唐散是叔侄关系,没想到这侄孙根本没在意他。这钱送出,老唐又后悔了。一顿饭能吃二百元吗?当席上的客人散去,偌大的大厅只有他一人还在喝酒。服务员催他说:老唐,客人都走了,散摊了。

老唐是很不情愿,说:这酒和菜还没完呢。

但他转念又想,这望江楼的漂亮女服务员居然也晓得他是老唐,他不去计较了。他大声叫喊服务员,要了几个食品塑料袋,打包了几个剩下荤菜,提着半瓶酒离开了。

一路上,他心里空落落的。他还在想在望江楼吃饭的事,他算来算去,觉得有些亏,那二百元钱本可以省去的,不知鬼缠身糊住了心,还是自己打肿脸充胖子,后悔起这顿饭真不该吃。他一路踢着一只空塑料瓶,踢飞了,又捡回来,又踢,一直踢到李翠家门口停下来。

他喝了酒,一路走来,确实有些累了,便喊李翠的名字。李翠在屋里回应了他,赶忙出来。

哟,原来是唐大哥。李翠请他进屋坐。

下午,屋内光线不太好,老式的平房,小窗户和狭长的布局,在章镇已不多见。

从大门进来,一口没有喷漆的棺材,立在昏暗的角落里,显得阴森。前些年,她老公去世时,她没舍得用,这口桐木棺材是祖上留下来的，听说好几百年了。

老唐说：李翠，黑灯瞎火的，天黑了还不开灯？

李翠说：这大白天开灯，脱裤子放屁。

老唐说：我要好好看你还不行吗？

老唐这诨话只有李翠听了不当回事。如果换了那些在茶楼的女人，责骂一顿，还要把老唐的胳膊狠狠掐一下，才会死心。老唐回敬她们，打是亲骂是爱。老唐对她们确有轻佻之想，李光的老婆白白胖胖、水水灵灵，摸起来手感一定是不错的。这话被人传到李光的耳朵便是这样：老唐摸了李光的老婆。他又莫名地挨了一顿打。唉，被打的次数多了，老唐也就不口辩了，因为越是口辩的话，被打得越重。

李翠说：我有什么看的，还是说说七姑娘吧。

今天不谈她了。

李翠问：怎么了？

七姑娘又玩失踪，我好久没有她的信息了。

李翠又问：你打算怎么办？

老唐垂头丧气，说：等她联系我吧。

李翠说：好事多磨吧。

老唐说：晚上在你家吃饭吧。他说着便把带来的剩菜递给了李翠。李翠并没问他中午去哪儿喝酒了。李翠的丈夫死的那年她的女儿四岁，现在女儿在城里上初中，每周末回来一趟。今天是星期天，刚拿了一周的生活费回校了。每次，女儿回来，屋子有了说话的人，也有了生机。很少有人去李翠的家里，在章镇，寡妇家是充满晦气的，所以，只有老唐还来她家，说些话。有人问老唐，你为什么不跟李翠好呢？老唐说，李翠的屁股小，生不了儿子。李翠知道这事后也没怪他,因为老唐已过不惑之年。老唐三代单传,不能让他自断香火。

李翠说:你帮我去章镇灌瓶煤气吧。

老唐起身,故作酒喝多了,走路一副摇摆的样子。李翠只好自己扛着煤气罐出门。

老唐自叹自己是虎落平阳。

他在李翠的屋子到处看了看,她家的平房前门临街,如果开个店面,做点小生意,该多好啊。此时的他仿佛是那个开店的老板,背着手在房子里踱来踱去。

开家什么店呢?章镇的店铺那么多了,吃喝玩乐都有了,投资大的,也没本钱,想来想去还是没什么可干的。他看了看那口漆黑的棺材,他突然有了灵感:棺材铺嘛。章镇总得要死人的吧。

但老唐摇了摇头,自言自语说:还是拿着低保金比较稳妥。

李翠坐着人力三轮车回来时,她喊老唐一起来抬煤气罐。罐子很重,老唐显得很吃力,还不如李翠利索。李翠说:你要是抬不动,我慢慢把它挪回去。老唐说:酒醒了,我有了力气。还是李翠一个人把罐子挪到了屋里。

李翠说:晚上,我给你炒几个新鲜蔬菜,你留下来吃饭吧。

老唐说:这次可是你留我吃饭的……

李翠生气说:你要是不想吃,你回去吧。

老唐就是嘴硬,刚才来的时候,他就打算吃饭再回家的。

想起回家睡觉是一件无聊的事情,去茶楼喝茶打牌,没人跟他玩。李翠这里,他是不想来的,人多嘴杂,他生怕跟她有什么关系。老唐想,兔子不吃窝边的草,何况自己不是什么兔子,是只狼。别人不这么看,又黑又瘦的老唐虽然只有四十来岁,但两鬓已生白发，由于穿着邋遢，越来越像一个糟老头。

今天有些不同，李翠说：唐大哥，你每天都这样收拾自己，七姑娘一定会高兴的。

他还不是章镇唯一穿白衬衫、黑西裤和黑皮鞋的人，今天他去望江楼吃饭，镇长和唐散也穿白衬衫、黑西裤和黑皮鞋。他觉得只有大人物才这么打扮。想起这，刚才的不愉快一扫而光。

于是，他让李翠猜，今天他和谁一起吃饭了。

李翠说：除了毛细，你还能跟谁一起？

老唐说：女人真是没见识，我今天和镇长一起吃饭了。

李翠"嗯"了一声，她想，就算老唐跟镇长吃饭也不是个大事，说不定他又在吹个牛皮。

老唐见李翠没什么反应，又说：镇长还跟我打了招呼。

李翠说：一起吃饭，当然要说话。

老唐不跟李翠一般见识，他懒得说话。

过了一会儿，李翠把菜炒好了，有白菜煮豆腐和虎皮青椒，还有中午老唐打包来的烤板鸭和蒜香排骨。老唐端着剩下的大半瓶酒说：一起喝口酒吧。

李翠说：这酒会醉人，我怕醉了自己什么也不知道。

老唐给她倒满一小杯酒。

他说：你要是醉了，那些人又要说我闲话了。

李翠听后一口干了，说：这酒真辣，烧心，有什么好喝的。

其实她此时其实在赌气，因为老唐的话不中听。

老唐不想跟她这个寡妇有什么牵扯。李翠心里不舒服，她抓起杯子给自己倒了一满杯，又喝了。老唐似乎没什么觉察，又给她倒了一小杯，她又喝下了。

一来二去，李翠喝了好几杯。她恍惚地站起来，老唐问：你没事吧。

李翠摆了摆手，她摇摇晃晃地去了厕所。厕所在屋后的小院里，还有些距离，那棵香樟树长得很茂盛，散开的叶子已经遮住了半个院子，院子没灯，显得更加漆黑。

李翠说：我看不清，你来扶我。

老唐问：厕所没灯吗？

他的意思很显然是说他们有别。李翠说：你想偷看都不会给你机会。

老唐只好挽着她去了趟厕所。他在外面等着，他听着李翠解手时哗啦的声音，也像夏夜里这树叶沙沙的响声。过了一会儿，李翠还没从厕所出来，于是他在外头喊：你掉到厕所了啦。

李翠提着裤子出来，老唐用手机的光照了照她，说：你没事吧？

李翠说：我有些头晕。

老唐把李翠扶到房子坐下来，给她倒了杯茶水，她脸色红通，像少女见了生人瞬时的羞涩感。老唐在回避李翠的眼光，不敢正看她的脸，这给她的错觉是盯着她的胸脯看。李翠不时地把衣领往上提一下。老唐又只好把眼光往上抬高一些，两个人都感到挺别扭的。

但是，老唐还是看到了李翠的乳沟，胸脯上那对圆鼓鼓的东西今天显得平坦。

老唐对李翠没有非分之想，他此前偷看过章镇一些女人的乳房，那也不算什么偷看，是无意中她们泄露的春光，这与人们关于他的所谓老唐逸事不太一样。他心里暗暗想：李寡妇这是勾引我吗？我才不要上当呢。

老唐一惊，赶忙告别。

李翠却哭了起来。

老唐不喜欢女人哭，他用责备的语气问：你哭什么呢？

她说：我想我男人不行吗？

老唐说：王山死了好多年，他都不管你了，他恨不得把你拉进坟堆里，你还想他干吗？

老唐的嘴巴总是管不住自己。

又说：王山，那个小气鬼要是知道我跟他老婆喝酒，晚上回去定会托噩梦给我。

然后，李翠"哐啷"一声关门，她把老唐推搡出了门。老唐感慨，女人的翻脸比翻书来得快。

有一天，老唐像往日一样在章镇的街道上闲逛，他走到一家理发店门前，他想起自己该理发了。这家理发店的理发师叫唐小咖，跟他都住在章镇唐家坊，从小看着他穿开裆裤，按辈分，他管老唐叫爷。但唐小咖就算在大街上遇见了老唐，他是不会理老唐的。唐小咖斜躺在沙发上玩手机。闷热的中午，一台旧电风扇嗡嗡作响，几只苍蝇掉进洗头盆里，在脏水里挣扎。

老唐喊他：唐小咖，这次给我理发，你得给我便宜点。

章镇哪家理发店十五元钱能洗剪吹？

老唐说：隔壁老王家的美容美发虽贵点，但女服务员按摩手法专业。

唐小咖哈哈大笑，说：老唐啊，真男人。今天算我高兴，免费送你刮脸和头部按摩。

老唐说：不要你赠送服务，你给我少两块钱。

唐小咖故意说：你理光头吧，我只收你五元钱。

你这龟孙子，你想断我后啊，给我理好看一点的发型，我还要相亲呢。

唐小咖给老唐一本发型画册，让他自己选。

老唐认真地看了看，说：就选这个发型吧。

唐小咖说：你真会看，那是模特胡兵，这发型是少女杀手。

老唐嘿嘿一笑，心想：这么便宜的花费，听你瞎吹吧。

不过等他理完发后，洗完头，照了照镜子，仿佛一下子年轻了好多，但白头发多了。

唐小咖说：这发型需要发胶固定，你得买瓶准备着，需要时，往自己头发上一喷，方便呀。

老唐看了看这新潮的玩意儿，问：送的？

唐小咖说：美死你，三十元一瓶。

老唐说：太贵了，二十元卖不？

二十五元，你拿走。

几经还价，最后二十二元成交。唐小咖又说：要不你再买一瓶黑色染发剂吧，效果巨好。

老唐很想要一瓶，问：多钱？可以赊账吗。

唐小咖摆摆头，他很失望。

唐小咖说：你在店内染发，给你便宜一点，三十元一次吧。

老唐嫌贵，唐小咖让他看看自己两鬓的白发，然后说，后脑勺你看不见的地方也有白发。

老唐还是咬咬牙决定染发，因为过几天，他要去看七姑娘了。

当他黑亮亮的头发呈现在镜前时，老唐自己都有点吃惊，这是自己吗？看上去他确实比原来年轻了十来岁。老唐的这一变化让章镇的好多人觉得不可思议，大家纷纷问他：在哪家店染的呢？他笑了笑，说：我孙子开的店。

有人一本正经问他：你孙子是谁？

老唐说：按辈分，唐小咖该叫我爷……

众人在笑。

这时，有人问：老唐，你和七姑娘的事如何了？

这块伤疤，在老唐心里搁了好久，因为七姑娘消失了。老唐只好说，过几天吧。

哦，原来你是要见七姑娘去。

众人又笑。

随后，老唐去了毛细的家里。毛细抱着婴儿在屋子踱步，哼着曲儿，没有在意老唐的到来。老唐"喂"了一声，毛细一看原是老唐，责备了一句：小声点，你把娃惊着了。

老唐笑眯眯地说：我表嫂呢？

我妈走亲戚去了。

我找她有点事。

我妈今天不回来。

你能借我一千元钱吗？

你上几次借我的钱没还呢。

我要去见七姑娘，你想点办法帮我。

毛细从口袋里掏出两百元钱，说：一四二。

这还是上次从你那里拿的两百元钱，你做个路费吧。

老唐也不嫌少，拿了钱后，他问毛细：我这发型穿什么衣服合适？

毛细这时才注意到老唐变了个形象，他搪塞说：精神了，老唐，穿什么都合适。

老唐说：要不，有空一起去趟江北吧。

毛细想了想问：什么时候呢？

老唐说：快了。

毛细的老婆从街上买菜回来，看到老唐便老远地喊：唐叔，来啦，听毛细说你找了女友了哈。

老唐虽然喜欢显摆和吹牛什么的，但见不得女人假声假气。他客套了两句：我是来看你娃娃的，她长得好，像你。

他想也不能空手来吧，说完他便从口袋掏出刚才毛细给他的两百元钱塞到她手里。

毛细在一旁说：唐叔，不必客气的，来了就行。

老唐说：上回的满月酒本来要来的，我在外地呢。

小月很愉快地接收了，并说：唐叔最近在哪里发财呢，满面春风。

老唐说：刚理了发……

小月说：一定是要去女友家吧。

老唐没有否认。他告别了毛细来到一家小馆子吃饭，今天他又后悔了，这午饭自然吃得不香，这两百元钱转眼又回到了毛细的口袋，他真是气愤，但他立马觉得自己很无辜。毛细买八仙桌给孩子过满月已经过去了好久，再说他并未请自己。送礼的钱，他是没办法再要回了。

他只点了一份水煮花生，要了一瓶啤酒喝了起来。

老唐越想今天的事，觉得吃了亏。比如理发，本打算花十五元钱吹剪一下，却被唐小咖忽悠多花了几十元做额外服务，他觉得自己哑巴吃了黄连。

老唐很快喝完一瓶啤酒,他又要了一瓶,他自言自语说:还是酒好,它不欺人。

"胖鱼头"小馆子的鱼老板他是认得的,只要他来喝酒,他会对老唐格外照顾,这份花生米送了。

大概是他同情老唐的境况吧。但老唐也不常来,多半时候去茶楼看人打牌,赢家还会赏他几块钱买酒喝。

这家馆子,这时候没什么人,因为他来得有点早了,还没有到午饭的时候。鱼老板问他:老唐,生谁的闷气呢?

老唐不吱声。

鱼老板又问:你今天这份打扮,没准是见了女友吧?难道失恋了?

任凭他再怎么说,老唐觉得这事不必为外人知。

于是,鱼老板也不问了,让服务员再给老唐免费送一瓶啤酒,老唐才说:今天我不会赊账的。

鱼老板笑着说:是不是把上次的账一起结了?

老唐很阔气地说:下回一定清完。

鱼老板哈哈笑了,说:不怕,不怕。

老唐也知道鱼老板的心思,他家的馆子不是正缺人吗,鱼老板给他说了好几回,叫他来帮忙打杂,一月给他一点生活费,管他吃住,他不愿意。如果他有了工钱,这每月的低保不就没了吗?

所以,老唐没想着在章镇找事做。

老唐的身世,其实也怪可怜的,他本来在章镇是有房子的,很多年的那次暴雨中,他家的三间土坯房倒塌了两间,父亲被砸死了，母亲受伤，后来改嫁去了江北，多年已经没有了音讯。现在他被安排住在那所废弃的旧小学。他觉得也好，因为水电费不用自己掏。后来章镇政府给他两万元钱资助他建房，他又拿不出更多的钱来。章镇的领导只好把旧小学的一间教室隔成三间让他住着，算是给他的"新房"。

后来，他作为扶贫的重点对象，章镇的领导给他安排了去新材公司上班。

但没多久，他被辞退了，原因是他把公司的原材料当废品卖了，换了酒钱。对于这事，老唐一直否认，后来不了了之。

好吃懒做，老唐在章镇被人为地贴上了标签。

老唐自己不这么认为，父亲死后，他母亲又改嫁，自己却读到初中毕业，也算是个读书人吧。

老唐已经喝了五瓶啤酒，他该回家了，他这次又把酒钱挂账了。

从"胖鱼头"出来，正是午后最热的时候，老唐摇摇晃晃地回到旧小学，章镇的孩子们在操场上打球。哦，今天又是周末，他最烦的是周末和假期的时候，一大早，他被吵闹声吵醒。他只好把学校的围墙大门锁上，但孩子们又翻墙进来……

他对着操场的孩子们喊：你妈喊你回家吃奶。

孩子齐声喊：唐老怪！唐老怪！

气得他直跺脚，又骂：小杂种！

他们看到老唐真的生气，便散伙了。

老唐回到屋里，一觉睡到深夜醒来，他的手机上的短信跳出一条消息，把他吵醒了。

他看了短信，立马睡意全无，七姑娘终于有了消息。她在短信说：妈妈生病了，她在医院照顾她，好久没上网，你还好吗？

老唐喜出望外，他回了一行字：我担心你。

七姑娘：我也是。

老唐看到这三个字的回复，内心一下子涌动起来，七姑娘心里原来还深深挂念他。

老唐：你好好照顾老人，辛苦。

七姑娘：我在乡下的信号不好，有空我会联系你，晚安。

老唐很不舍，他连忙又回复一句：我想去看你，方便吗？

好久，七姑娘没有回复，也许手机又没信号了，也许她已经关机睡觉了。

那晚，他在旧小学的操场使劲地跑了三圈，不到五百米的距离，他已经累得气喘吁吁。他必须再跑几圈，然后才能睡个好觉。但夜晚的秋虫叫得太凶，他翻来覆去，过了好久，终于又睡着了。

这几天，他突然像打了鸡血，每次出门，他往头发上喷了发胶，保持了发型。在章镇，他成了可以和镇长或唐散一样在夏天穿白衬衫和黑皮鞋的人。在夏天，他们很少穿白衬衫的，毕竟，这种装扮不大适合做工的男人，也不适合在章镇闲得蛋疼的人，他们也不屑这么庄重和拘谨。

老唐告诉李翠说：七姑娘回信了，她妈病了，回了乡下，联系不便。

他为什么要告诉李翠呢？上次向她借的那一千元钱他花在了买包上，这次他还想借一千元钱，去江北看七姑娘。

李翠说：好呀。

老唐把来意告诉了李翠，但她不接话，这借钱的事只好搁了下来。

老唐说：我会还你的。

嗯，这发型好看，配得上七姑娘。

老唐此时并不关心自己的发型，可是李翠还是不说这借钱的事。

老唐又说：我下周要去江北了，毛细已经答应和我一起去江北。

李翠终于说了这借钱的事，她说：你们是亲戚，借钱的事，你问毛细吧。

我去过了，可是钱在我表嫂手里，她走亲戚去了。

李翠说：女儿读书要钱，那几亩蔬菜大棚还是贷款建的。

临走时，李翠还是借给了他五百元钱。老唐的希望又被燃起，他想这事不能再拖了，他鼓起勇气给七姑娘拨了电话，对方没接。过了一会儿，短信回过来：我妈的病情加重了，又在催医疗费，真难。

老唐不知怎么回复她，巧妇难为无米之炊，他也没办法帮她。但是，要去看她，老唐多少还得帮她一些。想来想去，他还是回了短信：需要我帮忙吗？

过了好久，没见七姑娘的短信，老唐又说：我打算过来看看阿姨，我想当面给你包。

直到晚饭后，七姑娘才回了短信：可是那个包太贵重了。

老唐赶快回了短信：为了你……我愿意。

七姑娘：那么贵的，兑现成现金，该多好，这钱也许能救我妈一命。

老唐想七姑娘这么有孝心，我应该为她做点什么……

老唐：我能帮你什么呢？

七姑娘：你不该买那么贵的包，竟然还是品牌包，我的那些包也都卖了，为了给我妈看病。

老唐觉得她做得太好了，为了给她妈看病，连她钟爱的包都卖了。他也应该这么做，可是这个高仿包不值钱的。而七姑娘还以为这包值一万多元。这让他为难，七姑娘要是知道这包是高仿的，这等同是欺骗了她的感情。

老唐越想越担心……他惊出一身冷汗，还好，这包还没送出。

老唐：我打算把包卖了……

七姑娘：尽管我很喜欢这包，但我支持你的做法。

老唐：我会尽力帮你。

七姑娘：这包回收至少七八千元。

老唐这次真是要自己的命，就算这包真有人要，最多值七八百元钱吧。他到哪里弄到七八千元钱呢？

他去了一趟县城，找到礼品回收店，老唐开价3000元。

一个中年男人用放大镜看了看缝制的线条和皮质，说：仿制的假冒货，不值这个钱。

老唐问：值多少钱？

中年男人说：这种货不收。

老唐很失望，他又去了那家卖包的店问了退货的事，这事根本没商量，他只能悻悻地离开。这包是没办法送给七姑娘了。他转念一想，送给李翠也许是一个好办法，也许欠她的钱不用还了。

老唐这种想法萦绕在脑海时，他仿佛在夜晚找到了一束光，有了方向。

天黑的时候，他用塑料袋裹着红色的古奇包来到李翠家里。

一路上他躲过了好几个熟人，有惊无险。他不想让人知道，他给七姑娘的皮包到了李翠的手里。

李翠问：老唐，你晚上怎么来了，有事吗？

给你看一样东西。

哪来的包？

老唐说：买的呀。

很贵吧，一定是送给七姑娘的。

送给你的。

李翠很意外，吃惊地半天没说话，她不信老唐这包是送给她的。她甚至以为老唐的包是不是偷来的。老唐对她信誓旦旦说：偷人的事我都不做，偷包的事我会做吗？

李翠问：你送我包做什么？

老唐说：你帮过我。

李翠仍旧不信，她对老唐的好不足以让他送她这么好的包。

李翠说：你是不是有求于我？

老唐摇摇头，说：就是送你的，你要是不接受，我拿回家。说着，老唐好像真要从李翠的手里拿走似的。

她到底还是感激老唐的，李翠高兴地抓住老唐的手，看着他，那神情简直是一只温顺的兔子。老唐呢？木讷地呆鸡一般站在那里。李翠说：谢谢你。

虽说这包的颜色在老唐眼里觉得不适合李翠，但李翠挺喜欢。

老唐此刻心情像卸下了包袱一身轻松。

李翠有意留他坐下来，老唐说：太晚了，改天我从江北回来再坐。

李翠说：去江北的钱够吗？

老唐沉默了一会儿说：七姑娘她妈病了，需要钱，我想去看看她妈。

李翠从柜子里的衣服袋里拿出一千元钱，递给老唐，说：本来这钱是给闺女暑假准备的辅导费，因为学校补课，也没用上，你省一点用吧。

老唐对李翠说的还是那句话：你放心，我会还你的。

离开李翠家，老唐又去了茶楼。茶楼晚上的生意比较清淡，人最多的时候在下午。老唐找了角落的一张桌子坐下来。他要了一碗茶，慢慢地喝了起来。

晚上茶楼玩牌的是筹码大的年轻人，大多是章镇周边的拆迁户。大厅抽烟的人很多，乌烟瘴气。老唐本想搞点洗牌抽成，但现在有人在洗牌，他只好继续慢慢地喝茶，他并不着急，他有的是时间，这一会儿，他一边喝茶一边给七姑娘发微信。

老唐给她发了多条微信，不见回。

直到他说包的事，七姑娘才回了一条信息：包卖了多少钱？

老唐想了想，回过去：5000元。

七姑娘：亏大了。

他跟七姑娘的交往中，七姑娘也不问自己做什么工作，不问家庭情况。如此，老唐觉得没有压力，七姑娘说过真心喜欢他的话，还有她的声音真好听，轻声细语，像深夜电台节目的女主持。

老唐：我来江北看看你吧。

七姑娘给他回复了一个笑脸的图片。

老唐：你同意了？

七姑娘：嗯，医院又在催我交钱。

老唐觉得自己帮不了她大忙，但至少也得表示一下吧，何况他马上要见到七姑娘了。

老唐给她微信转了一千元。这一千元钱是他低保银行卡里最后的家底。

七姑娘：这怎么好意思呢？

老唐：收了吧，算是我的一点心意。

七姑娘终于收了钱，他也就放心了。

末了，他又发了一条微信：我准备后天来见你。

七姑娘：好吧。

她还发来了见面地址，在江北县城一家叫天虹的商场。

老唐起身，他伸了一个懒腰，环顾了一下四周，大厅的人已走得差不多了，什么时候走的，他完全没有注意到。

这时有人喊他：老唐，过来玩吧。

老唐摸了摸口袋，李翠给他的一千元钱还在。这是去江北的路费，不能拿去赌钱。老唐说：不玩了，我这两天还要去江北呢。

有人问：是去看七姑娘吗？

老唐一挥手，说：你们玩牌，你们继续玩牌。

众人笑了。

第二天一早，老唐给毛细打电话约他明天一起去江北。

毛细说，这事太突然了，明天我要给孩子打疫苗。

老唐只好一个人去江北。这一天早上，出门前，他特意刮了胡须，洗了头。但是他看着脸盆上乌黑的洗头水觉得有些不对劲。自己的头发有那么脏吗？于是他又换了一盆干净的水，他发现是染发的问题。

他骂道：狗日的唐小咖也太不厚道了！

洗完头，他两鬓的白发成了灰色的，他不敢再洗下去，如果再继续洗的话，越来越多的白发会显现出来。

这黑色染发剂大概只能保持三天的时间，假冒伪劣嘛。老唐很是气愤，他打算从江北回来再去找那孙子算账。他重新往自己头发上喷了发胶固定了发型。

出门前，他又一次照了镜子。

他像往常一样穿着那身白衬衫，换了一条黑色的新西裤、一双白袜子，他特意买了一支黑色鞋油，把皮鞋擦得亮亮的。他从章镇乘公交去河口镇，然后再换乘轮渡去江北，他也可以在河口镇改乘大巴经过长江大桥去江北。那样的话，他要多掏几十元钱，他决定还是走水路。

一路上，他无心看江景，他在想跟七姑娘见面的情形，七姑娘见他后会是什么感觉呢？他又该给七姑娘说些什么呢？江风很大，吹乱了他的头发。他回到船舱，掏出随身带的小镜子照了照，用手抚了抚头发，再用发胶往头发喷了喷。

一路上，他很在意自己的发型，他拿出镜子照了好几次。

到了江北县城，他给七姑娘发了短信。他直接打车去了天虹商场，他恨不得马上见到七姑娘，他有些激动。到达天虹商场时，他还没有收到七姑娘的回信。于是他打了电话，但七姑娘没接，他只好站在门口的停车场等。中午时候，她还是没有回电话，老唐又打了电话，这时，有一个男的接了电话，老唐说：我找七姑娘。男的说：七姑娘的妈妈正在手术室做手术，她现在不方便接电话。老唐问：你是？男的说：我是他表弟。老唐又说：有空让她给我回个电话吧。

老唐一直坐在天虹商场等七姑娘的电话，这鬼天气真是闷热，他躲进商场内凉快多了。商场一楼是首饰钟表化妆品的卖场，看起来挺高端的，二楼是男女服饰，再往上一层是各种餐饮服务，四楼是电影院，五楼是K歌房和洗浴中心。他从一楼一直逛到四楼，这时他的手机响了，七姑娘来电了，他屏住呼吸，他的心脏差点要跳出来。

七姑娘说：对不起，上午的事太突然了，你还在天虹吧，我过来请你吃饭。

老唐说：我知道你妈手术的事，不怪你。

七姑娘说：我妈的医疗费又要交了。

她在电话里哭了起来……

老唐心里也很难受，他想帮他，此刻他也无能为力。他下意识地摸了摸口袋，那一千元现金还在，他原本是要给七姑娘和她妈妈买些见面礼的。

老唐安慰她说：阿姨一定会没事的。

七姑娘说：真不知道怎么谢你，你这么远来，我却不能好好招待你。

老唐说：没事的，我只要见见你就好。

七姑娘：你对我真好。

大约过了半小时后，他们在天虹商场的肯德基见面了。他们坐在肯德基门口的那张桌子，七姑娘梳着马尾辫，戴着一顶白色鸭舌帽，脖子围着丝巾，穿着一条牛仔短裤。个子不高，微胖，化着浓妆，打着遮阳伞，和照片上的七姑娘打扮有些出入。也许是城里人跟小镇的人的区别，他不便再问。

他问七姑娘想吃点什么。

七姑娘说：我不想吃了，我要杯可乐喝吧，你要什么我扫码点单。

这城里的生活果然过得不一样。

老唐说：我也来杯可乐吧。

七姑娘给他那张桌上的菜单，说：要不你来个汉堡吧。

老唐点了点头。

七姑娘问：我妈这病也连累你了。

老唐说：我帮那点小忙算不了什么，别老放在心上。

七姑娘的话，暖得老唐都有些不好意思。

吃完饭，七姑娘要回医院，她说：这次多有不便，对不起。

老唐说：下回吧，我再来看你妈。

他便从口袋掏出他仅有的一千元钱递给她，说：给阿姨买点营养品吧。

七姑娘客气地推了推。

老唐说：收下吧。

七姑娘说：唐哥，你帮我太多了。

她收下钱。

老唐说：不要放在心上，我回去后再给你想办法，好好照顾老人。

七姑娘说：我要走了，你也回吧。

老唐目送着她消失在大街熙攘的人群中，他在那里站立了好久，然后，他也消失在大街熙攘的人群中。

傍晚的时候，他回到了章镇。他一回到章镇的街道上，他有一种油然而生的兴奋感，他今天终于见到了神交已久的七姑娘。尽管她和照片中的她相比差别很大，但城里人，衣着时尚，看她喝可乐的样子，也是慢慢细细地饮，另外，她白啊，章镇的妇女有几个像七姑娘那样夏天围脖、戴着鸭舌帽呢。拿李翠说吧。

老唐躺在床上，短叹一声，不久睡了过去。

他一觉睡到了中午，镇上扶贫办的办事员小章来找他，原来是让他搞养殖脱贫。

老唐说：可以不养吗？

小章说：你傻啊，免费给的种牛一对，值五千元钱。

老唐又说：如果不想养牛，还能养什么？

羊八只，鸡或鸭五百只。

老唐想了想，脱贫后，是不是低保没了？

赚了钱，你还在乎那几百元低保吗？

老唐说：我能不养吗？

这可不能，这是政治任务。

老唐没办法，应付着，说：那就养牛吧。

小章让他填了表，签字，然后说：你也可以把牛寄养在合作社。

老唐没把这扶贫的事当成什么大事，他想有了牛，我可以卖给别人，我还养什么牛呢。老唐这么一想很得意地笑了，这等于白捡来的五千多元钱。

一番洗漱后，他对着镜子喷了发胶固定了发型，又来到章镇的茶楼，打麻将的人开始多了，其实每天还是那些人，他们见老唐来了，有人说：呀，老唐，见了七姑娘呀，果然不一样了。

他故意拖长了声调说见——了！

有人问：不带回来看看吗？

他说：以后有的是机会。

众人笑了，从这笑声听，他们不过是拿老唐找乐，老唐并不介意，他不屑于跟他们论理。

有人问他：李翠怎么办呀，我看见你那天晚上从李翠家出来。

这时，老唐的脸涨红得像猴子的屁股，他摆了摆手说：没有的事。

众人还是笑，而老唐的说话声音已被笑声淹没。

过了一会儿，等他们没人在意的时候，老唐灰溜溜地走了。

他来到大街，像泄了气的皮球，他现在是有女友的人，有人把他和李寡妇扯在一起，这不是有损自己的形象吗？李翠的家再不能去了，欠她的钱，要尽快还上。后来他又想，不对，不是送她一个包吗，值三千元钱呢。这么说可以不用还了。如果别人又拿他送李翠的包说事呢？他越想越觉得事情重大，他打算去要回这个包，只是暂时他还没想到合适的办法。

老唐——

老唐抬头一看，是鱼老板喊他。鱼老板笑眯眯地向他招手，让他进小馆子坐。

一碟花生米，一瓶啤酒，今天鱼老板给他又送了一个菜：青椒炒猪肝。老唐午饭在家没吃，这有人请饭，他也不客气了。"胖鱼头"饭馆只有老唐一个人吃饭，因为午饭的时间早过了。老唐问：鱼老板，这顿饭，你真的请我了？

鱼老板说：请了。

老唐说：你有事吧？

鱼老板说：先吃，吃完再说。

鱼老板也坐了下来。

老唐说：你也来一瓶啤酒吧。

鱼老板说：我下午还要做事，不能喝。

老唐喝完三瓶啤酒，把一盘青椒炒猪肝吃得干净，剩下的半碟花生米打包。老唐说：谢谢啊，鱼老板。

鱼老板拿来账单，他给老唐看了看，老唐知道这些钱都是他在小饭馆喝酒用的，也没多少，三四百元的样子。老唐说：鱼老板，这不会是鸿门宴吧。

鱼老板笑着说：怎么会呢。

他说完把账本的记账页撕了下来，用打火机点着烧了。

老唐更是不明白了，他吃惊地问：这钱不用还了？

鱼老板说：不还了。

那我可以走了？

鱼老板说：随时啊。

真的没事？

鱼老板说：没什么事。

鱼老板既然不说什么事，当然不会有什么事了。老唐想就算天大的事也不会砸到他的头上。老唐用餐纸抹了抹嘴，说：我真的走啦。

他果然没事地走出了饭馆的大门，头也没回地走了。

这时口袋的手机微信响了一声。老唐拿出一看，是七姑娘发来的短信：我妈危重了，医院催交住院费，手头还差近万元，唐大哥，能想点办法吗？

老唐不知如何回复她。这么多钱，对他这个低保户来说几乎是两年的生活费。不给吧，七姑娘会怎么想呢。即便是给她三五千，他手头也没有。老唐先回了信息以免她焦急：我想办法。

又过了两天，老唐来找鱼老板。

没等老唐开口，鱼老板便问：老唐，这么早不会是来吃酒的吧。

老唐的心思被鱼老板早已猜透。

老唐说：这时候不开张吗？

鱼老板笑了笑，说：厨师还没有上班，我给你炒菜。

喝过两瓶啤酒的老唐，面色砖红，今天似乎刚才有了醉意。他起身如厕时摇摇晃晃。鱼老板上前去扶他。老唐摆了手说：不碍事。

其实，老唐没有喝多，他是故意装成这样的，他想趁着喝多的时候壮胆给鱼老板借钱。即使是鱼老板拒绝了他，他不会感到难堪。

老唐又坐了下来，鱼老板给他端了一杯茶水，说：你先在店里休息一会儿，不急着走。

老唐装着醉态的样子说：鱼老板，你一定是找我有事。

鱼老板说：没事的，你喝多了。

你那天请我喝酒，又给我免账，你说吧。

鱼老板说：要不，你来店里帮忙吧，工资好说。

我要养牛了。

鱼老板说：养牛？

扶贫办要给我两头牛。

鱼老板问：你答应了？

答应了。

鱼老板点了支烟，吸了一口，说：老唐，咱们商量一件事，你不要单独养牛了，咱们成立养牛合作社一起养。

老唐说：别哄我开心了，申请表格我都填好上交了。

你改天去镇扶贫办把表格要回来。

老唐不愿意，说：这两头牛还值五千元钱呢？

这钱我给你补上。

老唐说：这事我信不过，除非是你先给我一笔定金。

鱼老板很爽快地答应了他的要求，先给三千元，余下的钱事成后再付。老唐当然乐意这么干。鱼老板说：这事要信守秘密，你知我知，如果别人知道，这些钱我会要回的。老唐说：不会的，天底下最好的事，谁愿意多一个人知道呢。

老唐立了字据，拿了钱，乐呵呵地去了扶贫办，见了干事小章，把想法说了，小章做不了主，要等领导回话。

老唐坚持自己的意见，就算政府白给了我两头牛，他没技术，也会把牛养死的，不如找家专业养殖合作社寄养，但是章镇直到目前还没有一家这样的养牛合作社。

小章说：你的想法不错，我会汇报上去，你等消息吧。

但是，没有谁同意老唐入伙呢。

小章问：你找到了合伙人？

老唐点了点头。

随后，老唐揣着鱼老板刚给他的三千元钱来到章镇信用社存钱，他声音洪亮地说：我要存钱。空空荡荡的章镇信用社大厅，只有他一个人在办业务，平时那个拿着警棍的保安也不知去哪儿了。

银行柜台的小王，他每次取钱时，也不看他一眼，这次也没例外。

老唐清了清嗓子，提高声音说：我要存定期。

小王这时才看了看他一眼，问：身份证带了吗？

老唐说：没。

小王说：先存到存折吧。

老唐说：也行。

存完钱，老唐给七姑娘发了短信：我手头有些紧，只有三千元。

晚上，他才等来七姑娘的回复：唐大哥，不知说什么好，万谢，爱你。

这个"爱"字是用符号"?"代替的。

老唐从微信转钱给七姑娘，并且还叮嘱她照顾好老人，也请她保重身体。

那晚，他彻底失眠。

老唐从江北回到章镇已有一段日子，他好久没见毛细，毛细在忙什么呢？有些事，他想让毛细给他出一些意见，比如说关于他和七姑娘的事，还有为什么鱼老板突然对自己这么好。带着这些问题，他约了毛细在"胖鱼头"见面，但毛细临时改变了主意，说：我已经在茶楼等你。

老唐说：喝茶是件多无聊的事，喝酒吧。

毛细说：我在打牌，你来茶楼吧。

茶楼下午打牌的人特别多，大厅乌烟瘴气，人声嘈杂，没有人注意到他的到来。老唐还是坐在角落的位置，他不抽烟，但这烟味他早习惯了，就像他衣服上的汗味一样，好多人是受不了的。

毛细正享受打牌，老唐没有去打扰他。

他给自己倒了一杯茶，慢慢喝起来。

老唐，怎么不去看人玩牌呢？有人问他。

没心情。

老唐失恋了。

老唐很不屑去回答他。

瞧他这副模样，怕是最近挨打了。又有人说。

一定又是偷看了女人的裙底。有人说。

老唐被七姑娘的男人打了。有人笑着说。

我看见老唐上李寡妇家了。还有人说。

众人哄笑，这笑声老唐已经听了很多遍。

老唐继续喝着茶。此时，打牌的人才注意到他的存在。老唐在很多人眼里不过是一个多余的人，是他们茶余饭后的谈资。

老唐来到毛细的牌桌旁，其实是提醒毛细他早已来了。毛细说：这局完了，我下来。

老唐说：不急，我先去街上转转上来。

毛细说：不要走远了。

老唐来到街上，他看到李翠在马路对面的街边卖菜，这菜是她自己种的，她租了附近农民的两亩田地，她多年来靠这两亩大棚菜地养家糊口。

唐大哥。李翠喊他。

老唐若无其事，装着没听见。

李翠又喊了他，他只是点点头，并未走近。老唐觉得有好多双眼睛在盯着他看，他不想跟李翠走得太近，他再也不想听到有人说他和李寡妇在一起了。但李翠招手喊他，他没办法只能过去。老唐不耐烦地说：我在等人呢。李翠没怪他，她说：你是等毛细吧，他早上楼去玩去了。老唐"哦"了一声，马上借机转身。但李翠装了一袋蔬菜追过来，说：唐大哥，这些菜是我刚摘的，给你带上。老唐想推掉，但路上来来往往的熟人太多，太引人注意，所以他提着菜急急忙忙地离开，连一句"谢谢"也没说。

他再也不想在章镇的大街上瞎逛了，说不定还会遇到王翠和张翠来，他也是有女朋友的人，不能让人看见他和李翠这样的女人在一起。

毛细离开了牌桌，在他旁边坐了下来。

他说：唐叔，晚上自己买菜做饭，这回果然不一样了。

老唐说：你要的话，送你吧。

毛细说：一定是李婶白送你的……

毛细突然哈哈大笑，周围的人，都在看着他们。

老唐涨红着脸说：没有这事，我掏钱买的。

有人大声说：就算是你掏钱买的，也一定是从李寡妇那里买的吧。

于是，老唐气急败坏地把塑料袋装着的蔬菜全部扔到了窗外，看来，老唐是真的生气了。笑过之后，他们继续玩牌，老唐还在闷闷不乐。

过了好久，他才问坐在身边喝茶的毛细："胖鱼头"的鱼老板，你记得吗？

毛细说：记得。

老唐说：他想搞养牛合作社，让我入伙。

毛细说：养牛？

老唐说：章镇扶贫办要给我两头种牛，帮我脱贫。

毛细说：好事呀。

老唐说：我不想养了，我打算去鱼老板那里上班。

毛细说：可以呀。

老唐说：但我能做什么呢？

毛细说：他让你做什么呢？

老唐说：他只是说不让我自己养牛，至于我能做什么，他什么也没说。

于是，老唐把鱼老板跟他之间的秘密告诉了毛细。老唐很认真地告诉毛细，千万不要告诉别人。

随后他们聊到关于七姑娘的事。

七姑娘那边如何了？

见了面。

她怎么说的？

还能说什么呢，她妈妈住院，在重症监护室，她哪有什么心情。

你去看了？

没有，我给了她一千元钱，回来后，又给了她两千元钱。

你都信了？

这还有假吗？

这事可不一定，她是不是经常借口给你要钱？

老唐想了想，网上认识七姑娘快两年了，她倒是以各种节日和自己生日的名义向他要过红包，每次也不多，两三百元吧。当他提出见面后，她妈突然病了，最近她主动要钱的数目便大了起来。

老唐说：最近借过一次钱，三千元。

毛细觉得此事蹊跷，七姑娘可能还会以其他借口向老唐要钱的。他问：七姑娘的真实身份你知道吗？

老唐摇摇头，说：我只知道她是江北人。

毛细说：以后不要给她汇钱了，小心她是骗子。

老唐不信，这么好的七姑娘，这么孝顺和善解人意的人，怎么会骗他呢？老唐说：毛细，你想多了。

此时，老唐的手机突然响了，是七姑娘打来的。老唐借机上厕所去接电话。七姑娘在电话里哭着，她的哭声撕心裂肺。老唐问她什么事，她只是哭着。她哭了好一阵子，才停下来，这把老唐急得团团转。

老唐问她：究竟发生什么事了？

七姑娘说：医院让我妈出院，药也停了，我实在想不出什么办法了。

老唐说：你先别急，会有办法的，我再想想。

然后七姑娘突然挂掉了电话。

老唐垂头丧气地坐下来叹气。毛细问他：怎么了？

他说：七姑娘又来跟我借钱了，她妈妈的住院费花完了。

我陪你一起去江北吧。

一起去江北？我没钱。

我给你想办法。

老唐喜出望外，他马上给七姑娘回了信息：钱的事有了着落，我准备和朋友一起来医院看看阿姨。

其实，老唐跟毛细所想不是一回事，毛细想探出究竟。毛细觉得老唐很可能掉进了情感的陷阱不能自拔。老唐只是想从毛细那里再搞点钱给七姑娘。但七姑娘没有立马回复，他感到一丝失望。

毛细问：鱼老板跟你还说了什么？

老唐说：他跟我聊过旧小学那几间房子的事，他想租下来。

哦，老唐住在旧小学的那三间房子原是教职工的宿舍，后来因为来读书的孩子少了，这所学校便和另一所小学合并，这里便闲置了下来。老唐搬到这里，有二十多年了。谁能想得到这几间瓦房现在竟然成了有的人手里的香饽饽。

二十多年后,旧小学成了很多人不断光顾的地方。

传言中,这里将成为某服装厂、某玩具厂、某家具厂……

老唐不关心这些事情。他全部的心思花在七姑娘那里。自从上次当着毛细的面给她发了信息后,七姑娘好几天都没有给他回短信了。

也许她忙着她妈妈的事没来得及看手机。

李翠的大棚秋椒即将采摘上市,她晚上给老唐发了消息,也不见他回,今天一早她便来到旧小学,她使劲敲门,屋子里才有了动静,老唐喊了一声:谁呀。李翠说:快起床吧,帮我去分装一下辣椒。老唐说:我等会自己去,你先走吧。李翠并不放心,她说:我等你起床一起出发。

老唐急了,说:你不用等我。

老唐许是怕人见了李翠从他家的院子进来又出去。

他打开窗户,果真从窗户跳了出去。

李翠笑着说:我又不是母老虎,你不用这么急嘛。

他不想和李翠一起出现在章镇的街道上,甚至也不想去帮她忙,最好的结果是不出现在她面前。但是,他毕竟吃拿过李翠的东西,也只好硬着头皮去了。那些采摘辣椒的人都是附近村庄的农民,他与他们并不熟悉,还好,三五个人半天便干完了,剩下的事情是由老唐分拣装筐。

李翠说:唐大哥,累了吧,先歇歇。

老唐恨不得马上干完走人,他继续干着,哪肯休息。这在李翠看来,心里不由得感动几分。

初秋的风刮过原野,原野更加低矮。李翠站起来伸腰,她迎风大喊一声:啊——

李翠说:唐大哥,你站起来看。

原野不久恢复平静,远处,起伏的水稻已经黄了。

老唐说:时间不早了,早点做完收工。

李翠心想这老唐平时是个做事拖拉的人,今天给她帮忙却是勤快,她对老唐的好感似乎多了一点。老唐呢,他想早点干完离开这里。

收购辣椒的商贩已经等待在机耕路旁,"突、突、突"的声音并未熄火。老唐把所有竹筐的辣椒搬到路边,然后商贩把这些辣椒称量好后,付钱,一天的工作总算完成。

李翠给了老唐两百元钱:说,唐大哥,辛苦你了。

老唐不客气地收了钱,说:我借的钱,我想办法再还你。

李翠笑了说:以后,你就来我家做长工吧。

老唐说:那你得付我多少钱呀。

李翠说:晚饭一起吃吧。

老唐说:我一身臭汗,怕是会把你熏着,下回吧。

不碍事,我给你买了一身衣服正要送你呢。

老唐摇了摇头,说:你买的衣服我不能穿。

李翠问他原因,老唐说:有人会有意见的。

李翠笑了,说:你怕七姑娘有意见?

老唐说:不是的。

好吧,我天黑时送你。

这时,老唐加快了脚步,李翠无论如何追不上他了。

他来到"胖鱼头"饭馆坐了下来。这次他理直气壮地说：来份蒜苗回锅肉和虎皮尖椒，再加一瓶冰镇啤酒。服务员先上了油炸花生米一碟，这是鱼老板免费送的。

老唐问服务员：鱼老板在吗？

服务员说：他去了章镇政府办事去了，鱼老板交代了，你的账记在他名下。

老唐摆摆手，说：今天我有钱，不记账。

老唐差不多吃完的时候，鱼老板回店了。鱼老板见了老唐说：老唐，你来得正好，我有事找你。

老唐说：是上次所说的事吗？我已经办妥了。

鱼老板点了头，说：我跟你商量一件事，你看如何？

老唐说：你还有两千元没给我呢。

鱼老板说：这事商定后会给你的。

鱼老板给老唐又要一瓶啤酒，还给他加了一个菜，红烧肉蒸豆角。他说：我请你。

老唐说：我今天高兴，你说吧。

于是，鱼老板把自己的想法告诉了老唐，他想把旧小学租下来搞养殖，他的意向已经跟章镇政府谈得差不多了。老唐的三间房子，可以置换成别的公房，也可以出租给他。不管哪种形式，老唐都可以来他的饭馆或养殖场上班。每月的工资不低于两千元。镇领导的想法是给老唐早日脱贫，这也算章镇政府的头等大事。

鱼老板和章镇镇长的想法不谋而合，他们很快便办妥了关于旧小学校舍的出租合同。

老唐这脱贫的事还得依靠鱼老板的养殖场去解决。

老唐说：好说，好说。

老唐只是想多要些好处，他并不急于做什么。他大口吃肉，油腻的嘴巴不停地嚼着。鱼老板说：这事如果能定的话，剩下的钱给你结了。

　　老唐呷了一口啤酒，嘴里发出嘶啦的声音，打着饱嗝。他还是重复刚才说的：好说，好说。

　　鱼老板以为他喝多了，便自己忙去。

　　章镇的秋，天黑得早，凉风吹在身上。其实他根本没喝多，几瓶啤酒下肚，只是打几个饱嗝的事。这么说老唐的醉态是装出来的。他不想这么快答应鱼老板，去他小饭馆上班有什么意思呢。他那里不需保安和收银员，他需要的是洗碗工和服务员。他是不会去的。

　　回到家时，天彻底黑了，今天有些累了，身上的汗臭味被凉风吹得差不多散去。他躺在床上，衣服也未脱掉，他不想洗澡。七姑娘好久没有发朋友圈了，给她发信息杳无音信，要么她的手机信号不在服务区，要么打通没人接。老唐想：该不会是她为上次借钱的事还在生气吧。他又给七姑娘发了消息，问了她的近况。而这次却很快回了信息，她说：这几天正在料理我妈的后事。老唐没想到结果会是如此，他很自责和难过，他想如果当时把钱借给了七姑娘，也许结果不致如此，他甚至怪起毛细那天多管闲事。

　　老唐回复她说：节哀，我想来看你。

　　七姑娘：以后吧。

　　老唐觉得自己对不住七姑娘，他用微信给七姑娘转了一千元钱，他什么多余的话也没说。七姑娘收了钱，回了信息：谢谢。这些钱是他节省下来的低保费，自从网上认识七姑娘起，他的低保卡里的钱总是青黄不接，他摇摇头跟自己说：好火废柴，好女费汉。

哦，老唐，你什么时候和七姑娘结婚？

——不管是谁这么问他，老唐笑而不答。时间久了，章镇的人也不问了，新鲜度随着时间的推移，他们又会把话题转到他和李翠之间。毕竟，寡妇和单身汉在章镇的生活史上会生发层出不穷的故事。这故事经过演绎又成了人们茶余饭后的谈资。

唐大哥。李翠在门外叫他。

屋子里的灯还亮着，总不能不开门吧。老唐不情愿地开门，说：这么晚了，你有事呀？

李翠说：我给你送衣服来了。

老唐靠在门边，没想让李翠进屋，他接过李翠手上的衣服，它是一件灰咖色夹克。老唐内心欢喜，但他还是压制住了脸上的表情。

李翠说：不请我进屋坐坐？

老唐说：进屋，进屋。

老唐跟她聊到下午鱼老板找他租房的事。李翠却说：这房子不能租。

但老唐收了鱼老板的钱，他说：我又不是卖给他，为什么不能租呢？

李翠说：听说鱼胖头跟章镇政府签订三十年合同，时间太长了。

老唐说：三十年？他一次性把租金给我也可以呀。

李翠说：你傻呀，他打你房子主意。

老唐说：鱼老板好人啦。

李翠说：你哪懂得人心，他看上了你这几间房子。

鱼老板那张对人堆着笑容的圆脸,老唐实在不想将他跟狡黠联系在一起。

老唐不这么想,他觉得鱼老板挺够意思的,他本来就不想养牛,有人给钱让他不养牛,这是天上掉馅饼的事。所以他便答应了鱼老板,就算他是为了这几间房子的事,他不是抢,也不是偷。

李翠的脸绷紧了,她突然这么关心起老唐的事,令老唐有些不自然。李翠看在眼里,她解释说:唐大哥,我是担心你吃亏。

老唐说:我懂得。

李翠说:你把脏衣服脱下来,我帮你洗洗。

老唐红着脸像个孩子,赶忙摆手说:我、自己洗,自己洗。

李翠说:害羞什么呀,赶快烧水洗澡去吧。

老唐去了隔壁的厨房烧水洗澡,他把脏衣服脱下从窗户塞出来。等老唐洗完澡出来,她把床单和被套都换洗了。

老唐说:别人看见怪不好的。

李翠说:有什么不好呢。

老唐说:我是有女友的人。

李翠说:你有女友就不见女人啦。

这时老唐的手机响了,这夜里是谁打来的电话呢。一个陌生的电话号码。对方问他:七姑娘,你认得吗?

老唐说:认得。

你们是什么关系?

老唐说:朋友关系。

对方说:她涉嫌诈骗。

老唐问:你是谁?

对方说:我是江北城关派出所民警。

老唐说：她怎么可能是骗子呢，我不信。

对方说：我只是提醒你以后不要继续向她转款了，以免再次上当。

老唐挂完电话变得六神无主，李翠也知道这事对老唐的打击挺大的，她安慰老唐，说：事情不是还没有结果吗？说不定打来的电话也是骗子。

老唐一直在沉默。

李翠理解他此刻的心情，不想再说什么了。

她离开后，老唐试着给七姑娘的手机拨过去，听到的却是一片忙音……

老唐又回到从前的样子，他出门时不再收拾打扮，他灰白相间的头发正在蓬勃生长，初秋的早晨气温凉爽多了，他还是穿着大裤衩和拖鞋出门了，上身的T恤搭在肩上。他不再跟人谈起七姑娘的事，如果有人问他，他便说，最近忙着，好久没跟她联系了。众人起哄，有人说：你忙着跟李寡妇串门了吧。于是，大家又笑了。

老唐不再跟他们争辩。

"胖鱼头"饭馆的鱼老板上周又来找过他一次，还是关于他家三间房子的事情。老唐坚持要一次性付完十年房租，而鱼老板只愿意每年支付。这件事后来在章镇政府扶贫办的协调下，老唐继续住在旧小学，旧小学被改造成养殖场，老唐帮鱼老板看场，鱼老板每月支付他工钱两千五百元，房租已含在工钱里头了。本来，鱼老板想租下老唐的三间房子，让他去饭馆做杂工的，但老唐不愿意去饭馆做事。就这样，老唐还是继续住在旧小学。

养殖场建起来的时候,毛细也来帮忙,他是负责草料的饲养员。

老唐白天不用干活,他晚上听到狗叫的话,只要到监控室看看监控便可以。

老唐没事的时候也帮毛细搬运和切草,一次,毛细跟老唐聊起鱼老板养殖场的事,这养殖场的牛啊羊啊,有一些是扶贫办让鱼老板承接的脱贫项目,比如说,那些用来脱贫的牛羊,你要是不想养了,鱼老板替你养了。毛细问老唐:你知道这事吗?

老唐摇了摇头。

你得问鱼老板,你的那两头种牛是不是被他养了,那可是钱呀。

老唐问:这两头种牛能值多少钱?

少说也有五六千元吧。

老唐心里很释然,诡秘一笑说:不亏,不亏。

毛细并不知道老唐已经从鱼老板那里分两次拿到了五千元钱,并且他欠的饭钱也一笔勾销。

毛细问:你和七姑娘的事如何了?

老唐支支吾吾说:我忙啊,少了联系。

是不是上次你没给她汇钱,七姑娘生气不理你了?

老唐摆了手,不想再说。

自从毛细问起老唐和七姑娘的事后,老唐白天几乎不去帮毛细搬运和切草了。老唐白天像往常一样去章镇街上转转,他再也不去"胖头鱼"饭馆喝酒了,现在鱼老板是他的老板,能躲就躲。茶楼,还是要去的,手里有了钱,不免玩上几把牌,赢输都有了底气,别人不再拿他开玩笑。关于他和七姑娘之间的事,几乎没人再提了。

正当人们忘掉老唐的陈年烂事时,这时有人说李寡妇和老唐勾搭上了。

有人说为什么不是老唐勾搭上了李翠?

这恶毒的话被那人说出口时,鱼老板那天正好在场,那人在茶楼绘声绘色地讲起李寡妇是如何经常去旧小学,又如何背地里做起风流韵事。

那人问鱼老板你怎么看?

鱼老板笑眯眯地说:男欢女爱,没得说。

众人大笑。

那人说鱼老板好人啦。

其实,鱼老板此刻心里有些不是滋味,老唐跟李翠约会可是晚班上班时间,上班时间能这样吗?以后养殖场的事,还怎么管呢?他想找老唐谈谈。于是,找老唐借机查了监控,但没发现李翠晚上去养殖场找过老唐。

难道是别人胡编乱造?

鱼老板试探地问了老唐:老唐啊,你一个人如果忙不过来,我帮你找一个人吧。

老唐说:鱼老板,你是不是不想要我了?

哪会啊,我怕你累啊。

老唐说:你是不是找好了替代我的人?

没有的事,你努力干吧。

老唐说:你一定是有什么事吧。

哦,最近晚上没有外人来吧?

老唐说:没有。

哦，那好，好，你要多加防范，任何人晚上都不能进入。

老唐想了想，确实也没什么人来过。那两只猎狗只要听到动静，或者说只要有陌生人说话，它们都会叫个不停，连野兔也不会进来。老唐想自己的朋友不多，偶尔去李翠家吃饭喝酒，也没别人来过，鱼老板今天所说的话一定是有所指吧。

鱼老板走后，他问毛细：鱼老板的话有几个意思？

毛细说：也许只是问问你工作的事，别多想了。

老唐说：他是听说了什么吧。

毛细说：李翠晚上没来这里吧。

老唐涨红着脸说：没有，晚上是我上班时间，她不会来的。

他好像在生气，一提到他和李翠之间的事，他特别敏感，像刺猬一般神圣不可侵犯。

毛细说：李翠挺好的，唐叔，你可以考虑一下。

老唐不语，他走到另一堆草垛前，又重新帮毛细铡草。

冬天眼看就要来了，这些草料，高耸地堆满了旧小学的操场。

不久之后，老唐约毛细一起去李翠家喝酒，毛细很愉快地答应了，他知道老唐跟李翠好上了。从此，他们之间再不提七姑娘这个人了。但在章镇，关于七姑娘这个骗局还是一个秘密，七姑娘、李翠、老唐，他们之间的故事总是章镇人绕不开的话题……

老唐又去唐小咖的理发店美发，这次他特别交代在店里染发，要用最好的那种染发剂。至于什么是最好的，他也不知道。

唐小咖说：老唐，要见七姑娘啦。

老唐说：上次的事还没找你算账你，这次给爷整好点。

唐小咖一本正经说：没问题，这次一定让你年轻十岁。

老唐很享受这宁静的秋日时光，他微眯着眼睛，裹着头巾仰躺在靠椅上。大约半小时后，染发剂的效果显现出来。唐小咖说：老唐，这次一定保证你头发乌黑像黑皮鞋一样光亮光亮的。

老唐说：这次不成的话，爷废了你的根。

唐小咖说：这次嘛，你得多花点钱。

老唐说：知道了。

老唐洗完头后，唐小咖用发胶固定了他的发型，这次他把老唐的头发二八分，这造型怎么越看越像电视剧里的汉奸头呀。后来他顺势把老唐的头发向后梳，这不成了油头粉面的小生吗？

唐小咖对着镜子里的老唐说：这次染得好，乌黑乌黑的。

老唐说：就这发型了，我看不错。

这次理发和染发花了老唐一百二十元，他很痛快地给了钱，并未还价。

老唐走在章镇的街道上，像养殖场那头唯一的公牛一样毛发光亮，他不停地四处观察，不巧的是这天中午没碰见一个熟人。他走到那个小巷停了下来，这条小巷弯曲地通向李翠家后门的路，被他踏过很多遍了。其实，李翠家的院门是朝着章镇街道的，但他白天从不这么走，他要经过这条小巷绕过一个弯子，才到达李翠家的后门。

李翠家的后门敞着，她在房里午休。冬天的章镇，午后的阳光苍白地从窗户照进来，老唐没有叫醒她。他坐在木椅上，不一会儿也睡着了。不知什么时候李翠醒来给他盖上了一件薄棉被，他也醒了。

天阴，开始刮风。他说：变天了。

他连忙把窗户关好。

李翠说：你来床上睡吧，这边容易着凉的。

老唐没有客气，他很麻利地钻进了李翠滚烫的被窝里，他的手开始不安分起来。这天下午，一场暴风骤雨正在来临……

老唐说：鱼老板那天去养殖场查看了监控，不知为什么。

李翠并不感到惊讶，她说：他是以为我晚上去你那里住了。

老唐恍然大悟：原来鱼老板觉得他晚上干了自己的活。

李翠问：你今天来，没人看见吧。

老唐说：没有，我们以后见面要像做贼一样吗？

李翠说：那也不必，我们有空把证办了吧。

老唐搂过李翠沉默了好久，他说：等我离开养殖场的时候。

李翠说：要不，我们一起种大棚蔬菜吧。

随着小牛的长大，鱼老板又进了一批成年的母牛，看来小牛永远还是小牛的时候。

接下来，鱼老板安排老唐去做公牛人工授精的配种工作。经过畜牧局技术员的现场指导和一段时间的培训后，老唐能熟练识别母牛发情特征和时间，稳准掌握了往发情的母牛生殖器里注射冷藏的公牛的精液。

于是，那头粗壮的公牛便闲了下来，每当它发情的时候不停地用牛角顶撞围栏，老唐用木棍用力地敲打牛头，公牛无望地看着他，等老唐一回头，那头公牛又发狂地顶撞围栏。老唐大声吼了一声，公牛又停下来。这样的情形通常要好几个回合，好几天时间，公牛才停下来。

鱼老板说：今年过年把它宰了卖掉。

老唐说：留着给那些初牛吧，第一次交配需要种牛来完成。

鱼老板笑了笑：好啊，老唐，你都成了我们养牛场的技术员啦。

鱼老板第一次夸老唐,他很高兴地跟鱼老板讲起了如何给母牛人工授精的过程,鱼老板听得很认真,他还说:老唐,你成了养牛专家,好好干。

老唐的心情像受精的母牛,一脸真诚的美好。

章镇的人都说老唐变了,有人说他变得像章镇政府的职员,他时常提着帆布包,有人猜的是关于养牛方面的参考书;有人猜的是那支输精枪;还有人猜的是女性用品,对比他以前的癖好,这个可能性比较大。

老唐呢,自从有了这份工作,他每天把染黑的头发梳得顺顺的,油光满面,他的黑皮鞋已经换成了崭新的,西裤和夹克几乎是他每天的标配。哦,老唐,人们不这么叫他了。现在有人改口叫他唐专家,还略带一点羡慕的口吻,但在老唐听起来美滋滋。

老唐的手代替了公牛的生殖器,让母牛怀孕,这本事只有他有,他不是专家,谁是专家?老唐得意地自言自语:这手活一般人真做不了。

事实上也是如此,经过老唐的手人工授精的母牛受孕率比母牛自然受孕要高出很多。

鱼老板说:这是手艺活。

毛细哈哈大笑。

老唐说:对,这是手艺活。

他们三个人都笑了。

春天来的时候,养殖场的牛散养的时间到了。牛群在黄荆山的坡地上放养,毛细负责看管,老唐是负责怀孕母牛的护理,防止它们的流产。

唯有那头公牛不停地来回奔跑，它用牛角使劲地扒土，瞪着血红的牛眼。老唐拿着木棍驱赶着公牛，不让它靠近怀孕的母牛。那头公牛发了疯地狂奔，老唐跟着它一起狂奔……

不巧，老唐有一天被这头公牛用牛角顶在裤裆上，疼得老唐嗷嗷大叫，他为此足足休息了半月时间。这段时间的生活起居全由李翠过来照顾。鱼老板说：这多亏了有李翠的照顾，养牛场的母牛还等着他人工授精呢。

老唐拄着木棍，远远地指着那头公牛骂：这畜生真是反了，连我也敢顶，我非得把它阉割了。

毛细说：直接宰了它吧，我等着吃肉。

老唐说：这样太便宜它了，让它做不成公牛才解我心头恨。

鱼老板说：我迟早都要把它宰了，没准哪天还会犯事。

老唐说：算了，这次犯了我，以后它就是没了媳妇的命。

毛细在一旁哈哈大笑，说：这老唐越来越有趣了。

鱼老板也笑了，说：老唐，你没事吧，要不要去医院检查一下？

老唐说：没事，好着哩。

老唐的伤好后，继续给母牛做人工授精的事。那头公牛一见到他便远远地躲着，好像做了什么亏心的事。

自从老唐不再晚上巡查和看监控后，他最近几个月很少住在旧小学。至于住在哪里，鱼老板也不再问。他受伤后的那段时间，李翠过来照顾的那段时间，李翠像是这里的主人，她对毛细说话也没什么好口吻，她把这事怪罪在毛细头上。

老唐说：不怪他，我不是没事嘛。

李翠气愤地说：我跟鱼老板说过，以后人工授精的事让毛细去干。

老唐说：何必呢，毛细挺好的一个人，我跟他相处得很愉快。

李翠说：你去听听章镇的人在说什么，我都想骂人了。

老唐笑了，他一把搂过李翠说：我有没有事，难道你不知道吗？

章镇有人猜测老唐的睾丸被公牛的弯角顶飞了，这是上天给他的报应，谁叫他不让公牛娶媳妇呢。老唐，你让公牛绝育后，它会让你老唐绝后。——他们都是这么说的，但老唐一点也不生气。

六月的水草更加丰茂，经过老唐人工配种的母牛终于生下了第一批牛崽。作为养殖场唯一的技术员，老唐提着帆布包可以到处闲逛，甚至是比以前逛得更勤了，这是他的工作。鱼老板给他又加薪了，这也是事实。一年多来，他终于脱贫了，章镇扶贫办的小章和他的主任一起给养殖场的鱼老板送来了牌匾，还举行了仪式，拍照合影，然后，鱼老板把扶贫先进单位的牌匾和老唐的写真照片挂在招待室的墙上。

不久之后，老唐作为脱贫先进人物代表参加了市上的表彰大会。这是他一生中最高光的时刻，穿白衬衫和戴红花，被采访和拍照报道。他俨然成了章镇知名度最大的人，这是他自己没有想到的。镇长终于亲自接见了他，这次还是在章镇最好的酒店望江楼，镇长和扶贫办主任给他接风，当然还有唐散和鱼老板作陪。

镇长先给老唐敬酒祝贺。

然后，各位老板又给老唐敬酒祝贺。

那晚，老唐喝多了。

第二天，鱼老板给老唐放了三天的假。李翠想让老唐陪她去医院看看病,她最近老觉得心慌,吃什么都没有胃口。

医院检查的结果是李翠怀孕了。这意外的消息让老唐又惊又喜,他这个老光棍终于要做爹了。李翠先是沉默不语,然后放声大哭。

老唐安慰她说:我会负责到底。

李翠说:都是你干的好事,你说我该怎么办?

我听你的。

李翠这时哭得更大了。

老唐说:你别哭,我再想想办法。

你这个木头,一点主见也没有。

老唐说:我想好了,我们要在一起。

李翠才破涕为笑……

李翠说:今年的大棚蔬菜种植怎么办?

我管了。

我读书的闺女怎么办?

我现在有钱了,养得起。

他们在摇摇晃晃地公共汽车上,李翠把头靠在老唐的肩膀上。

在章镇,李翠怀孕的事很快被人知道,有人说老唐捡了便宜,老唐白捡了一个娃儿。这话听起来有毛病,言下之意是老唐跟这娃儿没什么关系,有人说他的睾丸被公牛顶坏了。唯有老唐听不见,也不想听见。

鱼老板对老唐说:恭喜你要做父亲,我的心踏实了许多。

鱼老板的话,老唐懂得,万一他的睾丸被公牛顶坏的话,鱼老板是要负起责任的。

老唐明白他的意思,他向鱼老板保证说:这孩子是我老唐的。

然后，鱼老板笑了，比老唐还要开心。

梅雨一直下了一个月，到了七月底也没停下来的意思，低洼的地方已经被大水淹没。养殖场的牛舍也不停程度地漏雨，雨水顺着墙壁流进了屋内。临产的母牛需要一个干燥的环境，老唐只好把自己的住房腾挪出来，给母牛生产。

他理直气壮地搬到了李翠的家里。

鱼老板说：我给你租金。

老唐说，这雨不会太久，天晴后，还要搬回去，要什么租金呢。

鱼老板不再坚持，他说：好吧。

一天晚上，倾盆的大雨夹着巨大的闪电，雷声和风声呼啸。

老唐放心不下养牛场临产的母牛，他起身穿好衣服，轻手轻脚地提着帆布袋出门了。他先来到监控室看了牛舍里的牛。

他并未发现什么疑点，但还是放心不下。

此时，又是电闪雷鸣，又是大雨如幕。

老唐开始巡查牛舍里的每一头牛。

但意外的事情还是发生了，当他掏出手电筒照射公牛的那一刻，那头公牛受到惊吓后，牛角猛撞砖墙，那堵墙被撞出了一个大洞。随着一声巨响之后，被连夜的大雨冲刷过的墙壁很快坍塌了。那头公牛飞奔而出，消失在雨夜里……

老唐急忙追上去，那头公牛跑过那个坡地，深入那片树林，老唐快要追上的时候，却被脚下的树桩绊倒了。他感到一阵头晕目眩，然后不省人事。

第二天，李翠发现老唐不见了——那头公牛也不见了——

鱼老板第二天一早便报警了。派出所的民警带着警犬沿着公牛逃跑的脚印开始搜寻，一直到中午还没老唐的消息，他的手机没有随身携带。

镇长号召章镇的青年开始搜山寻找，老唐被人发现时，浑身是血，他已经奄奄一息。他被紧急送到医院，他的命倒是保住了，但他神志不清，因为他的脑袋被石头撞击之后，出现了严重的脑震荡。

镇长去医院看老唐，他什么都不知道，两只眼珠一动不动地看着天花板。

医生说：病人已经落下了后遗症，智力恐怕很难恢复。

镇长说：要全力救治，要不计成本地救治。

扶贫办的小章担心地说：老唐又返贫了。

鱼老板一声叹息，说：以后，需要被脱贫的，还有我。

老唐经伤残鉴定，属于一级伤残，需要终身护理和治疗。

鱼老板又是一声叹息。不久他转让了养殖场，换来了不到六十万元现金，赔给了老唐。

但是这些钱，该谁保管呢？连镇长也犯难了。

他专门来到旧小学开会研究，但大家始终拿不出统一的意见。

毛细说：这钱该李翠保管，因为她怀了老唐的孩子。

鱼老板说：我没意见，发生这么大的事，我是有责任的。

扶贫办小章说：如果让李翠保管，等于承认了老唐和李翠之间的夫妻之实，可是他们不是合法登记的夫妻……有可能扶贫对象变成李翠。

章镇的民意代表说：听说老唐的睾丸被公牛顶坏了，老唐早就丧失了生育能力。

经过大家的讨论，还是没什么结果。镇长最后说：先由镇上代管吧。

李翠并不知道这样的结果，她被排除在外，直到老唐被章镇政府的人安排到章镇养老院后，她才恍然大悟，她与老唐已经没有了关系。

她找过鱼老板，关于老唐赔偿金的事。

鱼老板很无奈地说：现在唯有的办法是把孩子生下来，证明你们的关系。

那天，她走在章镇养老院的门口徘徊很久，但她始终没有进去。

大约又过了一个月，有人看见李翠一连几天又在章镇卫生院徘徊……

——原载《野草》2021年第1期

龙泉寺

我小的时候对龙泉寺充满着好奇。每回母亲带我去龙泉寺拜佛,我对它的迷宫一般的建筑群的构成着迷。这里很适合孩子们捉迷藏。

龙泉寺在我的故乡章镇有着不一般的影响,每月农历初一和十五,有一万信众会去庙里烧香拜佛。这也是孩子的节日,我跟着大人去,顺便在章镇吃一碗热干面或一笼小笼包。

我的愿望是在龙泉寺和其他孩子一起捉迷藏。大人们在虔诚地向菩萨磕头作揖,我们趁他们不注意时,躲进了香案底下,其他的小伙伴躲进了菩萨底座的后面,或者跑到某个殿门的角落。

我也会这么做,等我妈回过神来,发现我不见了。她到处找我,我听到她在大雄宝殿外喊我名字,我故意不作声。她又喊了喊,她很生气地说:毛细——再不出来,我走了。于是,我便从香案底下钻出来,她像那尊怒目的金刚菩萨,责问我:为什么要在躲在那里,你已经犯忌了,知不知道?!

我怯怯地回答:我发现有只猫钻进去了。

我确实看见一只猫钻进香案底下,但那只猫一闪又不见了。

我妈不信我说的，她问我：猫呢？

猫叼着鱼头跑了。

我妈瞪了我一眼，双手合十说：菩萨莫怪，菩萨莫怪。又在菩萨面前磕了三下头。

我又说：我真的看见猫了。

看见猫并没什么奇怪，龙泉寺里冬天的猫在围墙上晒着太阳，有好多只。

我妈觉得哪来的鱼呢？香案上只有供果，不会有荤油的食物，不可能有鱼。但我千真万确看到那只小黄猫叼着鱼头发出呜呜呜的声音。我把这一过程详细地说给我妈听，我妈的脸色很难看，她竟然生气地丢下我，一个人走在前面，我远远地跟着她回到毛村。

我不懂她为什么要这样做。我一直跟在她后面，她头也不回，无视我的存在。我喊了一声：妈！她也没回头，她说：你走快点，小心后面有鬼。

我知道她是在吓唬我，那时还是中午时分，大白天哪有什么鬼的。我还学她走路的样子，扭着屁股一扭一捏地跟着她。

那时我十一岁吧，读小学四年级，寒假时我经常去龙泉寺玩，有好多少年也在那里玩耍。

我一直没有明白我妈为何生气，不就是一只猫吃了鱼嘛！

有一回，我把猫在龙泉寺吃鱼的事告诉我的伙伴安包，安包反问我说：猫吃鱼奇怪吗？我认为这也没什么奇怪的，但是我妈觉得这是一件不平常的事。为什么不平常，我妈也没说，我也不敢问。

我对安包说：也许那是一条不一般的鱼。

安包顿时来了兴趣，他说：也许是猫不一般呢？

我觉得也有道理。龙泉寺的猫可能跟章镇其他地方的猫不一样，有人说它们都沾了仙气。我跟安包说：下回一起去龙泉寺找猫玩吧。

安包说：最好是找到那只吃过鱼的猫。

我夸张说：越过大雄宝殿窗户的那只猫是一只全身乌黑的猫，它的眼睛放出的是蓝光，和其他猫不一样。

但如何找到那只猫成了我那时唯一的心事。我约安包去龙泉寺，寻找这只猫。

一天上午，天气晴朗，阳光照在安包有雀斑的脸上，我们一起出发去龙泉寺。安包说：你装钱了吗？

我妈从不给我零花钱，即便是我去章镇买酱油剩下的钱，她也会要回去。我摇头说：我们不是去章镇买东西，我们是去找那只猫的。

安包说：没有鱼的诱饵怎么可能找到那只猫呢？

我说：它确实是一只喜欢吃鱼的黑猫。

安包说：我有五块钱。

我说：那我们去章镇买一条鲈鱼吧，吃完身子把鱼头留下来。

安包说：问题是你没有钱。

我说：我不喜欢吃鱼。

在该谁付钱的问题上，我们有了分歧。安包认为这只猫跟他没什么关系，是我在找猫，所以这条鲈鱼的钱必须我付。

我认为，买条鲈鱼的成本太高，没有必要买。我们应该去水边抓一条小鱼作为诱饵。

安包生了气,说:毛细,你这么小气,以后没人跟你玩了。

我只好硬着头皮问安包借钱,只借一块钱,买最小的那条卤鱼。安包说:我可以借给你两块钱,我们每人买一条小鱼,那么我们便有了两个鱼头给猫吃。

到了章镇,我们走遍了这条街上的所有的餐馆,没有一条鱼合适做猫的诱饵。我们遇到第一家餐馆是狗肉干锅店,我们说明来意后,老板免费给了我们几根狗骨头,他说:孩子,拿去吧。他以为我们是开玩笑,他在哄我们,猫怎么会吃狗骨头呢?我们又来到一家卤肉店,我打算用猪头肉做诱饵时,安包顿时有了主意说:我想到办法了。

安包比我大两岁,他的想法在我看来,一定很了不起。他说:腊月来了,家家晒腊鱼呀。安包告诉我,我们想办法搞得一条腊鱼,所有的问题不就解决了吗?

我点了点头,说:可是如何弄到一条腊鱼呢。

我们在章镇转了一圈,果真发现了很多户的院子都晒了腊鱼,腊鱼有大有小,最小的是鱼干。我想只有弄到几条鱼干就可以了。我说:安包,你胆子大,又有力气,你一定能帮我偷到几条鱼干的。

安包说:为什么要偷呢?你回家搞几条鱼干还省事呢。

我说:我妈要是知道我用鱼干去龙泉寺喂猫,我麻烦大了。

安包对我一脸不屑,他转过身说:还是不要去龙泉寺了,也没什么好玩的。

他转头要走,我拉住了他,说:龙泉寺的猫也许没什么可以看的,但寺内可是捉迷藏的好地方。

他一听说捉迷藏马上来了劲,安包问:就我俩?

我说：那里的人可多啦。

安包还是没有打消疑惑，他说：万一没人玩呢？

万一没人跟我们玩的话……我们还是去找猫吧。

噢，最后的结果还是回到鱼干的问题上，这只能由我去解决。我终于在章镇一家无人看守的老宅院内有惊无险地搞到了两条可怜的鱼干。我踩着安包的肩膀，翻过那堵院墙，然后，我踩着凳子跳下院墙下来，还扭伤了脚踝。当然，这并不严重，我几乎忘掉了疼痛，因为我满脑子想的是如何找到那只高冷的黑猫。

来到龙泉寺，太阳已经偏西，龙泉寺朱漆的大门已经紧闭，门口的两头石狮子孤寂地立在那里，不知什么原因，今天的龙泉寺闭寺了。

安包问我：怎么办？

我摇摇头，说：翻墙进去，可是寺内的和尚都很凶的。

安包说：也许有后门可以进去。

龙泉寺坐落在大冶湖畔的黄荆山余脉，寺庙四周的香樟树重重叠叠，有些香樟树有好几百年，需要几个成年人合围。这几棵香樟树在冬天也郁郁葱葱，几乎遮住了寺院的大门。如果远远看去，几乎看不见龙泉寺的任何角落。

我和安包来到龙泉寺的后山，我以前从未来过这里，香樟树下有几座老坟，墓碑的石头已经斑驳长着青苔。坟前的香炉堆着烧过的香纸，看来这几座坟都是有主的。安包很神奇说：如果捉迷藏我躲在这里，肯定没人敢来这里找。

安包一点也不害怕，我从内心佩服他。

我说：这里太阴森了，一点阳光也照不进来。

安包说：有什么好怕的呢？下次可约几个人一起来玩。

我故意爽快地答应他，但心里认为这个鬼地方不必再来了，我身上早起鸡皮疙瘩。

我说：龙泉寺确实有一扇后门。我指给安包看，那是一扇虚掩着的门，应该没有关闭，我们可以从那里进去。

我们很容易推开了那扇木门，龙泉寺里空无一人。寺内的前后殿也不见僧人，大院里空悄悄的。我和安包来到寺内逛了一圈，发现了几只猫蹲在石凳上。安包问：你说的那只黑猫呢？我环视了一周，也不见那只黑猫。那只黑猫经常出没的地方也许在大雄宝殿，它喜欢独来独往，那天我见它时，它在大雄宝殿的香案底下。

我说：也许它在大雄宝殿。

安包说：寺里的僧人发现了我们怎么办？

我说：我家那只黑猫跑到了寺里，我找它呀。

安包说：我也是这么想的。

他说完哈哈笑了。我们决定去大雄宝殿看看，我们打算学着大人的模样，虔诚地给三佛敬香跪拜，祈求自己很快找到那只黑猫。

僧人的晚课早已开始，他们在诵经堂念经打坐，木鱼声一阵一阵传来，寂静的寺内听不见一声鸟雀的欢唱。

安包说：大雄宝殿跟寺院的后山比起来，才是阴森呢。

这里檀香缭绕，空荡的大殿内，三尊佛像高高在上，我仰着脖子，学着我妈拜佛的样子双手合十，默想，跪拜，祈求菩萨能够显灵，帮我找到那只黑猫。安包也照着我的样子。我们开始在大殿里寻找那只黑猫，从香案底下一直找到角落，根本没有黑猫的影子。

安包说：我们可以把鱼干做诱饵，勾引黑猫的到来。

我把鱼干放在香案底下,整个殿内弥漫的都是鱼腥味,我想那只猫不久一定会出现在这里。我和安包蹲守在大雄宝殿的前后大门,不久,果然有一只猫从窗户跳了进来,很快叼起那条鱼干,又从窗户逃走了。我已经看清它——果然是那只黑猫,它一闪不见了。我惊呼地对安包说:猫,是那只黑猫,它已经来了。

安包回过神来,那只黑猫已经不见了。安包说:黑猫在哪里?

安包站了起来,他朝香案走去,香案底下的鱼干确实不见了。安包说:我们去追那只猫吧。等我们追出去时,那只黑猫早已不见了。

我说:安包,我还有两条鱼干,我们还有机会找到那只猫。

天色已经暗下来,木鱼声停止,僧人的晚课也该结束了吧。倦鸟归巢的叫声,清晰地从寺外传来。我们担心被发现,只好离开。

我们又从寺院的后门出去,真巧,却遇上那只黑猫站在后山的坟头上发出"呜呜"的嘶鸣,它正在低头吃鱼干,不远处还有一只花猫盯着它看,但它很快吃完了鱼干。

安包说:这只猫真漂亮,它没有一根杂毛,我很喜欢它。

我说:我们设法抓住它。

安包说:再用一条鱼干把它引过来。

我从口袋掏出最后两条鱼干,说:安包,我去引诱那只黑猫时,你从它身后找机会抓住它。

黑猫看见我伸出鱼干,它试图接近我,安包绕道坟堆的背后。黑猫似乎感觉到身后有人,它快速地跃过坟堆消失在密草林里。鱼干也诱惑不了一只有主见的猫,我和安包感到沮丧。安包说:要不,把鱼干喂给那只花猫吃吧。

花猫一点也不怯生，它甚至表现出很黏人的样子，它顺从地翘起尾巴在安包的手上蹭来蹭去，我把剩下的鱼干喂给它了。我刚走不远，那只黑猫又从花猫的嘴里夺走了鱼干。花猫嘶叫了几声，黑猫早已消失不见。

安包依仗块头比我们大，上树扒鸟窝和下水抓鱼捉蟹，还经常欺负小朋友，但不会欺负我，他和我是堂兄弟。这个冬天，因为龙泉寺的这只黑猫，我和安包之间成了更好的朋友。我们经常在一起，我妈也看出来了。她问我：为什么最近你跟安包这个捣蛋鬼在一起？我爸说：再看见你和安包在一起，要打断你的腿。我什么也不回答，但我依旧跟安包一起玩，我们的话题离不开那只黑猫，他很较劲，发誓要抓到这只黑猫。我问他：有了这只黑猫干什么用呢？安包说：我需要一只桀骜不驯的猫，这，很像我。

安包可以做他喜欢的事，我特别羡慕。可他爸却是一个十足的怂尿货，我可以列举他爸的几十条尿样，比如在大庭广众之下被安包他妈揪着耳朵骂；比如说被毛村的男人欺负了，他就把他老婆推到前头；还有，他在安包面前也不敢大声说话……

我爸就这个尿样，我妈把他也没法子了。

安包可以这么跟我大声地指责他爸，而我不能。

我说：你不怕大人听见了吗？

安包说：我真希望我爸听到，把我打一顿，可他从来没有，骂我也没有，真是一个尿包。

安包可以说他爸是个尿包，别人不能说，别人要说了，安包的拳头就直接过去了，只打眼睛。

安包在我心里是一个英雄。

我说：尿包，我们再去一趟龙泉寺吧。

但安包觉得那地方没什么好玩的，他说：除非你有了抓住那只黑猫的办法。

我摇摇头，说：要不，多叫几个人去抓那只黑猫吧。

安包说：那些都是废物，碍手碍脚。

我和安包坐在毛村祠堂的石凳上，像大人那样跷着二郎腿。

旁边的菜地上围着网，防止家禽和麻雀啄食。

安包忽然眼珠一溜，说：我有办法了！

他的办法很简单，先想法弄到一张捕鸟网。把它放在龙泉寺后山的坟岗上。那里是猫经常出没的地方，因为每逢一些农历节日，便有人去那里祭奠，留下一些鱼肉，成了这些猫的食物。只要在捕鸟网上粘好几片鱼干，那些馋猫一定会去的。如果一切如我们猜想的那样，这只黑猫会被网粘住，它越是挣扎，它的脚越会被网缠绕更紧。这真是一个好主意，但是我们从哪里可以弄到捕鸟网呢？

一天早上，我和安包来到大冶湖那片芦苇地。每年冬天，越冬的南鸟都要在这里歇脚，经常有人用网捕获它们，我们可以去那里找到网的。

我对安包说：鸟儿要感谢我们。

安包说：是的。

我们对着一眼望不到边的湖水大喊：大冶湖感谢我们。

我们仿佛救世主一样，充满了正义的力量。

安包说：大地要感谢我们。

我说：天空也要感谢我们。

我们躺在干涸的芦苇地里哈哈大笑，这是我们从某部电影里学来的片段。

安包说：还可以顺带几只死鸟一起，作为诱饵，比起鱼干更有诱惑力。

收起网，我们便前往龙泉寺。为了掩人耳目，安包用衣服把网包好，连同被网住的那两只做猫饵的死鸟。

今天来龙泉寺的人真多，不是初一就是十五，全都是烧香拜佛的人。

去章镇吃一碗铜山口牛肉粉是我的最爱，我跟安包说：我们去章镇吧。

龙泉寺去章镇不到两里地，穿过那片香樟林，沿着窄窄的章河堤，要不了半小时路程。安包摇摇头说：我走得有点累了，我想找个地方歇歇脚，不想去了。

我说：安包，你不饿吗？

安包说：饿了，可没钱没办法。

我说：你不是有五块钱吗？

安包说：给我爸买酒了。

我的心顿时凉了半截，五块钱可以买好几斤烧酒，也可以买好几碗铜山口牛肉粉。我说：我饿了。

安包说：毛细，我有办法了。

安包所想的办法是去龙泉寺找吃的。龙泉寺除了香客呈上来的供果外，实在想不到有什么好吃的了。我妈有时也从龙泉寺拜佛回来带些供果给我吃，我不喜欢水果腐败的味道，它被放置得太久了，有的已经干瘪失去水分。所以我对龙泉寺的供果并没什么兴趣。

安包见我有些心灰意冷，他拉起我，去了龙泉寺的后山。那片阴森的香樟林，布满墓碑的坟岗，他不会是让我来吃这些连老鼠也不吃的供品吧。我问他：你不会是吃这些给鬼吃的东西吧？

安包坏坏地笑了笑，说：你想到哪里去了，我让你先把网布置好。

你不是说已经有办法弄到吃的吗？

他得意地说：一切都在计划中。

布好网后，安包把那两只死鸟重新挂在网上，等候那只黑猫的到来。我问：这管用吗，安包。

他非常自信说：我们等候好消息吧。

然后我和安包坐在墓碑上歇了一会儿，我问安包：你很喜欢猫吗？

安包说：那只黑猫我很喜欢。

为什么？

凭感觉啊。

它那么喜欢吃肉，一定很凶残吧。

那叫狗改不了吃屎。安包哈哈大笑。

我希望能捕获那只黑猫，既然安包喜欢，我也想把它送给他。我妈说过龙泉寺的猫没理由吃鱼的，那是罪过。我曾对我妈说，那只是一只猫，它不知道人的想法，如来佛不是常说无知者无罪吗？至于这些话是不是如来佛说的，不重要了，我把这些话告诉了我妈。我妈居然信了。她问我：你从哪里知道的？我说：《西游记》里讲的。

可是《西游记》里没有关于猫妖的记载……

我妈不喜欢猫，更不喜欢龙泉寺里的猫，我自然不会要那只黑猫的。在龙泉寺，如果少了一只吃荤的猫，我妈也会高兴。下一次，我妈再带我来龙泉寺时，我妈会高兴的，说不定她会先拐到章镇给我点一碗铜山口牛肉粉吃。

想到铜山口牛肉粉，我的肚子咕噜咕噜地响了起来，太阳已经偏西。我对安包说：我们什么时候可以弄到吃的？

安包并不着急，他从墓碑下来，他说：现在我们可以从后门进入龙泉寺了。

龙泉寺的后门依旧半掩着，后院没有一个人，我们这次进来时，遇见的也是同样的情形，静悄悄的。安包说：我们去厨房弄点吃的吧。龙泉寺的香积厨我压根儿不知道在哪儿，搞不好会被火工发现。而安包带着我直奔香积厨而去，他说：上次来龙泉寺时，我已经闻到了饭香的地方。果然，香积厨和五观堂都在龙泉寺的后院里。过午不食的习惯使僧人们很少在此走动和逗留。所以，我们如入无人之境，直接奔向香积厨，在蒸笼里拿出几个豆沙包子吃了起来。我们真是饿了，我认为这是迄今最好吃的豆沙包。从那以后，我经常怀念龙泉寺香积厨的豆沙包子，松软、香甜、白净。

那天下午，我和安包在龙泉寺的石凳上睡着了，等醒来时，太阳已经落山。天黑了下来，四周充满了寒气，我们想起了后山香樟林里的猫网的事。安包说：我们去看看那张网吧。我有些犹豫，不敢去。但后山的坟岗是我们离开的必经之地。

安包对我说：胆小鬼，你要是害怕别跟来了。

他走在前面，我跟在后面，到了后山那片乱坟岗上。趁着天空的微光，我看见有一只猫被缠在网上。是不是他喜欢的那只黑猫，我不肯定。安包却惊喜地说：是那只黑猫，没错。它终于被我们逮住了。

黑猫见了我们，叫得越来越凄厉，它的声音划破了龙泉寺的整个后山。我和安包都不敢徒手靠近它，它用凶狠的利爪和牙齿向我们发出警告。安包脱下外套用它包裹那只黑猫时，突然有手电筒的光亮照射摇晃过来。

安包说：不好，寺里的僧人来了，我们快跑。

他丢下那只猫和外套就跑，我紧跟着他，也跑了一阵子。突然，安包被脚下的土疙瘩绊倒，他爬起来回头看，没人追上来，就赖在地上不起来了。我们气喘吁吁地坐在地上，安包说：好险啊，差点被他们发现了。

我说：自己吓自己，就算见到了又能把我们怎么样？

安包说：他们也许会少林功夫的。

我不信，但安包坚信不疑，因为他是一个崇拜功夫的家伙，几年前，他曾带领毛村的孩子跟黄村的孩子打架，他用几招从武侠电影学来的招式把黄村的孩子唬住了。那时我刚上小学，只能远远地看着安包和另一个黄村的孩子站在一起比画什么，后来什么事也没发生，便各自散去。

安包有了这次经历，他在毛村成了孩子王，威信得到了极大的确立。以后不管谁有什么事，总是找他帮忙解决，当然，安包也会跟他们要点好吃的糖果或其他零食吃。我也不例外，就说这次，我从家里偷了几根香烟给他。我觉得他十三岁了，又有了喉结，声音很粗犷，是个男子汉。

安包从口袋里摸出火柴，划了一根，黑漆的夜晚里，点烟时差点烧到他唇边的胡须，显然，他点烟的动作还不熟练。我说：安包，我给你点烟。他很享受这一过程，眯着眼睛猛吸了一口，连忙又呛出声来。

安包说:这烟够味。

走到毛村时,安包才意识到自己的外套丢在了龙泉寺后山的坟岗。他说:这该死的黑猫。

但他并不焦急,我问他:该怎么办?

先寄存在龙泉寺,改天再去拿回来。

你妈要是知道你把衣服弄丢了,会打你吧?

不会的,她也想不起来我有几件衣服的。

那天晚上我们回到毛村时,我家是黑的,妈爸早已入睡。北风从没有玻璃的窗户刮进来,我忍着饿钻进了冰冷的被窝。

接下来几天,安包没有找我玩,我也没见到他。小学今年放假早,我赶上了龙泉寺一年一度的腊八节施粥活动,这是章镇最热闹的日子。我想这么热闹的腊八节,一定少不了安包。但天气冷峭的上午,排队的人并没有去年那么多,很快便轮到我。我不爱喝这些粥,一点也不好喝,可我妈说:喝了这腊八粥,来年什么事都风调雨顺。

我妈看着我喝下去,她才放心让我自己玩去。我说:章镇今天在唱戏呢。

这时,我妈才想起来腊八也是章镇戏台唱戏的开始。不过戏台临时搭建在章镇小学的操场上,因为学校刚放假,桌椅板凳就不用自己带了,这些学校都有。唱戏从腊八开始唱到小年,足有半个月,这是孩子们的快乐时光。我说:妈,给我五块钱,我要去章镇看戏。

我妈说:看戏要什么钱呀,好好看戏吧。

我的心思我妈心里知道,要五元钱,无非是买些摔炮玩和糖果吃,她叮嘱我买吃的总比买摔炮有益。我拿到钱去戏台找毛村的伙伴们,但在戏台周围找了一圈,却不见一个熟人,安包也没来,毛村的东东和发糕这两个跟屁虫也没来,倒是有几个邻村的少年在空旷的操场上踩高跷。也许是下午戏还没开场的原因,只有摊贩在忙碌占位置张罗,戏班也不见人影,显得冷冷清清。

我凑上前去跟少年们拉话,他们根本不理我。大的那个跟我一般年龄吧,正玩得起劲,他见了我,显得十分的不耐烦,他用高跷挡住我,不让我跟他们玩,我只好看着他们玩。我也是有一副高跷的,那是我爸手工给我做的,他直接砍了两棵小枫树,简单而粗暴,我玩过两次便坏掉了。

我对着他们喊:我的高跷比你们踩得好。

我只想引起他们的注意,哪怕是对我的不屑和愤怒,他们依旧不理我。

他们玩累了,把高跷放成一排,我趁他们不注意时,用他们的高跷快速地绕着操场踩了一圈。他们不服气,踩着高跷在后面追我,一圈下来并没有追上我。少年说:高跷踩得好那不算什么本事。他们起哄应和。

我说:那什么才叫本事?

少年说:摔跤,你敢吗?

我轻蔑一笑,说:你和我吗?

显然,我对少年的态度惹怒了他,他说:我保证让你摔得很难看。

我想让这个少年输得很难看,他的个子跟我长得差不多,我也没什么胆怯的。

我想好了,如果是我输了,他们人多势众,我决定玩一回阴招，打得那少年眼睛火冒金花，掉头便跑。这一招是安包教给我的。

如果赢了，我就是这里的孩子王了，像安包那样可以指挥千军万马。我和那少年各自拉开架势，我们像决斗的勇士，扭抱在一起。几分钟过后，我落荒而逃，哪有机会实施自己想好的招数。

他们在嘲笑我的怯弱和失败，他们高喊"韩少"的名字，原来那少年叫韩少。

我被韩少摔得身子骨头像散了架似的，浑身是痛。我灰头土脸地走在章镇的街道上，现在我还剩下一点信心是揣在口袋的五块钱。我先吃一碗铜山口牛肉粉吧。章镇街上，今天人多，看到这么多人排队买牛肉粉，我觉得人生有点绝望。

"毛细。"有人喊我，我四周张望了一下，那个喊我的人，我没发现。我以为是有人在搞恶作剧。他又喊了我一声"毛细"。那个声音在排队的人群里。哦，是安包，他裹着一件军绿大衣，像个大人一样。那件军绿大衣以前是他爸穿的，现在松松垮垮地穿在他身上，挺别扭的。并且他的脸色不是很好看，我很惊讶地问他：你怎么啦。

他见我一副狼狈的样子，几乎也在用一样的语气问：你怎么啦？

安包说：我得了很严重的感冒，不能找你玩了。

我"哦"了一声，觉得感冒很快会熬过去，我说：感冒好了，我们再去龙泉寺抓那只黑猫。

安包笑了笑，说：那只黑猫啊，一定要抓回来。

我问他：你的衣服拿回来了吗？

安包摇了摇头，说：我妈还问起衣服的事，我没说。

我说：我帮你拿回来。

安包说：你真的帮我拿回来？

当然。

安包开心地给我也买了一碗铜山口牛肉粉，他说：我请你。我们心照不宣。

他的那碗牛肉粉并未吃完，还剩下大半碗，他的脸色有些苍白。我本来想请他出马去吓唬一下韩少的。现在，安包这副模样，我看他是有心无力。他看了一身的泥土，又问：你到底怎么了。于是，我把自己在戏台的遭遇说给了他听，他一点也不愤怒。

安包起身离开，我顿时有了一种失落感，这背影不再是我羡慕的那个少年。

他说：我还要去章镇卫生院打针。

告别安包之后，我想帮安包从龙泉寺拿回他的外套。因为闲着无事，之前只是随便说说，现在我忽然有了怜悯之心。

下午戏开场时，人山人海，可以坐几百人的操场坐满了人，那些凳子都是我们教室搬来的。随着锣鼓的敲响，戏台的帘幕开启，大戏正在出演，但对我们这些少年来说却是索然无味的开始。毛村的发糕也来看戏了，他坐在他爸的身边，我对着他吹了一声口哨，他斜看了一下，我给他做了一个"V"形手势。不一会儿，他趁机溜了出来。

发糕见我，表情很是夸张，说：别让我爸看见我和你一起了。

我问他：你今天是怎么啦？

发糕说：总之我不能找你玩了。

他说完赶紧走了，我一脸懵圈，他为什么突然对我说不能跟我玩了？这天下午，我还碰见了东东，他老远地躲着我，装着没看见我一样。本来，我也不喜欢跟他玩，因为他一点主见也没有，安包叫他干什么他便干什么。可我奇怪呀。

敲锣打鼓还在进行，一出大戏下来需要几个小时，之前的那些踩高跷的少年又聚在一起，他们好像在谋划什么，不得而知。我一个人没事，想找他们玩，他们也不搭理我。那个韩少一直盯着我，似乎在警告我。过了一会儿，他派了一个少年向我走过来，那少年问：你还敢跟韩少再比一次吗？

我装着一副满不在乎的样子说：还想比什么？

那少年说：爬树，你敢吗？

爬树还真是我的拿手戏，我为什么叫毛细吗？因为我长得像一根细麻秆。

我问：他输了怎么办？

那少年跑回去跟韩少他们商量去了。过了一会儿，他向我招了招手，喊我过去。

那少年说：如果你输了，要给韩少买一串摔炮，你带钱了吗？

我说：韩少要是输了呢？

韩少说：我输了给你也买一串摔炮。

我说：我不要你摔炮，你输了的话要帮我抓一只猫。

韩少说：那太容易了，不就是一只猫吗？

我说：那不是一只简单的猫，它住在龙泉寺。

韩少说：龙泉寺的猫啊，我都熟。

爬树也选在龙泉寺门前的那两棵古樟树。几个人合围才能抱住的古樟树，并不好爬。我们都没有爬上去，最后我们商定，我给他买一串摔炮，他们帮我捉那只黑猫。韩少住在龙泉寺一墙之隔的周卜臣，他说：那些猫都是他们村的，给它一条鱼，他们会很听话地听从使唤。

我说：我也这么试过，并不管用。

韩少很得意，说：撸猫，你会吗？

我问：什么是撸猫？

就是给猫挠痒痒。

我也会。

你想赖账的话，你自己去抓吧。韩少有些不耐烦，他转身要走，我说：我有五块钱。我从口袋里摸出五块钱纸币，晃了晃。韩少看到后，说：成交。

我只要那只黑猫。

哦，黑猫，在龙泉寺，只有一只。

他让我去章镇买好摔炮在戏台等他的好消息。

我将信将疑。

我去戏台买了一根甘蔗吃了起来，反正我有的是时间，这个下午，我愿意把时间花在那根甘蔗上。

大约一个小时后，韩少找到我，他说：那只黑猫死了。

我并未表现出惊讶，我认为他可能在骗我，原因是他根本抓不着那猫，所以搪塞出一个理由来。我说：猫有九条命，没那么容易死的，你不会抓不着那只猫吧。

韩少拿出一件衣服说：这是你朋友的衣服吧？

他是怎么知道衣服是安包的？我没问。

那只黑猫可能真的死了。但总算找回了安包的外套，也算完成了一件很重要的事。

我问他：猫怎么会死呢？

韩少说：它被鸟毒死的。

我一惊,那只被网逮住的鸟,被人下了毒。

韩少说:庙里的僧人跟我讲的,没想到是你。

我解释说:我真不知道鸟被人下了毒。

韩少说:没想到你是这样的人,以后不跟你玩了。

韩少把衣服扔给我扬长而去,他像一个武德高尚的武士,根本不屑于我。我怔在那里好久不动,我没想到会是这样的结果。没错,装在塑料袋里的那件卡蓝色夹克外套,被洗得干净,它确实是安包的。

唱戏结束了,黄昏的色彩染红了章镇最后一抹天空,接下来是大戏的夜场,因为寒冷的缘故,看夜戏的人并不多,孩子们也不来了,所以我留在这里也没什么意思。我想去章镇卫生院找安包,把衣服还给他。

我小的时候,身体也不好,经常去章镇卫生院看病,穿白大褂的年轻漂亮的女护士,总是哄着我打针。那个鬼地方,要不是去找安包,我真不想再去。

空空荡荡的走廊亮着几盏昏黄的电灯,在我有了记忆以来,这排两层的小楼从未有过变化。阴森的走廊连个人影也不见。我不知安包住在哪个病房里。也许他只是随便说说他住院了。

这时一个拖地的老头从洗手间出来,他拿着拖把一遍又一遍地拖着走廊,直到整个二楼的走廊越拖越脏。他不问我是干什么的,等他拖到我面前时,他便把我绕过去。我"喂"了一声,他没理我,我再"喂"了一声。他开始注意到我的存在。他说:你在喊什么?

我在找人。

你没看见我吗?

我在喊你。

这里也只有我。

二楼病房没有人吗？

我就住在这里。

我问的是病人。

他低着头又重新拖了一遍走廊，他拖到我面前时又绕开了我。这时他才回答我：一楼亮灯的病房还有一个男孩子住。

他得了什么病？

他已经住了好久。他没有直接回答我。

我敲门时，开门的果然是安包。见了穿着病号服的他，我很是诧异。

他问我：你怎么来啦？

我把衣服给了他，他竟学会了客气，说：谢谢。

我和他顿时陌生了。我说：安包，你的病怎么啦？这位十三岁的少年与之前的他判若两人。

他说：没什么……

他躲闪的眼神中，他不愿告诉我病情，我没继续问。我说：我能帮你做点什么？

他摇摇头，忽然莫名其妙地说：虽然我的衣服找回来了，但我的魂被那只猫勾走了。

这是他妈告诉他的，如果他的病要好起来，用算卦先生的话说，必须找到那只勾他魂的猫。章镇那个算卦先生不就是周秃子吗？他满嘴胡言乱语，他不是说我活不过七岁吗？我妈说我小的时候后脑勺长了一个脓包，直到三岁时才消失，找周秃子算命，他说我家堂屋楼上有东西伸到了偏房。我妈回家后发现果然有一棵树从堂屋的楼上伸到了偏房的上面了。她锯掉延伸出来的部分后,我后脑的脓包过了不久便消失了。这巧合的事被人越传越神奇。从此,周秃子的神话在章镇无所不能。

我问安包:周秃子的话你信吗?

他说:你看我腿肿总是消下不去,从省城医院到县城医院,花了很多钱,也不见好。

周秃子怎么说的?

找到那只勾魂的猫。

他的脸色苍白而浮肿。

我不知如何安慰他,我和他一样无助,可是那只黑猫已经死了。我不可能再把那只黑猫找出来。

他说:我爸去过龙泉寺找过那只黑猫,它却不翼而飞,一直不见它踪影。

我不能告诉他这只猫已经死了。

他叹气说:也许这就是命吧。

我说:你爸没去问问那些僧人吗?

他摇了摇头,说:龙泉寺那么多流浪猫,也可能被哪位香客领养了,怎么找呀?

我安慰他说:我有空帮你去找找看吧。

安包忽然眼睛有了光亮,他说:我早该想到你了,既然我的衣服你都能找到,说不定那只黑猫你也能帮我找到。

我不想让他失望,我答应他一定去找那只黑猫。

从章镇卫生院出来,已是深夜,寒冷的风灌进我的身子,我不由得打了个寒战,这条通向毛村的夜路黑暗无比,我正深一脚浅一脚地走着,我的魂也像被什么东西勾走了。想起这,我又打了个寒战。

不久，将是春节，章镇一年一度的彩灯和毛村的红灯笼都装点起来。我家也不例外，安包的家也不例外。我在毛村有些清冷，年糕不来找我玩，其他少年也不跟我玩，他们好像商量过似的。他们看见我走过去，也不理我了。我感到很郁闷，为什么会这样？我妈并没有意识到这个问题，我说给她听时，她说：不会的，这只是你的错觉罢了。

直到前两天，安包的妈妈来到我家找我时，我才明白为什么毛村的少年要躲着我。

那天晚上，我妈也在家，我们刚吃完晚饭，一家人嗑瓜子围炉烤火。我妈管安包的妈妈叫大嫂。我妈问：大嫂，这么晚来有事吗？

她说：安包病了，有一段时间了。

我妈很惊讶地说：什么时候的事？我们能帮你什么呢？

她说：安包和毛细是经常一起的朋友，我想问毛细一些事。

我妈说：你尽管问吧。我妈把我叫到曹婶跟前。

她问我：毛细，你和安包去过龙泉寺抓猫了？

我点了点头。

她接着问：那只猫呢？

我答：没抓着。

她又问：那只猫是不是被人抓走了？

我答：没有。

她说：你能不能帮我抓到那只猫？你和安包想抓的那只黑猫。

我说：我见过安包了，我答应过他，我会找到那只黑猫的。

她嘴角露出一丝笑意。全然没有刚见到她时的那副呆板严肃的表情。我问她：安包的病严重吗？是不是他的魂被那只黑猫勾走了？

　　我妈在一旁呵斥了我，说：你在胡说什么呢，毛细！

　　我弱弱地回了我妈一句：安包告诉我的。

　　曹婶并没有怪我，她说：章镇的周先生这么说的，我也就信了。

　　我说：周秃子的话你们怎么就信了呢？

　　我妈给我使了眼色说：周先生的外号是你小孩叫得吗？

　　曹婶说：童言无忌，童言无忌。

　　我妈问她：叫魂做了吗？

　　曹婶点了点头，眼泪在眼窝里打转。

　　过了好一会儿，她几乎用乞求的语气对我说：毛细，请你一定帮我抓到那只黑猫。

　　我妈问我：那只黑猫，你还认得吗？

　　我不想让她失望，我点头说：我会的。

　　她走时塞给我两包糖果，说：我替安包谢谢你。

　　我妈说：大嫂，毛细知道安包在龙泉寺玩耍的地方，要不让他陪你一起去龙泉寺给安包叫个魂吧。

　　她连忙说了几声"好呀"。

　　我们约好了明天太阳落山时分一起去龙泉寺后山为安包叫魂。

　　按照乡俗，人的魂弄丢了，得让亲人唱着叫魂歌把丢掉的魂唤回来。

　　第二天傍晚，我们来到龙泉寺，她准备了一碗炒熟的糙米用来叫魂。我记得我小时候生了病，祖母也是这样为我叫魂。祖母沿着我可能走过的路，一路带着唱腔叫唤我的名字，沿路撒米。

今天，曹婶依旧用古老的方式为安包叫魂，在龙泉寺后山，从那片坟岗开始。

她唱：遇山翻山，遇岭越岭，不要贪玩，不要流连，安包，回来吧！

她唱：遇山你应和，遇水你应声，安包，回来吧！

她唱：安包，回来吧，回来吧！

以上唱词她又重复唱了一遍。

接下来，她唱：这路上，神灵护佑你，这路上，祖先护佑你。

她唱：孤魂野鬼叫你不要理，回来吧！

她唱：莫贪玩，莫回头，最亲的人都等着你。

她唱：安包，安包，回来吧！

唱完她又重复唱了一遍。

反复唱着，一直唱到她的家门口时，她最后大声喊了两遍：安包回来了。

她拍拍安包的身子，说：孩子，现在你的魂魄已经附身了。

安包在门口站着，没有任何表情，他这次见了我，也没跟我说什么。我见他的脸在灯光下，越显苍白和浮肿，精神状态比上次更不好。他的状态越来越差，病似乎没什么好转。

回到家后，我妈问：安包的病情如何？

我照实说了关于我所见的情况。

我忽然有些悲伤，我问我妈：安包得了什么病？

我妈说：听人说是肾脏的病，他辗转了好几个医院，也没什么效果。

我问我妈：这病能治好吗？

这病来得快,这也许是命吧。

我妈没有直接回答我。她说:你答应过你曹婶的事别忘了。

那只黑猫已经死了。

我妈说:猫有九条命,不会那么容易死的,难道你不想帮安包吗?

我没骗你,那只黑猫真的死了。

我妈说:你怎么不直接告诉她?

我不想让她和安包失望,我已经去过龙泉寺找过那只黑猫了,它吃了卜了毒的死鸟。

我妈沉默了半天,没有一句话。

我想在宠物市场买一只黑猫。当我把自己的想法告诉我妈时,她赞成了我的想法。那时只能在城里买到猫,但是要买到一只差不多大小的黑猫,也是一件不容易的事。

我妈托在城里工作的小叔去买一只黑猫,但这件已经跨过年了依旧没有消息。

眼看我马上要开学了,找猫的事情,曹婶也没有问起。在差不多要忘记时,我妈带着我去章镇卫生院看望安包时,我曾跟他说起我在找猫的事,他很感激地笑了笑,说:我信你。

他满是针眼的手背,我安慰他说:我很快就会找到那只黑猫的。

我决定去章镇找韩少,希望他能帮到我。

前几天,我还在章镇碰到他,我叫他名字,他没理我,他还为上次的事生气。现在我必须低下头来,让韩少帮忙,我不能再等了。韩少可能会有好办法,我觉得他住在龙泉寺隔壁的周卜臣这个村子，这个村子有那么多猫，一定会有一只黑猫的。

正月十五那天，是一年中龙泉寺香客最多的时候。我想韩少他们可能会出现在那里，我买好了摔炮去龙泉寺等他。如果他不去龙泉寺的话，今晚的章镇元宵灯会他一定会去的。

早上，我在章镇吃早餐时，偶然碰到了韩少。我叫了他：韩少。

韩少像没有听见似的，依旧低头吃他的热干面。我又大声叫了他一句：韩少！

韩少抬起头，说：想打架吗？

我找你有事。

打架可以，其他事免谈。

我的一个朋友快死了，需要你帮忙。

我又不是医生，怎么帮他。

需要一只黑猫可以救他。

你又想害死猫吗？

韩少不信我说的，他对我所说的无动于衷。

我可以带你去卫生院看看我的朋友，因为他的魂被那只死去的黑猫勾走了。

难道要我把那只死猫挖出来？

我们可以再找一只黑猫。

我不会这么做。韩少坚定地回绝了我。

吃完早餐后，我一直跟着韩少，他并未发觉我，他来到龙泉寺后，直接去了香积厨，原来给寺里做饭的僧人竟是他父亲。这个秘密是我从他们的对话中偷听到的。这对于我来说像一根救命稻草，我答应过曹婶，会找到一只黑猫的。尽管那只黑猫已经死了，但是如果能找到同样一只黑猫，这对曹婶和安包来说也是一种心里慰藉。

当我出现在香积厨时，韩少和他爸感到意外，韩少甚至有些愤怒，他质问我：你在跟踪我？！

我没有否认，我说：我是来请求你帮帮我。

韩少更加愤怒，他对着他爸说：这就是毒死那只黑猫的人！

我没有解释。

他爸看了看我，眼睛笑眯着说：我认识你，那天你和你的朋友在香积厨吃东西。他一点儿也不生气，一下子让气氛缓和起来。

我说：我的朋友病了，他快死了。

他说：我知道你们在找那只黑猫，可是那只黑猫真的死了。

我说：这事我知道，也许是惩罚，但这惩罚对安包来说太重了。

他说：既然你找来了，你就是有缘人。

他答应了为安包再找一只黑猫。

韩少对他爸说：不要答应他。

我说：我想跟你摔跤，如果我赢了，我请求你们帮我。

那天上午，我和韩少在龙泉寺的广场上，我们拉开架势进行了一场摔跤赛。毛村的少年和韩村的少年，他们都在围观。

最终结果是我赢了。

我居然能够很轻松地把韩少摔倒，他今天似乎有些力不从心。

韩少说：你赢了。

毛村的少年却都悄无声息地离开了，我感到奇怪，他们却躲着我，我像瘟神一般，自从安包得病以后，这些少年不再跟我玩了。其实，我已有觉察。

我说：韩少，你是好样的。

我知道这次韩少是有意让着我，他想帮我。

韩少说：我们还是朋友。

韩村的少年们对韩少发出了嘘声，他们不再相信韩少。

开学后，韩少来找过我一次，他约我晚上在龙泉寺见面，那寂静的月夜里，星光闪着冷光，龙泉寺紧闭的大门从红色变成暗黑。万籁俱寂的夜里，寺里的灯盏在高墙内显得阴森可怕。

虽是立春，但夜风让人冷得打战。

韩少提来一个蛇皮袋子，说：那只猫在里面，你赶快拿去给安包吧。

我用手电光照了照，果然是一只黑猫，大小跟之前的那只差不多。我惊讶地说：韩少，真是一只黑猫啊。

他说：一只染色的黑猫。

果然，这只猫还散发着古怪的气味。

还是你有办法。

他说：我爸找一个开理发店的香客弄的。

我说：我替安包谢谢你。

他说：你赶快给他送去吧。

这只猫被送给安包时，他已经在床上躺了十多天，全身已经浮肿，眼睛已眯成了一线。见到他，我很难过，我跟安包说：我把那只黑猫送来了。

他吃力地想睁开眼睛，但试了几次，还是没有睁开。他想说些什么，张了几下嘴，没人能听懂。

曹婵说：安包，我马上帮你把魂从猫身上叫回来。

安包的眼角这时流下了泪水。

曹婶说：毛细，你愿意再帮一次安包吗？

她让我抱着那只猫来到龙泉寺后山的那片坟岗。

她要给安包再叫一次魂。

她一边唱，一遍撒米，我紧抱着那只猫紧跟在她身后。夜风从衣领灌进身子，我并不觉得冷，月夜里的星光闪着冷光，我也不觉得害怕。

她一直唱到她的家门口时，她最后大声喊了两遍：安包回来了。

这寂静的毛村，她一个人的唱声特别低沉，此时，我不禁打了一个寒战。

她在床头拍拍那只猫的身子，又拍拍安包的身子，说：孩子，现在你的魂魄已经从猫的身上回到了你的身体。

曹婶呆呆地看着安包。

我依旧还紧抱着那只猫没有松手，我一直这么紧抱着那只猫。

我问曹婶：猫该怎么办？

她说：把它系好陪在安包的身边吧，有了猫的声音，安包或许会安心些。

一周后安包死了。

他被埋在了龙泉寺后山。

有一天，我去龙泉寺玩，碰见了韩少，我把安包的死讯告诉了他，他几乎没什么表情地应了一句：嗯。

我此刻有些难过。

韩少说：我带你去看一样东西。

原来他带我去看的是那只黑猫的墓地，他已经把它移到了安包的墓地旁边，我问他为什么要这样做？

他说：龙泉寺的猫死后都对应一个人的名字。

这话是他爸说的，我不懂。

我问：是不是那只黑猫害死了安包？

韩少说：你信吗？

毛村的少年都这么认为。

韩少说：他们以为你害死了安包。

我？

毛村的年糕和东东，以及毛村的少年不再跟我玩，因为安包的病因我而起，都是因为那只吃鱼的黑猫。

我仿佛成了他们大人口中的灾星，所以他们远远地躲着我。

我用同样的口吻问韩少：你信吗？

他摇了摇头，说：我爸也不信呢。

我更为好奇的是那只被染过色的猫究竟是一只什么颜色的猫。我问他：你知道那只被染过色的猫是一只什么颜色的猫吗？

他说：我也不知道。

这令我的好奇心深受打击。

安包死后，从龙泉寺抓回来的那只黑猫在毛村又成了流浪猫。

我经常在毛村见它，因为我一眼就能辨认出它来，他的毛发从黑色慢慢褪去，春天的雨水已经把它还原成白色。毛村有人见了它，十分吃惊地说：真是神奇，那只从龙泉寺抓回来的黑猫还会变色呢。很多人见了，都很吃惊，他们觉得一定是安包的魂还在这只猫身上。

曹婶逢人便说：安包的魂还在那只猫身上。

他们想：要不然那只黑猫怎么会变成白猫呢？

我妈也信了，因为她在曹婶家里亲眼看见这只猫原来是黑色的。

我愿意一直保守这个秘密，我跟韩少说：那只染过色的黑猫原来是白色的。

韩少说：这事连他爸也不知道，因为那天夜里，我爸的朋友送猫时并没跟他讲过这只猫原来是什么颜色。

半年后，韩少也意外地死了。

这是我后来知道的事情。他死亡的症状据章镇卫生院的医生当时描述，像极了狂犬病症状。据他父亲说，他为了寻找一只黑猫，可能被猫咬伤过。

我特别难过，他们都说我是一个不祥之人……

毛村的人也是这么说的。

再没有人愿意跟我玩了。我只好蹲在屋前屋后，观察那只白猫追赶一只啄食的鸽子，但它并没有注意到我。

多年以后，我重新回到龙泉寺时，我想去看看韩少的父亲，听说他已经离开龙泉寺还俗了。之后，我偶然在一本《章镇志》上读到一段关于龙泉寺的文字记载：

　　1990年章镇龙泉寺发生猫咬人事件，疑似狂犬病死亡1人，韩某，14岁……

我继续翻了几页，是一则关于毛村的民间故事，写的是那只黑猫是如何变成一只白猫的，不过时间不是发生在1990年，而是发生在庆历二年，主人公也不是安包，发生的地点却是龙泉寺和毛村，故事也如出一辙……

这么算来，毛村的历史已有千年。

那天，我在龙泉寺烧香拜佛之后，并没有回到毛村，因为毛村已经不复存在，而那则关于黑猫和白猫的故事却流传下来。

——原载《满族文学》2022 年第 1 期，《小说月报》（中长篇小说专号）2022 年第 1 期

章山之铜

出门见山,便是章山群峰的最高山。我家的房子与它隔着龙泉湖滩涂、一片村庄,还有道路和楼房。

那条连绵的山峦看起来不高,有人却说它是家乡第一山。是高还是宽?我不知道。我问我妈,哪座是章山的主峰?

我妈说:家门口看到的山峰就是呀。

我说:这座山峰我好像爬过吧。

我妈说:是呀,两个鸡蛋的事你忘了吗?

要不是我妈说起我偷煮两个鸡蛋的事,我还真想不起来我什么时候登过章山的。那两个水煮鸡蛋的事,我有印象,那是我和毛蛋一起的午餐。

我妈还说,因为偷鸡蛋的事你还挨过我的打呢。

那些陈年往事也许是这样的。我一笑,说:小腿上的荆条落下的伤疤还在。

其实那块伤疤是水煮鸡蛋时被溅出的开水烙下的疤痕。这些往事重新勾起我对章山的向往。章山的天然洞穴和石头堆积的城砦是我们少年的乐园,我们常在那里藏猫猫。章山带有一种神秘的气息，少年在石头垒成的城隘中左冲右突，少年的嘶叫像战场的千军万马。毛蛋那时扮演的是战神将军，指挥我等攻城夺地。

这些年过去了，只要回到章镇，这种声音仿佛还在耳边回响。这次回来，我想再登一次章山，也好顺便看看毛蛋。

说起毛蛋，我又想起章果果。

章果果时常混迹于我们之间，像甩不掉的尾巴，又像幽灵一样神龙见尾不见首。我们三个人的关系，像三角恋，谁也说不清楚谁跟谁的关系。直到我去县城读高中，我和他们的关系才渐渐冷却下来。

我问我妈毛蛋和章果果后来的事。

我妈说，他们早分手了。

毛蛋和章果果中专毕业后，毛蛋在章镇街道办文化站做事，章果果在章镇初中教书。我呢，建筑学院毕业后在一家私人的建筑设计公司上班。

少年的毛蛋和我住在毛村，章果果住在镇上，现在他们都住在镇上。

下午，我给毛蛋打电话，他很是意外。我们在电话里寒暄了几句，彼此知道对方的一些近况。他说正在策划章镇的乡村文化旅游，我呢，也好考察一下章镇的民居风格，这也许对我的工作有些帮助。我们也顺便聊起少年时的那些事情，说着说着他在电话里哈哈大笑。当我向他问起章果果时，他忽然停顿了，他在电话里"哎"了一声，也许是一言难尽，也许是千言万语，他说：见面说吧。

我决定先去章镇看看章果果，此时正是暑假，学校早已空空荡荡。章镇初中也是我们的母校，我离开那里已有十多年了，这么说来，我和章果果、毛蛋也有十多年没有见面了。学校保安大爷说，她在本学期结束时已辞职了。

我离开章镇后，算来已有十多年没见过她。

章镇的变化，着实让我吃惊，要不是大门上那几个写有"章镇初中"的牌匾，我几乎认不出曾经读过的初中了。校园的建筑，那几排平房早已原地重建了三层教学楼和宿舍楼。

我来时的路，有一个巨大的广告牌，竟然是章镇当地某品牌内衣的广告，它几乎与路边的楼房等高，在炙热的阳光照射下有些刺眼。从毛村到这个广告牌，再从这个广告牌到章镇街道，已经不足五百米。繁华之外，一条机耕路弯曲地连接毛村，两边是几块水田和池塘。广告牌东边是一片新建的厂区，围墙里的厂房一片寂静，但高高的烟囱正冒着白烟。

说来奇怪，我在这十多年的时间里，没去过一次章镇，是因为一条新的公路，从县城修到了毛村，从县城开来的公共汽车在毛村设站，毛村站牌，就在这个巨大的广告牌下。

毛蛋在章镇街道办门口等我，他有些发福了，白色的衬衫差点裹不住他的肚子，发际线也已经后移。他笑着说：老同学，终于盼到你了。他客气地给我递烟，我说：不会。

在办公室，他向我介绍了关于章山故城的开发事项。这是他的工作职责，很明显的职业惯性让我觉得，他有强烈的强迫症，本来我是来和他叙叙旧的，顺便问问关于章果果的近况。但是我们的交谈是从关于章山的历史开始的，他说——

明末清初地理学家顾祖禹《读史方舆纪要·卷六》记载：自大冶县北二十里牛马隘山，连绵为章山，自章山以至县东九十里道士袱，脉皆相接……大冶县东三十里有张家㴇，源出县东北四十里之章山，流入江。

这种背书式的讲解，他已经熟稔。我不忍心打断，我频频地点头，让他觉得我已经认可了这种介绍章镇的方式。当然，我也是一个土生土长的章镇人，他所讲的，我很可能是第一次听过。史书关于章镇的记载，尘封多年，有一天突然被人讲起，惊愕之余，先是不信，随后又是深深的茫然和不知所措，然后却是表现出饶有兴趣。

我说：原来章镇是有文化和历史的。

毛蛋说：《大冶县志》记载，江夏郡有十四城，其一为章山。

这是我第一次听说章山故城的事，我问毛蛋：章山故城的具体方位在哪里呢？

他说：章镇的下陈村。

我又问：哪年的考古发现？

他说：1970年左右的事，听父辈说起过。

毛蛋跟我讲起章山故城的发现经过，有农民在章镇的下陈开荒时，发现了章山故城的城基遗址、粮库遗址、马墩遗址、太爷堂遗址，出土了一些汉代实物。

我问：这些实物在哪里可以看到？

毛蛋说：可惜的是那时的农民保护意识不强，有些出土的文物当时就被毁了。

我感到叹息和震惊，这么好的地方，我之前怎么没听人说起呢？

毛蛋又说：章果果的爷爷当时是章山公社的摄影师，他也许有这方面的照片记录。

他说起章果果,我忽然问了他:章果果,在忙什么呢?

他背对着我,没有回答。他转身时,从柜子拿出一包东西,说:看,这是章山故城出土的瓦片。

他不置可否的语气,似乎确信我也会这么看。

我打量了一会儿,又拿起来端详了一会儿放下,我不敢确信这些东西的年代。

我虽然在西安读书工作,以我对秦砖汉瓦的见识和理解,我已分不出这些已残破不堪的瓦片。它的可考的年代有那么久远吗?这些文化的残片被时光掩埋太久之后,它在照进来的太阳光照射下,依旧森森逼人。

他看着我疑惑的表情,故意干咳了一声,似乎在提醒我,这些东西必须出自那个久远的年代。我没有直接回答他,我说:我也有半块汉代"长乐"瓦当。

那是我参加工作不久,在一次郊游中,我在未央的一块麦地里捡到的。这一大片的麦地是汉代的长安城遗址。过去刨地时翻出的土疙瘩被雨水洗后,露出历史的峥嵘,坚硬无比。而章镇的这些瓦片,于经久的雨水浸泡后只剩下残片和瓦砾。

毛蛋苦笑了一下,说:章镇怎么能跟长安相比,那可是中国历史的珠穆朗玛。

他多少有些失望,我表现出惊讶的表情说:章镇有这么多史记典载,真是没想到啊——

我故意把"啊"的声调拖着尽量时间长点。

毛蛋说:毛细,你多待一些日子,也好到处看看。

我客气地说:我一定好好了解一下章镇。

他说：过几天，我带你见一个人，也许对你有帮助。

这个人叫章中宣，原来是县文化馆的文化干事，内退后回到了章镇。毛蛋说：老章这个人喜欢喝点酒，对章山故城颇有研究，你们能聊到一起。

与其说我对章山故城的兴趣，不如说这次回来，我想见一个人，大家一定想到了，她是章果果。我还是问问毛蛋有关章果果的近况，刚才他也许是太专注于向我介绍章山故城的史料和传说了，忘了回答我。

但当我看到他桌子上摆放的那张彩色的婚纱照，是一个我陌生的女孩。我又打消了念头，显然他们之间早已分手。

这些年过去了，为了避免彼此的尴尬，我没有再问。也许不问不知是最好，不见才是恰当的相处。

回到章镇这几天，我想一个人去章山故城实地看看。那里离毛村不远，步行过去，大概半个小时。它在连绵的章山南坡的下陈村，那片缓坡下的梯田，饱满的稻子摇曳着黄金般的铠甲，徐风而来的稻香在此刻仿佛等待那个解甲归田的人，但不是我。我是它的过客，也许过客都不是。

这一片起伏的梯田，像极了那年我走在未央的汉长安城遗址上麦田一样，谁知道这片土地上会有什么样的"土疙瘩"。农民耕田，犁铧翻耕带出了砖瓦，据说，还有人挖出了钺、斧和残破的瓦罐。两千多年前的先人，他们在此建立故园，在章山麓下龙泉湖畔捕鱼、狩猎、押运商船，贩夫走卒。

可以想象，他们的生活并非我所想的田园牧歌，城，对他们来说是一个安全的避风港。于是，他们依山傍水，举其所有建立了一座足以抵抗盗匪和流寇的城寨。但是，谁能保证它不会毁于战争、瘟疫、时间呢？

此刻，我面对它，早已看不出任何蛛丝马迹，它像微风吹拂，然后又归于平静。

路上，我遇见一位农人，跟他打招呼，询问了关于章山故城的事。

他若有所思说，好像有这么回事。

然后又摇摇头，可见，他并不关心这里以前有什么，而是现在种了什么。

我又问：耕田时有人挖出过瓦片或城砖吗？

他说：没有。

我又问：你想想，以前呢？

他有四十来岁，也许并不是他所经历的。

后来我又遇一老人，他指着我看，山边的那片梯田，几十年前在龙泉湖围垦时，"五七"干校的学生青年，在这里开荒时，挖出了一些瓦砾和城墙的遗迹。他说，那个饥饿的年代，谁还在乎这些玩意呢。

这些事不太遥远，再问都无法提供确切的影像与文字。

我继续向坡地走去，几十年前的那场大炼钢铁运动留下的半截砖炉还在，蜂窝状的铁渣散落在周围。

我忽然想到那些旧物是否也被融入大炼钢铁的泥炉中？

那时候山野间到处唱着：

到处炼钢，啊——到处炼钢，啊——家乡星光灿烂，那是在挑灯夜战，啊——到处炼钢，啊——到处炼钢……

我妈也会唱这首歌，她却从未给我讲过章山故城的只字片语。

我站在环山路上往下看章山故城遗址，其实所谓故城不过是先人在汉代生活的城寨，在自给自足的生活中养马放牧，养蚕针织。古往今来，山穷水恶，休养生息居不易。

我继续往坡上走，有一条路可以爬上山去，这山不高，只是章山群山的余脉，再沿山岭走，穿过两座小山岭便可达到章山的主脉。小时候，在凉山古道上，章山的石头城砦上，少年的仿声厮杀正在耳畔回响。是的，那时的毛蛋和章果果们，正在上演一场远古战争的模拟现场，每次毛蛋总是胜利者的姿态，章果果是军中花木兰……

现在布满荆棘的山路，阻挡了我的前行。

想起这些，我下意识地摇了摇头，章山故城原来不是传说，似乎在少年游戏中的演绎……

第二天，毛蛋约我去他办公室见章中宣，头发稀少的他正和毛蛋侃侃而谈，从他们的聊天中，我得知他正在着手编撰《章镇志》，关于章山故城，关于章镇的村史和文化。我们见面后，他显现的热情出乎我的意料，他热情邀请我和他一起对章镇进行一次田野调查。他说，以后你叫我老章吧。

老章说话时笑眯眯的表情给我留下了亲和的印象。

我答应了他的邀请。

老章特别交代我，必要时风餐露宿。需要我准备好帐篷、干粮、手电、指南针、蓄电池、相机，还有防身的洛阳铲等设备。我是户外爱好者，我有自己的一套装备，这对我来说，轻车熟路。

我好奇的是在我的家乡章镇，方圆不过五十平方公里，坐车一天可以来回好几趟，这需要露营吗？

老章见我一脸疑惑，解释说，章果果的想法。

我十分地诧异，说：她不是放假去了外地吗？

老章笑说：她听说你回来了，正在返回章镇的途中。

毛蛋说：毛细，你应该见见章果果，她有章山故城的一手资料。

我想起来，章果果的爷爷还是章镇百花照相馆的老手艺人。我记得我去章镇百花照相馆找章果果时，百花照相馆的墙上，挂着一张黑白相框的照片。

照片上的那个人很年轻，是章果果的爸爸，但他已经死了好多年。关于死因，只有章镇几个上了年纪的人知道，章果果却闭口不谈，关于她爸爸的事，隐约听说，是被人打折了腿后，上吊自杀的……

毛蛋的话提醒了我，章果果家的一些老照片，可能有关于章山故城的旧照片，是她爷爷留下的。我觉得有必要见见章果果。

在毛蛋的办公室，老章跟我聊到章山鼎的传说：

宋文帝元嘉十三年（436）四月辛丑，武昌县（属江州管辖）章山水（大冶湖）侧自开，出神鼎，江州刺史南谯王义宣（刘义宣）以献。

这是《宋书·符瑞志》上的记载。

南谯郡王刘义宣为什么要编造章山鼎的典故，江南之为国盛矣，因为他想造反呀。古章山产铜，也是冶炼青铜技术的发源地。

也许是南谯王叫人在章山提前造好一个铜鼎,埋于大冶湖。一天洪水冲刷,章山铜鼎出现,于是有人惊呼:神鼎。

鼎,作为皇权的象征和祭祀神物,民间不可能私自建造和收藏。

老章说:章山鼎值得大写特写,是章山的灵魂。

毛蛋说:可以重新铸造一尊章山鼎呀。

老章说:寻找一尊铜鼎比仿造一尊铜鼎更有意义。

内退后的老章并未闲着,他一直在收集章镇的民间传说和文化历史。当然,这些所谓的章镇史话对于章镇文化的正当性,他都能自圆其说,比如《山海经》中关于章山的记载是"又东三十里,曰章山,其阳多金,其阴多美石"。意思是说章山的南坡产铜,北坡产玉。对于《山海经》记载章山的这句话,老章还专门写了一篇文章发表在当地日报副刊。这特征挺符合章山山脉东西蜿蜒、南北侧卧的走向。对于志和史,老章有自己一套独到的理解方式。

这更加坚定我对章镇的田野调查的必要性。

我见到章果果是在三天后,她来到我家看我妈,她给我妈拿了一盒玫瑰糕。

哦,这种玫瑰糕我以前在丽江吃过。她一头短发,穿着牛仔裤,蓬松的短发依旧是十多年前的打扮,只是皮肤变黑了点,个子高了点。我笑着对她说:还是个假小子。

她当然知道我若有所指。章果果牙白,笑起来怎么都好看,她说:你还是我手下败将。

我怎么能赢她?她自夸是军中花木兰,每次打水仗,当然只能是她赢。我作为"敌军",既不能成义也不能成仁。

她让我尝尝玫瑰糕,我笑着说:你是要贿赂我吗?

你那么黏人,需要我贿赂吗?

她也是若有所指。

我接过玫瑰糕,咬了一口说:嗯,味道不错啊。

——我故意表现出很夸张的表情。

于是,她借机给我说起这玫瑰糕的特点来,关于它的做法、成分以及营养价值,她滔滔不绝地给我讲了好多。

这时我妈从屋里出来,她责怪我都不知道给果果拿凳子坐,她搬来长条凳,说:你们一起坐吧。

出门看章山,西斜的太阳挂在章山的主峰上,下午的热气并未散去,我们坐在樟树下,太阳正一点一点地从章山群山落下去。

章果果说:章山的主峰,真大。

我也认真说:章山的主峰,真大。

章果果笑了,她的笑声爽朗。其实,我是不由自主地这么说的。

我妈问我:你们为什么事这么高兴呀?

章果果说:章山真大。

我妈感叹说:是啊,章山真大。

这是我多年后第一次跟章果果聊天,从下午一直坐到夏夜的星光灿烂,我们回想了少年时代的章山秋游活动,她从来是喜欢跟我们男生一起玩,特别是我和毛蛋。有时,她的热情甚至让我误会,所以,便有了我夹在毛蛋与她之间的情感旋涡里,但我总是败下阵来。

章果果问我:你在想什么?

我说：章中宣让我们做章镇的田野调查，你知道吗？

她点了点头。

我说：没想到的是你。

章果果笑着说：很好奇吗？

我说：我对章镇充满好奇。

她说：你对我好像并不关心呀，为什么不问我的情况？

我想：她大概是指她已经辞去公职的事吧。我说：你有自己生活的方式，挺好的。

她略带忧伤的口气，说：这些年，我太喜欢摄影了，可能是受我爷爷的影响吧。

我好奇地问她：你是为了自己爱好辞去工作？

可以这么说吧。

我说：我想看看你爷爷拍摄的老照片。

她看了看我，并未马上回答我。

她说：你怎么知道我爷爷的那些照片？

我说：毛蛋告诉我的。

她迟疑了一会儿，说：是有的人吧？

有的人？她是指老章吗？

这事未免有些唐突，我没有再说下去，她也未答应我所说的事。

或许是老章告诉毛蛋的，毛蛋怎么知道这些尘封已久的事情呢？

我想了想，这或许也是老章邀请章果果参加这次所谓的田野调查的缘故吧。

老章开一辆旧皮卡车来毛村找我，毛村平时很少有外来车辆进来，这车子喇叭一响，全村的人都知道老章是来找我的。

我妈说：老章搞的什么鬼呢？

原来老章在毛村的印象不大好，这大概跟他收藏破铜烂铁的瓶瓶罐罐的东西有关吧。

我妈的意思是老章不应该大张旗鼓地来找我，别人会以为我跟他是一伙的。我问：老章曾有什么劣迹吗？

我妈说：倒是没有，有人疑惑他这么做的目的呢。

我解释说：老章在做一件了不起的大事。

我妈说：他能做什么事呢。

我说：章山故城，你听说过吗？

我妈想了想说：那个地方早毁了。

看来章山故城确有此事。老章给我准备了户外露营的全部装备，他说：另一套户外露营装备是给章果果准备的。

老章想得真周到，他是有备而来的，可见他已经准备了好久，只是等待这次机会罢了。

我问：这次田野调查需要几天？

他说：几天时间吧。

我们约定两天后在章镇人民政府门口集合。这两天，我想让章果果陪我去采购一些日用品，毕竟她对石城熟悉。我给章果果打电话时，她正在石城举办个人摄影展。也好，我顺便去看看她的作品展。

展厅是由石城水泥厂的老厂房改造而成的，射灯打在白色的砖墙上，她的一幅幅人物、建筑和厂矿工业作品呈现在我眼前，真没想到，章果果还有如此艺术才华，令我刮目相看。我夸她的摄影作品有着丰富和强烈的画面质感，风情差异，作品背后凸显的是深厚的人文和社会价值。

她反而惊讶地看着我，好像不相信自己的耳朵。

然后，她开心地笑了，我点头表示我所说的，是肺腑之言。

我流连了很久，她一直陪着我看完整个展厅，虽然我对摄影理解不多，但不妨碍我对她作品的赞美。她的摄影作品给我一种强烈的反差感和陌生感。也许，所有艺术都是相通的吧。也许是我对她的赞美释放了她所表达的话题。

她忽然对我所学的建筑设计专业有了兴趣。她问：建筑对美学追求是不是比摄影对美学的追求要求高？

我一时语塞，不知如何回答这个问题。

她笑着说：这好比男人对女人的追求和女人对男人的追求方式不同，对美的向往也不一样，你觉得呢？

我当然没意见。

我不是一个善辩的人，再说这是一个跨行业的专业问题，也不是一言两语可以讲明白的。

她看得出我试图回避这个话题，她接着说：你怎么看待我的人物摄影的？

哦，她很在意那些人物摄影，或者说她很在乎我对她作品的看法。

我说：你是指人物摄影吗？

她点了点头说：本来我想搞一个人物摄影展的。

我听她在我家时跟我隐约说过她对人体艺术摄影的喜爱和追求，当时我并未在意。

我开玩笑说：你看我适合做男模吗？

她瞪大眼睛打量我说：嗯，你那身材还是算了吧。

我故作认真说：我可以穿衣服试镜呢。

章果果说：我怕你居心不良呀。

参观完她的摄影展后，她带我去了中百超市，我们买了一些饮用水和食品水果。她坚持要付账，我只好作罢。她给出的理由是我很辛苦地看完她的摄影展。

这也算理由吗？

她说：当然是，何况你是这个世上懂我摄影的人。

我想这种廉价的赞美对每个人来说，也许是必须的。

我们从章镇出发的那天早上，不巧下起了小雨，我问老章：计划有变吗？

老章说：风雨无阻。

我在西安的时候，外出时也遇见过这样的情形，甚至在穿越秦岭时还遇到过险情，一次的山体坍塌发生时，死神与我擦肩而过。我在告诫老章这样的天气很容易感冒生病和发生其他危险，但老章显得信心十足和雄心勃勃。他说：你们放心吧，即便是深山里，也有躲雨的地方。

章果果当然信了老章的话。这次她大包小包，像要出趟远门，行囊显得夸张，特别是脖子上挂着的数码单反相机，以证明她的专业精神。她显然不愿放弃这次机会。

她信誓旦旦说：章镇没有章叔不熟悉的地方。

当然，我的行囊简单，一个中包足以装下我所有的日常用品。

我绅士般地接下了章果果的大包小包。

老章说：章果果，你以为这是旅行吗？

章果果说：章叔，我这包里的东西不重，全是给毛细买的吃的。

我说：我有那么贪吃吗？我可是你理想中男模的身材啊。

老章的表情很诡秘。

章果果说：看来，这些吃的配得上你的嘴巴。

我和章果果坐进了后排，老章发动马达时，这辆皮卡像快要散架似的，不一会儿，才有了坐拖拉机的感觉，噪音和颠簸随之而来。虽然是雨天，但车内还是热气腾腾，空调吹出来的风略带潮湿的泥土气味。我说：老章，为了省油你还是关掉空调吧。

老章开着皮卡向东驶去，其实也只有十多分钟的时间，我们便到了章镇的最东边，也就是章山最东边临江临湖的地方。老章说：我跟一个朋友说好了，今天因为下雨，我们坐船考察，晚上可能住在船上。

章果果严肃地说：我少拿了一样东西。

我问：忘了什么呢？

章果果说：泳衣。

她似乎又在设置语言圈套，我说：我可以帮你拍照。

章果果说：毛细，你有贼心但没贼胆吧。

要不你试试看。

我装模作样地对老章说，老章，我们去河口镇，我给你也买条泳裤吧。

老章说：你们两个人，没大没小。

一路上，章果果显得格外兴奋，却没一句正经话。看来我之前的担心是多余的，章果果并未对老章心有芥蒂，他们之间轻松地开着玩笑。

这时，有人给老章打来电话，声音老大了，我们都听得见，那个人说，他在下径围，让老章把车开到那里。下径围，我知道那个地方，汛期的时候，防汛的人在那里日夜蹲点。那里曾经在1998年破堤过，洪水淹没了村庄。

老章向我们介绍说：这是滨湖村委会主任刘永。

我们向他打了招呼。刘永说：我已经为你们准备好了驳船，从上径港出发经太白湖、黄塔捕鱼、龙泉湖，然后到达五湖再返回上径港，大约需要一天时间。

刘永把午饭安排在黄塔捕鱼，我们乘船继续前进，他开着老章的皮卡在那里等着我们。

我们上了船，我们向湖心驶去，湖对岸是阳新县的韦源口镇，但我们这趟的目的地不是对岸，而是向西，大冶湖在我们章镇段叫龙泉湖，在韦源口镇段被称为太白湖，过章镇，与汪仁镇交界段又叫五湖，总之一个湖被每个地方的人叫成不同的名字。这好比连绵的六十里章山在每一段的名称也不相同，在章镇，它是章山，往西的汪仁镇被称为湖山，再往西的四棵乡它是黄金山，再西去，现在叫铜绿山。但据汉朝的《史记》记载，它被称为章山。可是"章山"叫到现在，只剩下我的故乡那一截群山的名字。以后，有可能只剩下文字的记载，章山是否会换一个叫法，我不知道。

老章的安排，让章果果对他一路赞叹。

当我向老章问起这样的安排是否是毛蛋的主意时，章果果顿时把头扭过去，她从船舱走向船头，说：湖景真的好美。

她的话吸引了我。

蒙蒙细雨，眼前美景，如画如黛。

她说：站在船上远看章山，就像在船上看你。

章山自有人类活动以来，石龙头古人类文化遗址是章山文明的有力证明。可惜的是古人类居住的洞穴在1971年炸石兴修水利时被炸毁。它俯瞰着大冶湖和长江，在这片生生不息的土地上，太久的史料已经成为故事和传说。

我有那么伟岸吗？

章果果说：我说的是你好渺小呀。

我又一次落入她说话的圈套。

不过人的渺小在同类看来向来掺杂了情感和反讽意义，对自然的敬畏，也是我这次出行的目的。

驳船到达黄塔捕鱼时，已近中午，雨停了，下船到黄塔捕鱼，这是滨湖村委会的所在地，吃完午饭休息了一会儿。村长给我们讲了关于黄塔捕鱼的历史，这块地方原来是黄氏宗族先人的墓地。直到北宋大冶设县时，传说在阳新县令和大冶县令跑马圈地时在此地画地为界，黄塔捕鱼竟成了后来阳新县的一块肥地。自章山公社设立起，黄塔捕鱼才划归滨湖村管辖，但是保留下来的七层砖塔和祖坟地依旧作为黄庭坚后人阳新分支拜谒之地，但好几百年的黄塔可惜在"反四旧"时被当地农民拆掉建房了。

老章说：在此不远，坐船经过庙儿嘴时，那里以前是一座寺庙。

我记得寺庙还在，我小的时候我妈带我去过。

寺庙还在，黄塔已无，老章苦笑。

告别了村长，我们继续坐船沿着大冶湖岸行驶，驳船的马达传来轰鸣声惊起湖光山水荡漾，水鸟四处惊飞。章果果架起相机，对好长焦，一阵狂拍。老章站在船头，望着远处抽烟，我躺在甲板上看着天，天上的乌云密布。驳船开得很慢，章果果很夸张地尖叫：哇，太美了！

天空越来越开朗，水天一色。

老章感叹说：大冶湖里沉有青铜器。

我顿感吃惊，但我又觉得老章的话不可信。

他告诉我，半世纪前围垦时，有人发现过少量的铜器残存。

老章说：我此生的愿望是建立一座"章山之铜"的收藏馆。

"章山之铜"不是传说，却是史说。后来我听老章说，《史记·货殖列传》武昌（秦汉时章山属武昌郡）有"章山之铜"的记载。"章山之铜"搭乘商船经眼前的大冶湖通长江，西上巴蜀，东去吴越。

但我依旧好奇的是一些民间故事和传说正成为现实。

老章信心十足说：我一定会把收藏馆建成。

章果果说：章叔，我要去你的收藏馆办个展。

我笑着说：老少不宜。

驳船继续沿湖西行，湖岸的北边不远看一看连绵的章山，它的主峰也在眼前，最近处仿佛伸手可触。到达五湖的时候，已近黄昏，驳船打算在此停靠。船手就是这个地方的人，他的家在章山主峰下的狗儿凼，他晚上回家了。

章果果说：晚上的篝火晚餐，湖畔诗歌不错的地方。

章果果给我分配了任务，她吆喝我去五湖村集市买东西。但老章正好要去那里，原因是他要去那里见一个人，顺便把东西采购了。

章果果不放心老章，她特别写了一张字条，把要买的东西全部写在纸上。

老章说：我不至于老糊涂了吧。

章果果说：你心里装的是章山和大冶湖，已不食人间烟火。

傍晚的渔村人家，湖光山色倒映。

章果果问我：你觉得章叔的"章山之铜"有意义吗？

老章的收藏馆其实是在自己的那片院墙房屋修建的，他把自己的老宅改造了，搞起了收藏，名曰章山之铜的收藏馆。可是，它不是一座真正意义的收藏馆，它跟青铜没有一点关系。

章山之铜，名称听起来不错。

我没有接章果果的话说下去。我心想：这又有什么关系呢，老章的收藏馆可以说跟章山没什么关系，甚至跟章镇没有一点关系，这又有什么关系呢？

老章不过找到了一种自己的生活方式而已。但章果果显然不这么看，她竟然告诉我，老章醉翁之意不在酒。至于老章最终要干什么，她隐隐觉得这事没这么简单吧。

我问：你发现了什么？

她说：直觉告诉我的。

我说：你多想了。

章果果勉强一笑，说：也许是吧。

章果果为我和老章做了荷叶包鱼，这做法是她的首创，今天才想出来的。她剖好鱼，撒上味料，腌制了半小时，然后用荷田的荷叶一层一层把它包裹好，用泥巴再抹上，埋进篝火堆里。大约半小时后取出，一道色味香俱全的美味佳肴烤好了。

那晚，我和老章喝了不少酒。章果果为我们助兴，唱了一首当地的山歌：

郎在山中打短工,姐在房中绣芙蓉。芙蓉不绣对山歌,口唱山歌心也动。阿母催我绣芙蓉,骂我唱歌发了疯。山歌本是古人留,阿母年轻比我疯。

老章说:果果长得果好,歌也唱得果好。
("果好"章镇方言:真的好。)
我说:这山歌听你唱呀,老章的酒没少喝。
老章笑我真没情趣和情商,说:章果果是唱给你听的。
然后,我们一起哈哈大笑。
那晚,老章和快乐的章果果谈笑风生,章果果对老章的不信任,老章一副若无其事,他们却相安无事。
白天下了点小雨,晚上的星空被洗得更加明亮。
因为刚下过雨,地上的湿气大,加上老章喝多了,章果果不忍心他晚上睡在岸上的帐篷里。老章回到驳船上休息,我帮章果果支起了帐篷,章果果说:你们男人为什么要喝那么多酒?
他大概是高兴吧。
她说:你呢?
我陪你们高兴。
她问我:这次回到章镇有什么打算?
我摇摇头,说:我、我妈最近身体不好,我回来看看,我没什么打算。
我问她:你有什么打算?
她笑着说:这算是对我的关心吗?
我说:艺术和生活是两码事。
她又一笑,说:我想把艺术活成生活,你不懂我。

也许她是对的，我对她的了解还停在少年时期。我说：老章那样也挺好的。

她再没有接我的话说下去。篝火的火焰慢慢熄灭，漫天只剩下星光，不知沉默多久，我们才回到各自的帐篷睡觉。

第二天一大早，我还没醒来，老章和章果果不知去了哪里，只见行李都在船上。

我问船手：他们去了哪里？

船手说：他们说是去找一个人了。

什么人需要老章和章果果两个人一起去呢？我很是疑惑不解。船手说，他是章畈这带有名的风水先生。这个人大概就是老章昨天去五湖村要见的那个人吧。

船手说：听说这位风水先生上知章山五百年。

我笑了说：有这么夸张吗？

船手也笑了，说：大家都这么传的。

我在船上等了一会儿，果然，他们一前一后带来一个人，他一瘸一拐地过来。走近时，发现这个人竟然一只眼是瞎的，看他苍老的面孔足有七八十岁吧。老章管他叫吴先生，我也只好这么称呼他。

于是，我们坐上驳船继续往西。船上的人都在听吴先生讲大冶湖围垦的事，关于这片湖区的种种见闻和传说，亦真亦假，大都被吴先生演义和神话。

老章问吴先生大冶湖沉船遗址的事，他掐指一算：已有两千多年，最晚的船运是光绪二十四年结束，以后大冶章山之铜改为陆运，其间大小沉船近百余次，史料记载却寥寥无几。

我问：为什么？

吴先生说：瞒报漏报。

这些沉船遗址大都位于章山的大冶湖一带，从殷商一直到光绪年间，三千余年。

吴先生所说，囊括章山所属武昌、鄂州、兴国等属地改变，但章山作为地名始终不变。从浩瀚的史料中，他旁征博引，但列举"章山"地名很多，大多无证可考。老章在一旁认真记录，我怀疑他的假说和据说下一步是否成为老章对于章镇故事的旁证。

大冶湖烟波荡漾，在浩浩荡荡的时间中，到底掩埋了多少秘密，没人知道。

下午，驳船掉头返回时，天又下起雨，这雨越下越大，丝毫没有停歇的迹象。

老章说：天公不作美，恐怕这次田野调查要半途而废。

章果果说：雨中登章山不更是另一番滋味吗？

我说：你以为是泰山，可以拾级而上呀。

老章遗憾说：雨越下越大，等天晴再说吧。

老章让我和章果果从陆路返回章镇，他一个人乘船返回上黄塔捕鱼，因为他的皮卡还停在村委会，他的用意显然是要我们送吴先生回去。

章果果很不高兴，不过有我陪她，她还是背着行囊下船。吴先生回到章畈后，章果果问我有什么计划。我想了想，摇摇头，这雨越下越大，万籁俱灭的章山南麓，连同公路上汽车的马达声和胎噪都淹没在雨声里。

章果果神秘地说：我带你去看一样东西。

她带我去她家看她爷爷的遗物：一台老式相机，一些关于章镇的老照片。这些发黄的黑白旧照片，时间跨度有半个多世纪。从这些照片中，可以窥见章镇的历史钩沉，多数照片是大炼钢铁、农业学大寨和围垦的劳动场景。我在一堆发黄的照片中发现几张农民挖出的残砖和瓦砾的场景，我们都不敢肯定拍照的地点是在章山故城。

我问她：这些照片拍的是章山故城遗址吗？

她说：不确定。

章果果告诉我，她爸死后，她妈改嫁了，对于妈妈，她一点印象也没有，那时她才一岁多，她是由她爷爷带大的。她带我看了她爸年轻时的照片，这张照片正是我少年时代在章镇百花照相馆看到的那张照片。

此时，她的眼眶里强忍着泪水。

她擦拭完泪水，捋了捋头发，说：这件事已经过去了快三十年，但我始终忘不了。

我不知如何安慰她，我问：你父亲还有其他照片吗？

她说：还有一张，但我看不清他的脸。

她突然放声大哭，让我不知所措，我的话触动了她的痛点，我解释说：我、我无意这样，请你谅解。

她哭过之后，心情反而释然。

她说：对不起，我有些失态了。

我转移话题说：你爷爷拍的照片让我感到震撼。

她说：有些照片，他一直锁在抽屉里，我不忍去看。

我怕又触及了她的伤心之处，不再谈及照片的事。

她接着说：你是第一个见到这些照片的人，我并没打算给其他人看。

随后，她打开那个带锁的抽屉，把一个小牛皮纸信封递给我，说：我送你一张翻拍照片吧。

我已经猜到这张照片是她所说的"不忍去看的照片"，我当时没有打开信封。

她说：有人劝我把这些照片交给章叔的"章山之铜"收藏馆，我没同意，原因是它是我爷爷的遗物，我不能随便处置。

我想：她是否还是对老章所做的事，并不放心。

她又说：他的收藏馆根本配不上我爷爷的遗物。

她说出这话时，表情充满怨恨。

章镇的这场雨下了好多天，湖水一直在涨。防汛期又开始了，田野调查的事彻底搁下来。这趟回来，我对章镇的了解多了一些，对于章镇的变化，我几乎是不认识了。我少年时候的村庄和田野，一部分成了工业园区，一部分成为公路和铁路，还有一部分成为某某小区。

我妈看了我带回的翻拍的那些照片，她的表情一下子凝重起来。

我问我妈：你认识照片上的人。

她摇了摇头：时间隔得太久了……

正如章镇，它对我来说不过是多年的一段残缺的记忆，但已是物是人非和沧海桑田。

接着，汛期汹涌而来，我只好提前结束这次章镇的行程。

章果果说：毛细，等你下次回来，我们再进行章山之行。

她约我在章镇的福来酒楼为我饯行。

她为我点了三道家乡的菜肴：粉蒸肉、莲藕排骨汤和红烧胖鱼头。这些都是我小时喜欢的菜肴，她真是用心。想来，这次回家是我待的最长的时间了，这段时间真是麻烦她了。我跟她说了很多客气话，她显得拘谨而不习惯，我们之间似乎又陌生起来。

她问我：什么时候再回章镇？

我说：老章的"章山之铜"开馆之日。

她略带感伤，说：如果这是一件遥遥无期的事呢。

我说：怎么会呢？

她说：你凭什么对章叔这么信任？

我说：因为你。

她很是诧异，仿佛看着一个天外来客。我连忙解释，因为你爷爷留下的那些照片，我妈确认过了，拍摄地点就在下陈村。

她勉强一笑说：我还以为你是因为我呢。

章果果并不在意那些照片的事，她对老章的某些误会，由来已久，我并不知晓。

我扭头望向窗外，此时的大雨如注，不远处的章山笼罩在雨雾之中……

我回到西安后，跟章果果少有联系，各自忙碌，只是偶尔发条信息问候一下。倒是老章经常打来电话跟我交流关于章镇和他的"章山之铜"收藏馆的事。偶尔，他跟我聊起章果果，他说章镇太小了，已放不下章果果的想法。

我对章果果由衷敬佩，我觉得一个小镇的女孩，因为艺术，因为梦想，她这本身就是坚守。

后来，章果果到西安拍片，我开车陪她在终南山转了转。但她对秦岭脚下的关中民俗博物院很是淡然，并没表现出应有的好奇。

我想，如果换成是老章，我们之间一定有好多可以探讨的问题。民俗器物更是一部活着的历史，如果老章看了后，不知有何感想。

我问章果果：老章的收藏馆准备得如何了？

她说：他已经把自己的房子翻修好，有些展品已经布置好。

我想起她爷爷留给她的照片的事，不知她是否捐给了老章的收藏馆？但是我没问她。

我问她对老章的收藏馆如何看？

她说：章叔不该沉迷这些东西。

她的回答让我再一次感到十分的诧异。这句话从章果果嘴里说出后，我觉得自己也陷入了一种无能为力的境地。我之前挺看好和支持老章的，他的私人收藏馆对章镇来说，是人们对接历史和文化的一种捷径，至少我是这么认为的。

章果果并不这么看。

其实，我在陪她去秦岭拍片时，对她已有所了解。

我们在翻越翠华山时，秦岭山里住着一户人家，土坯房里收拾得干干净净。这户人家的主人收集了很多秦岭移民人家的农具，这些弃之不用的农具整齐地摆放在屋里。围院内的石磨、碾子、石槽堆满了院子，甚至是过去农户用过的粗碗和坛坛罐罐，都收藏了起来。

那时她感到不解，问他：这些旧物是卖的吗？

那人说：不卖。

她又问：花钱买的吗？

那人点了点头。

章果果说：留住乡愁？

那人说：不，是历史和文化。

离开之后，章果果问我：历史和文化真的那么不可分割？

我本可以试着去回答她的问题，但是，我不打算回答了，我摇了摇头。

我想了想，我们对接历史的方式是否可以模糊起来，存在于另一种更好的媒介？

那是一个秋高气爽的时节，秦岭沐浴在阳光中。我背靠在一棵茂密的枫树下，向山下望去，环山路上的汽车如甲壳虫一样来回穿梭。枫叶未到红叶时，"咔嚓"一声，章果果按下快门。她问：你像哲人一般，好可怕呀，你在想什么呢？

我说：秦岭，无数座山。

继续向上攀登时，我什么也没想，人无论站在山岭，还是坐在山岭，都比不过一棵树高大。章果果躺在草甸上，她看着无限辽阔的天空。

章果果说：白云啊，好白，每一朵都是白的。

我想起了好多年前，我们在章山，少年时的章果果在某个白云很白的天空下，她依旧那么说的：白云啊，好白，每一朵都是白的。

对于亿万年后的秦岭，或者说亿万年后的章山来说，人类也是它们的过客，但人类总是不甘心。关于它的蛛丝马迹，我们又能保存它多久呢？

章果果所说的对于时间和物的"不要沉迷"，她也许是对的，但谁又说得清楚呢？

过了多久，我不知道。她躺在草甸上睡着了，可能是爬山太累了，也可能是秋日的阳光照在秦岭山上，太迷乱了。她躺在我身边，把遮阳帽盖在头上，发出轻微的鼻息。

章果果回章镇时，我送给她一尊作旧的铜鼎，这尊铜鼎是我让朋友根据史书记载的"章山神鼎"铸造的。

章果果开玩笑说：原来章叔寻找的"章山神鼎"被你私藏了。

我说：做个纪念吧。

章果果说：难道你不想跟我说点什么吗？

是的，是该说一些什么了。章果果在西安待了快一个月，她白天忙于自己的摄影，在偶尔几次作陪中我跟她之间除了章镇的话题外，好像没什么要说的。

我清了清嗓子，做出要对她说话的准备，但是又不知道要说什么。

还是章果果打破了我们之间尴尬的沉默，她又问：有空回去看看章叔的收藏馆吧，毕竟，这也是你的心结。

怎么说呢，这是跟我所做的工作有关吧，在历史的残片中找到建筑的美学意义，是我的工作追求。

我说：我一定会的，我还要去看你的摄影展。

她笑了笑，很勉强。临别的时候，我礼貌地同她拥抱，她却紧紧地抱住了我，就在那一刻，我仿佛听到她的内心万马奔腾，而我却五味杂陈。

三个月后，我应毛蛋之邀，回到章镇，负责刘湾村落的改造工作。毛蛋说：老同学，这项工作非你不可。

他认为我对章镇是我的家乡，对我来说再熟悉不过，更重要的是他以为这是我专业所为，一定能够做好。其实，我所学的建筑设计专业跟乡村建设没什么关系。

我只好勉为其难地答应他。刘湾正好在章山脚下，从章山的石龙头一直向西延伸到铁铺垴。我之所以答应了他，也是趁这次回家的机会，完成上次未完的章镇的田野调查。

刘湾的乡村改造，毛蛋邀请了老章作为唯一的顾问，我与他又有机会一起了。

他是一个浑身散发故事的人，无论走到哪里，总是拿着记事本不停地记录，这几年老章做过的笔记已有一麻袋了。所以，他对章镇的故事如数家珍，我想听听他对刘湾乡村改造的想法。

老章客气说：我还想听听你对"章山之铜"收藏馆的意见呢。

他的这句话又勾起了我对他所要做的工作的好奇，我问他：老章，真能找到"章山之铜"沉船遗址吗？

老章说：一定有的，它像睡莲一样沉在湖底几千年了。

我说：典籍中却未见记载。

老张不以为然说：青铜在秦汉时期作为一种国家战略物资储备，沉船事故是要被株连杀头的，谁敢上报朝廷呢。

依照他的推测，"章山之铜"一定埋于湖底某处，"章山之铜"可能是铜钿，也可能是青铜鼎，还有可能是铜料。既然他如此笃定，我想他一定是有了物证或线索吧。

我问：老章，你是不是又有了新发现？

他诡秘一笑，这种笑容，上次我见他，也有过。

我说：老章，我什么时候去看看你的收藏馆吧。

老章说：随时欢迎。

章镇的春天今年来得特别早，漫山的杜鹃花开，紫色的多，红色的少。这季节也是章果果外出摄影的时候，她约我登章山，是要攀登章山的主峰。我已经好多年没有登过章山了，我答应她。

登章山时，又见少时熟悉的景象，荒芜的石头城阙，废弃的寨园，一条上山的小道，已经被茂密的丛林遮蔽。以前这里是有人家住的，至于什么时候搬离的，没人知道，也没有记载。章果果说：你站在此处，我给你拍一张吧。

寂静之处，随着一声"咔嚓"，惊出一只野鸡飞出草林。

再往上走，更是艰难，山路已找不到出口，到处是荆棘满地。

章果果说：人迹的荒芜和草木的繁茂才是章山的本来面目。

我点了点头。

她的所说，在我面前总是那么富有哲思。我以为她应该去做刘湾的乡村建设规划顾问，她的好多想法，无论是她有限的抵抗，还是她决意的坚守，都是属于她自己的。她对摄影如是，对感情如是，对自己也是如是。

前头已经没路了，章果果问我：还继续往上走吗？

我说：是不是我们走错路了？

章果果说：以前，我们爬山时走的就是这条路。

那时的路，砍柴人上上下下，每一处被人踩得结实，甚至寸草不生。现在这条路上，灌木丛生，多年已经没人走过。

我记得这条路……那时我走过，现在没有了路，我们只好原路返回……

下山时的路更难走，我几乎是搀着她下来的，以前她在我印象里，并不是一个柔弱的女孩，根本不需要我的格外照顾。

也许是累了，她的身体几次靠向我肩膀的时候，被我借口躬身系鞋带避开。

为了避免过分的尴尬，我们聊起了刘湾乡村改造的话题。

我问她：有什么好的建议？

她脱口而出：可以搞成艺术村，请一些艺术家们把刘湾的房子涂鸦成他们喜欢的样子。

她是一个理想主义者，而我要做的事，也许跟艺术没一点关系。根据章镇镇长的意见，刘湾的改造，主题风格是"红色文化"和"乡土文化"两条主线。以前我的想法，也是我的一厢情愿。章果果的想法过于超前，根本不适合刘湾的改造。这也印证了老章所说的：章镇太小了，已放不下章果果。

我说：你可以在刘湾搞一个室外摄影展。

她说：摄影展？这个想法，我从来没有想过。

但是，她想了想觉得还是不太合适。她说：花花绿绿的应景之作，我的这些作品配不上它，太轻浮了。

我笑了笑，没有作答。

我怕是万一她又答应了呢？万一又实现不了呢？

刘湾的乡村改造工作如期地开工，老章的"章山之铜"收藏馆也在那天开业。老章邀我去参观。我给他带去一件礼物，是我家珍藏多年的一枚鱼纹铜镜。我妈说：这是以前老房子拆下来的旧物，传了几代人。

老章很高兴，他看了又看，问我：什么时候的物件？

我说：北宋时期的吧。

他又端详了一下，问：真的是北宋的？

我说：有可能更早。

我的村子自康熙时从兴国州搬来，已三百余年。所谓北宋时期的铜镜只是我随口而说的，但老章信了。

我参观了老章的"章山之铜"的馆藏，大都是些从拆迁村庄收购来的铜器，比如铜壶、铜灯、铜钱、铜盘、铜锁、铜钟、铜锤、铜币、各种铜兽以及铜门环等，甚至是各种铜制的锅碗瓢盆和祭祀的铜制香炉都有，另外乡村门窗和家具的铜制饰物也不少。总之，各种跟章镇或章镇人有关的铜器，他尽其所能地收集。

老章说：这些铜器都是用章山之铜打造的。

他的语气斩钉截铁，毋庸置疑，老章费了不少精力，我不停对他的解说点头，表示认可。他从我的言行中感受到信任和力量，他深沉地说：还是你懂我。

他的表情有些无奈，可以看出他还有诸多的苦涩。

临走时，老章神秘地带我看一样东西，他打开柜子，从纸箱拿出一样东西，用旧报纸层层包裹。

他从一家老渔户家里收来的。我打开一看，是半边青铜残片，形状像水器——匜，只剩下前半部分，铜绿斑斑。

他问我：毛细，你怎么看？

匜，多为西周之物，我哪敢怠慢，可我不是这方面的专家，我只好沉默，并未说话。

老章说：此物，你是第一个人看到，从未示人。

我问：另半边呢？

老章遗憾地说：从大冶湖打捞出水时，只剩下这残缺的半边。

从老章的收藏馆走出来，已是傍晚时分。章山群峰在夕阳余晖的映衬下，湖天一线，微光照在路上，天空越来越黑。

刘湾经过半年的房屋和环境改造已经结束，半年后，我终于登上了章山群峰，这次还是和章果果一起，我们是从章山群峰的凉山南坡上去的，我们选择了一段容易走的路径。这里有一条凉山古道，一千多年了，青石板一直铺展到凉山北坡脚下。我和章果果走在空寂的山林，不时有回声传来，寂静处，脚步声也有回音。

这是我们小时候跟着父母去城里的路，翻山越岭，走的却是捷径。今天已经不走了，几条穿山隧道，行驶的汽车只需几分钟便可到达石城。所以，这条凉山古道近年人迹罕至，即便是夏日炎炎，光斑落在石板上，也是凉意坚决。

章果果感慨说：这条古道竟然十年未至。

我说：心向往之，能达。

她说：如果是一个人对另一人呢？

我知道她此时要表达什么，我不像她那么容易动情。

我说：山还是那座山，人还是那个人，唯一变化的是自己的心吧。

她说：真是搞不懂你。

她突然加快了脚步，似乎要与我拉开距离，甚至头也不回，直接往山顶奔去。女人的脸变得真快，如这山间的气候，阴晴不定。

凉山古道上的那座凉亭已有千余年，被战火毁过几次，民国时期又重修，青砖布瓦，一个石碑上写着功德者的捐款名字。行人可以在此避风躲雨，又可望乡，一举几得。

我来到凉亭时，章果果正在拍照，她根本没有理会我。

过了好一会儿，她才说：我要给你拍张照吧。

我按照她的要求，摆拍。

她的心情似乎已经舒缓，下山的时候，我们的交谈并不轻松。

章果果说：不虚此行。

我不知道她是否还在对我生气，我问：有什么收获？

她说：文化像一个人的两面，看得见的和看不见的，我都要努力看清。

显然她的这句话有点在针对我的意思。

我只好说是。

她继续说：你不觉得文化是一张皮吗？

我也只好说：是。像一个木头人毫无表情。

她说：一张正儿八经的人皮。

她讽刺了我。

她问我：章叔的收藏馆，你看后有什么感想？

说到这个问题，我还真有话要说。

我高谈阔论了一番：老章所做的，不是我们通常理解的历史文化的意义，他是在整理文化的历史，甚至是文明的历史，他依靠一个人的力量试图厘清文化和历史之间纠缠不清的关系……

她打断了我的话，显然，她对我的振振有词已经厌烦，她说：章叔所做的另有所图吧。

我感到吃惊，老章所做的能有什么企图呢？

她没有说下去，当然我也不问了。

几天后，是刘湾乡村改造验收的日子，我又见到老章，他告诉我，在刘湾的改造中，他又有不少收获。我问他：是否在这次刘湾改造中，多收了几个铜器？

他同样是不置可否的语气，说：收了一件好东西。

这些遗落民间的器物，在日常生活中，已多年不用，沦为弃物，有的还被视为不祥之物，早就弃置乡野。

我问：可否一看？

老章说：刘湾的验收结束后，我带你去收藏馆看看。

果然，他没食言。这是一尊铜鼎，似乎刚从土里挖出，铜绿斑斑，又似曾相识。

老章说：刚收来的，你看看，这鱼纹还清晰可见。

我一惊：这像是我送给章果果的铜鼎，我是记得这鼎的大小和图案的。

老章问我：怎么啦？是不是发现什么惊人的秘密？

我又一笑，表现出来轻松的样子，欲言又止。

老章问：有什么高见？

我说：我暂时没想出什么头绪来。

老章很虔诚地说：这鼎事关章镇的历史文化……

我打断了他的话，提醒他说：万一是仿制品呢？

老章没有回答这个问题，他告诉我他正在着手编撰《章镇志》，希望我能做他的助手，帮助他完成"章山之铜"的部分撰写。

我只是一个建筑设计师，对于章镇的历史文化，开始的时候，我只是对"章山故城"有些兴趣，我并不是去寻找什么"章山之铜"的例证。因为从广义的建筑学来说，我需要了解古人如何布局建造一座生活功能齐备的城市建筑，如何又使之配套的建筑服务于生活和日常。这些建筑的核心部分都跟它的设计相关联。我只是想了解古代建筑的设计细节，我并不想介入文化的史学质证。

所以，我借口离开了老章的收藏馆。

我离开章镇的前一天，我给章果果打了电话，章果果开口便说：有空来参加我的摄影展吧。

我说：祝贺你又办展啦。

章果果说：摄影展设在"章山之铜"收藏馆。

我很是诧异，她怎么又跟老章一起合作了？

我说：我要回西安了。

她的表现却意外平静，说：我给你拍摄的照片已经洗好了。

我说：谢谢。

她说：应该谢谢你，谢谢你送我的那尊铜鼎。

哦，她说起那尊铜鼎的事，我突然想问她，我送她的铜鼎呢？但是我没有，我觉得这件事已经不那么重要。就算是她的一场预谋，我也愿意他们各自的愿望成为现实。

几个月后，我收到章果果寄来的照片和来信，老章的"章山之铜"收藏馆已经被执法部门查封，她在信里具体地说了——

章叔犯事了，据说是走私文物。令人没想到的是他在编撰的《章镇志》中详细地记载——所得的文物的具体地点和名称，这为警方破案提供了准确的信息……

看完信，我忽然想问章果果，老章手里的铜鼎是不是我送她的那尊？这信里一定只是章果果的个人说法，其实我应该想到，老章的故事，在《章镇志》出现，应该是写信人的笔法……

果然，有一天我收到毛蛋寄来的《章镇志》，这笔法和修辞，与章果果的来信内容并无二致，况且这本书的编撰完成时间是在章果果来信之后的半年后。

这件事在章镇讳莫如深，有人说，是章果果告发了老章……

我不信。

有一年，我回到章镇，我又去了看了老章的"章山之铜"收藏馆。杂草丛生的院内，一扇榆木大门上，一把铜锁已经生锈，透过破碎的玻璃窗户，博古架上空空如也。

那块写着"章山之铜"收藏馆的牌匾不知被什么人丢在池塘边，田园和村舍，重新归于平静。

回去的时候，我经过章镇时，我见了毛蛋，他并没有跟我聊起老章的事。反而，他这次很主动地谈到章果果，他高兴地告诉我章果果订婚了。

我问：章果果还好吧。

他说：她又回到了学校教书。

我此时的心像撞了什么东西，良久以后又是空空荡荡。本来这次回来，我打算送她一件东西。我妈说过我姥姥留下的那只手镯，你要是决定对章果果好，你送给她吧。这回看来已经用不上了。

我马上转移话题问毛蛋：章果果和老章之间究竟发生了什么？

毛蛋说：这事过去了三十多年了……

他欲言又止，我也不想知道了。

毛蛋送我出门时对我说：本该放下的，终是要放下的。

他是安慰我吗？还是在说自己？也许他是若有所指吧。对于老章这件事上，我不知他怎么看。

这次回来，还是章果果主动联系了我。

那天在福来茶楼，章果果身着一件连衣裙，长发披肩，她不再是那个一身牛仔打扮的假小子形象。她一笑，还是以前的神态。

我礼节性地问她：你还好吧。

她说：我快结婚了，你知道吗？

我点点头说：听说了。

她问：毛细，你呢？

我说：还是一个人过着。

她问：在等什么呢？

我嘴角微微一动，我想说的，显得不那么重要了。

我的沉默，令她有些尴尬，好在这时候我的手机响了，是我妈打来的，她问我晚上要不要回家吃饭？我在电话里大声说：回来，回来吃。

章果果表情惊讶地看着我，挺不好意思的。

我解释说：我妈年纪大了，耳朵不好使。

她笑了，笑得十分灿烂。

她从包里，掏出一个口袋给我，说：这些老照片对我来说意义不大了，如果对你还有些用处，就留着吧。

我很意外，章果果为什么把这么珍贵的资料交给我。这些照片，原本这是老章最想得到的。可是他一直没见过这些照片，他似乎一直寻找，又一直不愿在章果果面前提起。

回到家，我打开纸袋，里面装着一本摄影作品集和一沓泛黄的黑白老照片。这些人的面孔，或青涩或苍老。有些照片是关于围垦造田时候的，有些是大炼钢铁时期的，这些动辄万人劳动的场景，场面非常浩大。

但其中的一张照片我特别熟悉而震惊，关于这张照片，我记得我问过我妈，她以前只是摇头，她可能确实不记得这张照片中的这些人了。

我再次仔细端详这些老照片时，我妈走到我身边，拿起那张照片说：老章呀。

老章？怎么会是他？

她看了这张照片，反复说：是老章呀，老章呀……

照片上的批斗会现场，群情激奋，一张张既模糊又可见的脸孔,怒视着低着头反绑着双手的那个人,另一个人手持钢管正砸向他。

我问我妈:低着头反绑着双手的那个人是谁?

这时我妈悄悄背过身去,她沉默着,摇摇头,好像在想什么,又似乎在隐瞒什么,在省略什么。

我回到西安后,我重新整理纸袋的照片时,发现那张我妈指认过的照片的背面,写了一行字:章德培(章果果的父亲),死于1975年;拍摄者,章中行(章果果的爷爷)。

我不明白的是章果果的爷爷为什么要自己拍下这张照片,难道是要给老章留下罪证吗?如果是的,那么这两家人不会像今天这样,好像什么事也没发生一样地来往。如果不是,一定是还有隐情。

或者这张照片不是章中行拍下的。

关于他们之间的事,我再问,我妈却说什么也不记得了。

但这的确是我妈的字迹……

那一刻,我的手一颤,刚好碰到那个纸袋,照片从书柜上滑下来,那些黑白照片散落在地板上,阳光照在有的照片的正面,却越来越模糊不清,阳光照在有的照片的背面,却越来越雪白光亮。

——原载《飞天》2021年第8期

碑刻

昨夜的大雨把赵村的太公坟冲毁了。

老赵说：真是邪门，十年前的那场暴雨持续了半月，太公坟都安然无恙。

现在，从坡地冲泻下来的黄土夹着沙石把坟茔覆盖了过去，重新形成了一个新的大土丘，矗立在那里。这事在章镇成了大事，因为赵村拆迁完，他们的田地刚刚被征收完，正轮到迁坟的事。但这场大雨彻底打乱老赵的计划。原来老赵请了风水先生看好的吉日，已经被泥石流耽误了。

老赵打电话给我：毛细，你有空的话，陪我一起去香炉山太师椅看看，是否还可以施工？

我说：下了一夜大雨，山体不稳。

他说：我们先去看看吧。

我是一个开挖掘机的司机，三年前我买了一台二手挖掘机。这台旧机器的轰鸣声，把我的耳朵震成了中耳炎。如果章镇的熟人不是近距离跟我说话，很多时候我听不见他们是在跟我说话。他们以为我现在帮人挖坟赚了钱、翻脸不认人了。其实，我的耳疾只有我知道，耳鸣让我产生错觉，仿佛自己置身的是另一种世界，水声、风声、沙响等等，眼花缭乱的世界，一阵惊觉之后，头昏脑涨。我想把这台费油的挖掘机卖掉，似乎是章镇拆迁的工作已进入尾声，它已经卖不上价钱。

我对老赵说：我不想干这行了。

老赵电话大声吼我：老子的大事，你耽误得起吗？

我一点不生气，说：你还是另找人吧。

他在电话里咆哮地骂我：我把挖出来的棺材抬到你家去。

老赵的暴发户语气不容置疑，好像是我欠他似的，不干也得干，反正我之前答应他的事，不能再反悔了。

我只好说：天晴之后吧，我去看看。

老赵的祖坟在香炉山太师椅的那片开阔地。据他说，当年他的祖上花了三两银子从一位吴员外手上买来的一亩三分的宅基地。这宅基地为什么变成墓地，族谱上没有说。

但族谱上记载，赵氏的先人跟南宋的皇家宗室还有密切关系。但老赵不以为然。他时常自嘲：我八辈子都是穷人，没听说过跟什么权贵沾亲带故。不过，老赵还是挺自豪的，他所在的赵村虽然没几户人家，但是从赵村分支出去的赵上窑有好几百户，每年清明节的时候，几百人浩浩荡荡地来到香炉山脚下祭祖，烟花爆竹的响声连绵好几小时，真有气势。

这块墓地经过赵村和赵上窑的代表和章镇拆迁办的谈判，终于达成协议，墓地从香炉山的太师椅挪到香炉山不远处的上峰。这不过是从山脚挪到山腰上，但是这工程量真是大啊，具体来说，除了太公坟有墓碑标记外，其他的几座坟没有墓碑。没有具体方位，并且年限已久，隆起的坟茔已经被时间抹平，尸骨恐怕无存。

它们究竟埋在哪里，没有人知道。这一亩三分地，说大不大，说小不小，老赵说了就算翻江倒海刨地三尺也要把祖上的尸骨完好地找出来。

我接下这种活也是没办法的事。我的老婆是赵村的姑娘，她管老赵叫叔，当然我也这么叫老赵的，所以他骂我我不能还口。赵村的人都放心我，因为他们都说将来我生了儿子，这外甥的出息都是舅家的风水。这事，我敢怠慢吗？

老赵打电话说：今天不谈迁坟的事，你来章镇喝酒。

天下着小雨，七月的章镇像一幅水墨山水画，笼罩在南方潮湿的气韵中。远山、房子、车子、慢走的人和狗，像静物一样毫无保留地呈现在朦胧而辽远的景象中。

记得以前，一条从柏油路的两边依次并排着卫生院、供销社、养路班、兽医站、打铁铺、理发店等，班车一天三次地按点地靠站。后来，柏油路的两边又建了好多房子，开起了早餐店、五金店、经销店、菜市场、服装店等。再后来，供销社倒闭了，成了一家便利店，兽医站改成了农商行，养路班装修成文化站，其实成了老年人活动室。

老赵的酒馆很多年前便开在章镇最繁华的老街上。

现在，章镇更加繁华，他的酒馆三年前又重新装修了一番，请了一个蕲州县的大厨会做一手地方土菜，他家的生意在章镇最为红火。当然福来酒馆的门头也很抢眼，他专门给酒馆大门做了鸡翅木仿古门头。为了给人的感觉是这酒馆有了历史，他请赵村修谱的人杜撰了家史，民国十年，正好是他祖母从蕲州县来到章镇的时间。福来酒馆——这个所谓的百年老店，从此在章镇家喻户晓。

但是稍微知晓章镇历史的人,他们都知道福来酒馆原来的地方是章村卫生所的所在地。他多年前从村委会那里购得的。

老赵早在自己的酒馆等我,福来酒馆重新装修后,我是头次来。在二楼靠窗的小包间我坐了下来,作旧的门窗和桌椅,仿佛是回到了旧时代的光景。

老赵问我:你想吃点什么。

不饿。

他说:要不我们喝点十年的纯谷烧酒?

老赵挺着他浑圆的啤酒肚,对着他的服务员喊:去厨房搞两个下酒菜,再来一壶年份谷烧。

他关上门,脸上显出得意的笑容,问我:你看我这店怎么样?

当然不错,他花了那么多钱装修,谁舍得呢。老赵不过是一个乡野之人,他竟然把酒馆搞得如此古色古香。

我说:不错。

可见老赵是个有想法的人。

他很满足我对他的廉价夸奖,他忽然有了兴趣,跟我谈起酒馆的老物件,这些都是从附近的村庄拆迁之后收来的,他们带不走的东西我拣些有意义的物件做了饰物。他最为得意的是从赵村拆下来的老榆木门窗和飞檐雕栋,这些近百年的手工雕花,浸润着乡土的烟火气味。

他带我去看了杂物间,房子随处堆放着坛坛罐罐,它们发出幽暗的光。他打开灯,说:你看看这是什么东西?

我说:不就是一些从前装了油盐酱醋的坛子吗?

老赵笑着说:你真是大老粗,你再仔细看看。

我装模作样端详了一番，说：哦，好像还有点历史嘛，古董？

他说：算你有点见识，这些罐子都是坟墓里挖出来的陪葬品。

我一惊，都是死人的东西。他看了我一眼说：够不上文物，不犯事，不要紧张。

我担心的不是这些，我从小害怕见到这些东西。我记得我祖父死的时候，那间昏暗的房子中间停着一副棺材，支撑棺木的长凳下面摆着他活着时用过的一些器物，比如脚盆、酒坛、烟斗、茶壶、饭碗、存钱罐，甚至夜壶和痰盂。这些陪葬品整齐地摆着，气氛肃静。这些穷人的陪葬品即便过上几百年，也没什么价值。

我开挖掘机挖坟时，见过这些东西，特别是那些无主坟，不知什么时候的坟茔，棺材板早已腐烂，防腐的白石灰和尸骨已经融入泥土，只有那些破碎的罐子露出地面，要不然没人知道这里曾是埋人的地方。

我说：赵叔，这些东西阴气太重吧。

老赵不以为然，他随手捡起一个罐子，吹了一口气，罐子表面的尘土在灯光下四处散开。他说：你知道这将用来做什么吗？

我摇摇头。

他告诉我，这些坛坛罐罐用来装那些被挖的无主坟的尸骨。我不由得后退了两步，他说：别紧张，这里面什么也没有。他使劲地摇了摇罐子，然后放下来。

我建议他买一些新罐子装，不用那么费力。

他诡秘一笑，说：这是一门学问。

我再次问他，他也不答了。

雨开始下大了，老赵骂着这天气日狗了。他说：我们喝酒吧。

老赵今天不是为了找我陪他喝酒吧。

他端起酒盅自喝了一杯。

我见他喝酒时，不说话，我便问起他迁坟的事，这一定是他今天关心的事。

他说：章镇的领导问我几次了，什么时候迁坟，我心急啊。

我说：这雨一直下着，汛期又来了，看来还得等。

他说：不能再等了，我可以给你加钱。

赵叔，要不，我帮你找人做吧。

老赵端起酒盅喝下去，他嘴里发出嗞啦的声音，然后他夸张地张开嘴巴，一副难受的模样，说：我，在这事上，我只信你，万一挖掘机把我祖宗的尸骨挖没了呢！

自从章镇的许多村子拆迁后，迁坟的挖掘活几乎被我包揽了。挖掘机师傅都不愿意干这种脏活，但干这事儿工钱要比挖土方和拆房子高出许多。

我说：我也不保证你祖上的每根尸骨完整完好。

他说：你要是挖不好，我还能信谁呢。

老赵说得没错，三年来我挖了无数的坟，没有人找我麻烦的。

酒过三巡，老赵微醉说：我，我们在干一件大事，你等着瞧吧。

至于什么大事，我根本没有兴趣，我也不想问了，我答应他天晴后动工。

傍晚，我从酒馆出来，天已放晴，我去了香炉山的太师椅看了看。当那抹霞光从乌云的裂缝中投射下来，太师椅那片半圆形开阔地的前面是一处天然形成的小湖，此时彩虹架在水面上，风光极好。赵氏太公坟并不特别，甚至有些破败，黑青的石头墓碑上爬满了青苔，方顶墓碑上刻着已经斑驳的大字，有的字已经剥落：先祖赵×府×大人之墓。

赵×便是赵村和赵上窑的人认宗的先人，太公赵鼎便是他的祖上。但，有一年蕲州县的赵家湾也有人来章镇寻根问祖，得知香炉山太师椅有一赵姓古墓，便仔细勘查拍照，回去对比族谱得出结论：这座古墓上的赵×是他们族谱记载的先祖赵萧。并且赵萧是一名府台，也符合身份。赵村的人认为赵×府×大人之墓还原是"赵鼎府君大人之墓"，而蕲州县的赵家湾的赵家人觉得应该是"赵萧府台大人之墓"。因为赵家湾的族谱记载他们的先人在宋乾道年间出过武状元。而赵村和赵上窑的赵家人认为"府君"二字是后人对祖上的尊重，跟府台没什么关系。

这件事二十年来一直争执着，没有结果，甚至两地人还发生过小规模斗殴。后来，在章镇当地政府的协调下，两地人决定一起联合祭祖，只是到了近年，蕲州县的赵家湾的人突然不来了，也不知什么原因。

我沿着香炉山的山路向上走去，不知何时山路的上下坡上立起许多新坟来，仔细一看，水泥墓碑还是新的，没有姓名的墓碑显然是新设立的假坟。我再往下看，赵氏祖坟正好处在香炉山的两条余脉之间，恰似太师椅的扶手。因为发生泥石流，太师椅的靠山像伸出的第三只手把赵氏祖坟彻底抚平了。这次泥石流垮塌下来的土石方面积足有一个足球场那么大，这活靠我一个人去干，至少得半个月吧。

我回家时给老赵打电话说：这事恐怕难以在短时完成。老赵很不悦，他在电话里大声吼道：老子给你加钱，你说价吧。他喝酒后的德行跟平时没有两样。听到他的吼叫，我就会想起他圆滚的光头脑瓜下的短粗的脖子上挂着的一串念珠，我只好阿弥陀佛。

我刚才去看了，那么大的土石方，一时半会搞不完。

他听我语气很坚定，忽然又平缓地说：我不急，只要你动工了，我对上头便有了交代。

我得有一个帮手，最好是铲车司机，我想起了王歪。前几天，也下着小雨，我在章镇街上见过他，他约我玩牌，我借口等人。王歪便把我拉到福喜茶楼小坐了一会儿。其实他根本不想叫我玩牌，而是想跟我借钱。他已经在家歇了一个多月，裤兜里也是穷得叮当响。我以前跟他有过合作，他喜欢赌博，欠了一屁股债，催债的人多，他总是躲债，他干活也是三天打鱼两天晒网。但王歪不挑活，什么事都做，只要你给的工价合适。

我跟老赵说：王歪会开铲车，我需要他做帮手。

老赵有些不乐意，他知道王歪的品行，他问我：王歪靠得住吗？

大概是王歪早年偷鸡摸狗的事还存留在老赵脑海里。

捡尸骨的事在章镇只有王歪能做，王歪可以徒手捡起尸骨，心里没有半点忔影。换了我，就算带着胶皮手套，拿着工具，我也不愿意做。在章镇，也没有人愿意这么干。王歪要的工钱也不贵，而且他还会开铲车。

老赵在电话里沉默着，我不想跟他再说什么了，便挂了电话。

如果他不同意王歪做我的帮手，我也不打算去帮他迁坟了。

随后老赵发来短信，他同意了我的想法。

第二天一早，有人在村里不停地按着汽车喇叭，引来狗叫和孩子们围观。

但没人理他。他便大声喊，赵小玫——

我也听到了，赵小玫是我老婆的名字。那辆蓝色的长城皮卡上坐着的是老赵，刚才喊叫的人正是他。他一见我便吼：老子的喉咙喊破啦，你却在装听不见。

我说：刚才在厨房吃饭，吃饭呢。

老赵说：快上车，我带你去一个地方看看。

我说：赵小玫还没下班呢。

她在章镇制衣厂上班，有时白班，有时晚班，我好像永远弄不清她们厂她究竟是按什么规则排班的。

老赵说：她跑不了，她要是跑了，我给你找个小的。

一个大一点的孩子说：毛细，要去找小媳妇啦。其他孩子喊：又有喜糖吃了。

我吼着他们说：滚，回去找你妈吃奶去。

老赵把我带到赵村的祠堂。这片瓦砾和断壁的赵村只剩下光秃秃的一座完好的赵氏宗祠了。他带我来这地方干吗？他推开祠堂那扇笨重的榆木大门，昏暗的祠堂天井上的光照进来，再往里走，过一扇门便是供奉赵氏先人的牌位，供桌上的蜡烛还在燃烧，供果摆得很整齐，显然有人打理来。老赵先是焚香作揖，后又跪拜。他示意我过去，依照他的礼数，给祠堂太公像三跪九拜。

老赵说：你是我赵家人的女婿，你磕头没什么不妥。

我照他的样子三跪九拜了一番。

他说：明天动工。

哦，原来今天的这般仪式是为明天开工而行的拜礼。

老赵点燃纸钱，心里默念了一阵。做完这些仪式之后，老赵带我在赵村到处转了转，这个村子，我还是熟悉，我老丈人家房子的位置,我也清楚地知道。

赵村的祠堂的拆迁还没有谈妥,因为还涉及赵上窑那几百户村民的意见。赵上窑派了代表,他们要求在香炉山脚下再建一座祠堂,这事便搁了下来。我问老赵:你觉得有这种可能吗?

他说:根本没什么必要。

他的话让我感到很吃惊。他接着说:赵家太公坟还没着落呢。

那么老赵为什么要急着开挖太公坟呢?

依照他的说法:这太公坟的事,赵村和赵上窑的代表却一致同意配合当地政府搬迁。以防蕲州县赵家湾的人把太公坟迁到蕲州县去。所谓先下手为强,以免节外生枝。

以后,这太公坟只属于赵村和赵上窑了。

这是老赵的说法,我信。

老赵,明天真要动土吗?

明天是个好日子,族人都同意了。

下午,我打电话叫修理厂的师傅过来保养挖掘机。然后,我又给王歪打了电话,一番沟通之后,他说:我手头紧,你得先支付我一点定金。

我说:明天早上,香炉山太师椅见。

这事定下来后,我叫人用拖车把挖掘机拉到了香炉山的太师椅。一切准备好后,我给老赵发了短信:明天准时动工。

第二天的太阳还没有露出香炉山,老赵和赵家人的代表便来到太师椅。陈大脚也来了,他是章镇最有名的风水先生,他穿着道士袍,手拿着罗盘,围着赵家人的祖坟仔细勘查了一番,然后振振有词地念着经文。

陈先生的胡子很别致，精瘦而苍白的脸庞显得他的下巴有些尖翘，可能是他那灰白相间的山羊胡子的缘故。他模样太老，其实只有六十来岁，蓄一头稀疏的长发。他的这身打扮，加深了章镇人对他身份的认定。

仪式过后，便是放鞭炮、烧香和赵家人的三跪九拜。锣鼓自然少不了，年长者唱出颂词，歌唱祖先的伟业和修行。陈大脚和赵家人一番表演后，挖掘机的铲斗便在陈大脚标记的地方挖下去。老赵大声喊我：把眼睛瞪大一点，千万别把先人的身子骨弄坏了。

挖掘机不停地突突突叫着，我根本听不清老赵在说什么。直到赵家人都走了，老赵赶紧示意我停下来。

他说：毛细，你挖偏了。

他指了指位置，又说：从这里应该向南五米，再向东三米。

我责怪他为什么不早说。

他说：以前坟茔上有一棵刺槐，这次山体塌方下来，已经埋掉了。

我有些疑问，陈大脚为什么要说太公坟在这个位置呢？

我问他：那么还继续在那里挖吗？

他说：挖啊。

既然不在这里，为什么还要挖呢？老赵继续说：你照陈先生说的做。

我更是疑惑不解。我问：要挖多深的土层？

他说：使劲挖吧，还早着，挖到我说不挖时。

老赵说的这是什么话嘛，不知他究竟想搞什么鬼。

我又问：这整个塌方的土石方还用搬吗？

他摇摇头，说：干吗多此一举呢。

王歪站在远处，他嘴里叼着一根狗尾巴草，永远是那副事不关己的样子，要不是我叫他一起干，他一天便这么耗着。

他今天直到现在仍一言不发。

老赵给我使了一个眼色，压低声音说：王歪来干吗呢？

我未来得及问，老赵已经摆手示意我不要再说了。

这么看来铲车也用不上了，老赵根本也没想把泥石流塌下来的土石方搬走。

老赵给了王歪三百元现金，说：上午的动土仪式结束，明天等我通知再来。

王歪一路上夸赵老板大发善心。如果以后还有这样的事，要我多多关照他。我搪塞了他几句，心想：天下哪有免费的午餐。

一路上，王歪问我：老赵为什么不让你直接从坟茔的地方挖下去？

我说：坟茔被泥石流覆盖了，他可能不知吧。

王歪说：那只老狐狸早心中有数了。

我问：你这话什么意思？

王歪嘿嘿一笑，说：老赵的障眼法，我早看穿了。

我还是不明白，王歪也不解释了。

我们走到章镇，王歪拐进了一家麻将馆。我继续在章镇的街道上闲逛，看到站在花鸟鱼虫店门口的陈大脚已经脱掉道士袍。他看见我过来，连忙招呼我过去坐坐。原来这是他开的店。他什么时候开的店，我以前没见过。我问：陈先生生意做得好，天上地下的生意全都做了。

他笑着说：混口饭吃。

陈大脚搬来椅子让我坐，说：这么早歇息啦。

我说：今天只是破土嘛。

陈大脚说：还是老赵懂得多。

我说：有陈先生做帮手，什么事都有数。

他摆摆手说：日鬼的事，这年头也不好办了。

我笑了笑说：陈先生，你收徒吗？

陈大脚说：年轻人还是干点实业吧。

我临走时，他送了我一对绿龟。还说：乌龟镇宅，拿回去养吧。

我回到家里已是晚饭时间，赵小玫看见我拿着两只王八，她没好口吻问我：哪来的王八羔子？

我说：章镇街上的算命先生陈大脚，有印象吗？

赵小玫说：上回在赵村被人打了的陈大脚？

我说：还有这事吗？

赵小玫说：章镇派出所出警了。

我问：因为什么事呀？

赵小玫说：他跟赵村李寡妇之间那点扯不清的事。

我听老赵讲过陈先生的事，他原先是跟赵村李寡妇好的，是经老赵介绍认识的。后来又跟另一个女人好上了。这个女人却又是从赵村嫁出去的姑娘，后来离了婚，从江北回到了章镇。陈先生却是被她们打的，两个女人在赵村一起打他，他没有还手。有人说他活该被打，没有人同情他。

这件事并未影响他给人看风水、算卦和做法事，找他的人依旧如故。他的业务不只是在章镇，邻近的江北和蕲州都是他的活动范围。

赵小玫问我：今天你去太师椅了？

我点了点头。

赵小玫说：以后能不做这事吗？

她嫌我开挖掘机挖人家的祖坟的工作太不吉利。

她把结婚这几年来没怀上孩子的原因怪罪到这事上。她在我妈我爸面前给我下了好几次通牒，要么我们离婚，要么我以后不再干刨别人祖坟的事。我只好经常骗她，只在建筑工地挖土方，不再挖坟了，赵小玫才将心安下来。

显然，她今天也不开心。

我从背后抱住赵小玫，哄她说：我没有亲自动手，是王歪开的挖掘机。

她掰开我的手，说：你不要碰我，我嫌你手脏。

她果真生气了。

我解释说：我也是给你赵家人帮忙的，我答应你，干完这次我把挖掘机卖掉。

女人的脸，好比这天气，阴晴不定，她尖瘦的脸上瞬时堆着笑容，说：这次可是你说的，我没逼你。

我说：说话不算数，生娃没屁眼。

她"呸"了一声，问：今天是什么日子？

我说：六月初六。

她掐指一算，说：今天是我们的好日子。

我一头雾水，问：什么好日子？我怎么没想起来。

她使劲地掐了我一下，笑了笑，说：你装傻啊，今天是我的排卵期。

夜晚随即来临，赵小玫起伏的身体，像个丰茂的大地，饱受梅雨的浸渍。

那两只乌龟在房子里却响动了一个夜晚。

赵小玫问我：陈先生送的龟果真镇宅？

我假装睡着了。

昨夜的雨还在下，赵小玫刚要起床去章镇制衣厂上班，我翻身又把她压在身下，她没有拒绝，她依旧平坦的腹部一点变化也没有。

她问我：今天怎么安排？

我说：我想去章镇找陈先生，我要拜他为师。

她说：你不是在做梦吧。

我说：我是这么想的。

她狠狠地在我肩上咬了一口，痛得我大叫。她说：我确信你不是在做梦，毛细。

她这一口咬得我顿时加快了速度，我很快像一只泄气的皮球，瘫在她身上。好久之后，她才推开我。

老赵打来电话我没接，那时，我正和赵小玫亲热，他那么早打电话给我有什么事呢？

赵小玫说：老赵的电话别接了，他准没好事。

我也不想接老赵的电话，我故意把手机调成静音。

雨还没有停下来，老赵那么早找我要干吗呢？

我出门像一只打鸣的公鸡昂首挺胸地走在毛村的路上。可是毛村通往章镇的水泥路上，我没有见到一个熟人。

因为下雨，今天不用去香炉山了。我在章镇吃了早餐后，直接去了陈大脚的门店里。他和老赵站在门口说话，见我后，他们突然停了话题。

他们谈论的话题我根本不关心，我告诉老赵，我不想去挖你赵村的祖坟了。

老赵听了一言没发，显然很生气。

我说：王歪也会开挖掘机，他可以开我的挖掘机。

老赵不放心王歪，最根本原因是他以前盗过墓。难道赵村的祖坟埋有宝物吗？

老赵平静了一会儿，还是很气愤我，他说：你要是不干的话，我挖你家祖坟。

我们的谈话不欢而散。

陈先生赶紧圆场。他岔开话题问我：毛细，你找我有事吧？

我想请陈师傅中午喝酒。

他哈哈一笑说：仅仅是喝酒吗？

他似乎猜出我的心思。他把头转向老赵说：今天是喝酒的日子。

他故意给老赵干咳了两下。接着说：中午去福来酒馆吧。

老赵说：陈先生光临，我请客。

我继续在陈大脚的花鸟鱼虫店坐了一会儿。陈先生的店整个上午，没有一个人光临，他的那几只乌龟一直没有卖出，他从开店到现在养了七年。那几只画眉鸟也养了好几年，有的也送人了。鹦鹉啊，观赏鱼呀，倒是卖了一些，但是，这些也不够他养店。

我问：陈先生对养花好像没什么兴趣？

因为这花鸟鱼虫店，竟然不卖盆栽。

他说：侍弄花花草草很费人。

我没明白他所说的意思，大概是盆栽需要花时间每天浇水吧。

他接着说：以前也卖过，但遇到我外出几天，这些花花草草便枯萎了。

哦,原来鱼呀龟呀鸟呀好养,陈先生经常出门几天,只要准备好充足的食物和水,它们会活得很好。

我问:先生会看相吗?

他哈哈一笑,说:道法度鬼,鬼才信。

在我印象中,他不就是做法事和算卦看风水嘛。

我说:先生的话,我不明白啊。

他说:你有难事吗?

我说:我老婆结婚三年没怀孕,这跟我做挖坟的事有关吗?

他没有直接回答,他说:我帮人看了一辈子风水,也是孤身一人嘛。

我跟陈大脚学艺,只想洗洗身上的尘土,抚慰一下赵小玫那颗不安的心。

听了陈大脚的话,我顿时觉得自己的想法很好笑。

中午,雨已经停了,老赵在福来酒馆等我们喝酒。

入座后,老赵说:毛细,迁坟看了日子,不是儿戏,这事不得商量。

我只好把话跟老赵挑明,挖坟的事,还得赵小玫说了算。

老赵说:我侄女做主的事,好说,好说。

他拿出电话,直接给赵小玫打过去。老赵在门外嘀咕了几句,进来笑眯眯说:我侄女等会儿要来见先生。

他笑时两只大板牙中间露出的牙缝,口水喷在我的脸上,真难受。

我不知老赵葫芦里装的什么药。

大约一小时后,赵小玫如约来到福来酒馆。她的心情似乎很好，她精心地打扮了一番，画眉抹粉，涂唇吹洗。这不像是从制衣厂直接过来的。

我便问她：你请假过来的？

她说：今天厂里停电了，我在家呢。

老赵显得很热情，不像对我时的态度，他一口一声地叫赵小玫"大侄女"，听得我有点想吐，这声音变态得像老女人的声音。赵小玫连忙问候了陈大脚，陈先生也夸她红唇齿白，长得标致，旺夫。

赵小玫倒觉得这廉价的赞美很享受，笑呵呵。

老赵吩咐服务员把剩菜全部收走，重置了碗筷，又要了这里的特色菜：粉蒸猪排、石锅鱼杂、豆豉烹腊鱼和猪脚藕汤，再要了一壶纯谷烧酒。

我说：这是为晚饭点的菜吗？

老赵说：今天是娘家宴。

赵小玫连忙道谢。

菜上齐后，赵小玫给陈道士和老赵倒酒，我接过酒壶给自己倒酒。老赵说：大侄女呀，你也喝上一杯吧。

赵小玫笑说：今天身体不适，喝不了酒。

老赵说：你多吃菜，让毛细代你多喝几杯。

老赵举杯前，做了开场白，他说：今日高兴，因为我侄女女婿毛细要跟陈师傅拜师学艺，这么好的事，是他早已梦寐以求的。

赵小玫连忙说：叔叔真是费心了。

跟陈大脚拜师学艺虽是我的主意，但却在赵小玫的掌握中，我感到十分的意外。

然后，我们一饮而干。

拜师礼很简单，因为不是入道，不必有更多讲究。拜师礼的跪拜也免了，给陈大脚敬了三杯酒，喊了一声"师傅"，他答应了，从此就是师徒关系。赵小玫把准备的一千元红包给我，我恭敬地呈给陈大脚。他客套了两下，便收下了。

这酒一直喝着，下午又下起了雨，到黄昏时分也未停。

赵小玫在一旁给我们倒酒，陈师傅讲了他过去的一些事情，我是第一次听说。那是他少年时的事情，他家里兄弟姊妹多，吃不饱饭，他父亲托熟人把他送到凉山观做学徒，讨口饭吃。改革开放后，他还了俗，在章镇开了店，先是粮油店，后来又是便利店，再后来遇上拆迁，他开起了花鸟鱼虫店。因为他有道门的经历，有时也帮人算卦看皇历，后来，遇到白事，他便给人做起了法事。

老赵对我说：陈先生的故事多着哩。

师傅喝了酒说话手舞足蹈，说到动情处，哎，哎几声叹息，他讲他在凉山观学徒时，那年正好遇到"破四旧"运动，观主被红卫兵抓走后，是死是活再没有回来……

陈大脚回赠了我一个玉佩，他说这是他师傅送给他的。那玉佩看起来很古老，老赵拿着玉佩在灯光下看了又看，说：真是古玉啊。陈大脚也许喝多了，他把这么贵重的东西给我。让我受宠若惊。老赵说：这玉佩至少有五百年历史，和田老玉。

赵小玫很高兴，接过来看了又看。

师傅说：藏好，将来给你们孩子的。

回家的路上，我问赵小玫：老赵打电话跟你说了什么？

赵小玫说：赵家的迁坟，你干完再说吧。

我问：为什么？

赵小玫说：赵家的事，也是我的事。

她的态度与之前判若两人，赵小玫怎么对赵家祖坟突然有了兴趣？

过了几天，天空彻底放晴了。我继续来到香炉山的太师椅挖掘，那个被挖的约有两米深十几平方米的地方有了积水。

老赵说：导流池的水可以排出了。

原来这是一个导流池，我以前挖坟时挖过此类的排水池或导流池。一般来说，要完整地把墓穴挖起来，先得在墓穴旁边挖一个深点的池子排水，把墓穴里的水慢慢排出来。再把墓穴上面的土层一层一层地揭下来。这对于一般棺木来说，没什么必要，但对于石棺方式的埋葬，这一步是必须的。

我心里不免有了疑惑，但也没多问。

我按照老赵的交代又在坟茔位置的两侧也挖好了导流池和引流沟。

老赵说：先把墓穴里的水排干净，你先休工几天，等我通知。

接下来几天，我又可以像往日那样在章镇的街上闲逛，和几个好事者一起打打桌球和在网吧打打游戏。我不爱打牌，不像王歪那样沉浸于赌博里。我只要在章镇，每天都能碰到他，他问我：最近有事干吗？我等钱用呢。

我说：我最近都闲着。

便把他搪塞过去了。

自从我拜师后，赵小玫像变成另外一个人，她老催着我没事去师傅的店里。可是，陈师傅习惯一个人出行，很少在店里。

这几天，店里来了一个四十来岁的女人。她说一口江北口音，以前我没有见过她。

我去店里时，她跟我打招呼：你是毛细吧，听老陈说起过你。

看来她跟陈师傅关系不一般，我问她：师傅去哪里了？

她说：他去蕲州乡下做法事去了。

蕲州乡下的丧事办得隆重，我早有耳闻。有钱的人家办得隆重，长达半月；一般家庭也得三两天，所以陈师傅回来的时间也没个准。

赵小玫得知师傅去蕲州做法事去了，她略觉失落，她埋怨我怎么不跟紧他。

我帮赵家人迁坟，我哪有时间陪他，再说念经的事，我也不会，怎么跟师傅跑腿呢？

赵小玫说：凡事多用心。

她不知道从哪儿弄到的几本五行八卦的口袋书让我看，她说：有空看看。

我觉得她的行为有些好笑，她以为看完这些书便可以给人算卦看风水了，那不成了江湖骗子吗？

最近制衣厂停工了，她赋闲在家，没事总喜欢唠叨。她今天又说，毛蛋在城里买了新房，毛果刚结婚买了小车，还有毛毛一家去了北京故宫、西安兵马俑、海南天涯海角旅游。她唉声叹气说：我这命是什么命呀。

我爸妈只留给我这栋老房子，他们去世时，我还没娶赵小玫。赵小玫之所以愿意嫁给我，也是因为她爸妈去世早。我们谁也不嫌谁的家穷，就这么住在了一起，婚宴也没办，结婚照也没照。她的怨言越多，我心里会踏实些。

我一言未发。我担心我的回应引来她对我更多的牢骚和愤懑。

赵小玫说：跟着陈师傅学念经占卜吧，这比打点零工靠谱。

对于我来说，做什么都不打紧，我职高时学的是开挖掘机专业，毕业后跟着修装公司做过漆匠和泥瓦工。回到章镇，在石料厂做搬运工和电工。结婚后，又帮人看场子。直到后来赵小玫家的三间瓦房拆迁，赔偿她四十来万，她用一部分拆迁款给我买了那台二手挖掘机，我才干起了本行的事。但我多数时候，还是没事可干，别人开的挖掘机挖土石方，而我的挖掘机只能挖人家祖坟。

也好，跟陈大脚学艺，也可以不用天天面对赵小玫那张苦瓜脸了。

我跟赵小玫说：以后我不用再去挖人家的祖坟了。

赵小玫说：你跟着陈师傅，把你身上的晦气搞干净。

她说话的口气带着一种嫌弃，她怪我把一些不干不净的东西带回了家。

她特意买来石狮子、石麒麟和福寿龟把桃木剑和铜镜挂在墙上。她说：辟邪。

又过几天，老赵打电话来说太师椅的祖坟明天可以动工了。

这一消息我等得太久，我在家闲得无聊，因为这些天陈大脚没待在章镇。我去过他店里，那个四十来岁的说一口江北口音的女人对我说：他很快要回来了。

老赵说：陈先生已经回来。

第二天早上，老赵和陈大脚已经在太师椅摆好了香案，香案上的香炉的香火已经点起，供果和祭祀用的器物摆在上面。陈大脚嘴里振振有词，但念的什么没人听得懂。法事做完后，便是放鞭炮。然后，我在师傅指定的地方挖下新土。沿着石灰线标记挖下去，不久便能见到石灰层，老赵做了暂停的手势。他走到挖掘机旁边大声说：石灰层之上的土层需要全部掀开，下面的不要动了。我依照老赵的意思，很快掀走了上面的土层。这时，老赵和陈大脚下坑仔细看了看，他们用铁锹捣鼓了泥土，示意我停下来。

坑中有少许的白色石灰和腐烂的棺木，尸腐的气味招来了苍蝇。这是一座平民墓，棺木加石灰防腐，根本不是什么传说中的府台墓。我见多了这种埋葬方式。通常没有陪葬品。

墓碑也被老赵清理出来，他用清水冲洗干净，又仔细端详，他似乎有很多不解。他问陈大脚：陈先生，怎么看？

师傅习惯性地捋了捋他的山羊胡子，说：继续挖嘛。

老赵说：毛细，沿着石灰的痕迹往外挖，把整个棺材的形状露出来。

大约一小时后腐烂的棺材形状露了出来，周围的泥土被清空出来，有几个破损的罐子，和我在老赵福来酒馆见到的罐子差不多，我之前挖坟时常常见过，没什么特别的地方。

接下来，只能用人工挖掘和清理。

老赵说：让太阳烘烤一会儿，干燥了再清理。

到了下午，老赵叫人运来一副漆黑的棺木和防腐的石灰。他打算今天把赵太公的尸骨清理出来装棺。但他没有请来帮手，他可能觉得我们三个人够了。一个六十多岁的陈大脚和一个五十来岁的老赵，还有一个不想动手的我。我想，这等事为什么不叫王歪呢。每次捡尸骨的事我都是与王歪合作的。

我问老赵：你要亲自动手吗？

老赵说：赵太公的尸骨，别人怎么能动呢。

我说：你可以从赵村多叫几个人来帮忙。

老赵说：那些人吹拉弹唱都不行，干这种事都怕弄脏了手。

我给师傅点了一支烟，我问他：太师椅这地方真像传说中的风水宝地？

师傅说：能住人的地方也能埋人，能埋人的地方也能住人。

我想幸好这地方没有建房子，不然泥石流早把房屋摧毁了。

师傅猛吸一口烟。笑着说：时过境迁。

我又问：师傅，赵家太公墓能挖出宝贝吗？

师傅说：人死后，一堆尸骨，还有什么呢？

老赵在喊师傅：先生，时辰已到，准备做仪式吧。

挖掘前，师傅依照风俗给赵氏祖坟做了墓门解除法术仪式。他穿着道士袍，吹拉弹唱一番，用章镇的方言说了一些仙话，我隐约听得出，大概是《高上玉皇本行集经》的内容。

然后，老赵一个人在坑里挖土，一层一层地把土装进蛇皮袋，我站在上面帮他把一袋一袋的泥土拉上来。他累得满头大汗，我也是满头大汗。这散发臭味的泥土，好几百年后重见天日，已经没有泥土的气息。

经过一个下午的折腾，经老赵捡出来的尸骨只有几根，其他的尸骨腐化不见了。老赵用红布把它包好，装进小木盒。然后，他把小木盒放进棺材里。

我问：这些土怎么处理？

老赵说：选好日子，一起搬走埋骨。

老赵让我师傅再看看，是否还遗落什么东西。师傅说：墓碑也要一起迁走。

老赵说：我已叫人打好一块新墓碑，等重新下葬时立上。

那块旧的墓碑,我用挖掘机把它吊过来放在棺木旁边。然后盖上防雨布,再用石块固定好,今天的工作总算做完了。

老赵说:辛苦大家了。

我可能把事情想得过于复杂,其实,我工作的时间加起来也只有三天时间,剩下的时间用来等待。接下来,我还得等下去,因为新的墓穴,也需要我用挖掘机去挖。新址已经选好了,在香炉山上。选的日子在三天后。

我问:还埋在香炉山?

老赵指着我看,就在山间那片坡地上,那里密密麻麻地布满了假坟,只有一块没有姓名的墓碑。

我问:那些假坟的墓碑,是谁立的?

老赵说:附近村子的人,他们认为太师椅要开发了,为了获得更多的赔偿。

我问:你们把太公坟迁到香炉山上,会不会不久的将来又要迁坟呢?

老赵说:又能埋到哪里呢?

三天后,在一片锣鼓和鞭炮声中,赵村的人热热闹闹把棺木抬到了山上,接下来师傅又做了一场法事,赵村的人在锣鼓和鞭炮声中结束了庄严的迁坟仪式。加下来几天又下起了小雨,香炉山脚下的太师椅又归于平静。

老赵电话里告诉我说:太师椅被挖的墓穴还需要回填,等这场雨下完吧。

所以,只有那台挖掘机还未被挪走,孤单地肃立在那里,仿佛向这片刚被掀动的坟地默哀。

我答应赵小玫，今天迁坟结束以后不再开挖掘机。我正在找下家，准备卖掉这台二手挖掘机。

我跟老赵说：我要跟师傅学艺。

他说：原以为你只是说说而已。

我说：我是认真的，师傅答应我跟着他出去走走。

陈先生又要出远门了？

我在电话里"嗯"。

老赵"哦"了一声，问：去多久呢？

我说：多则半月吧，少则几天。

不急，不急，等你回来再动工吧。

我说：我已经托王歪把挖掘机卖了。

王歪？他要是靠得住，小猪都能飞上天。

老赵说起王歪时，口气很是不屑。

他和王歪之间以前是有些是是非非和瓜葛，我有些耳闻。王歪跟我说过，他跟着老赵收过乡村的石碾、石磨、石臼等，作为二道贩子的老赵，再把这些收购来的高价卖给古玩市场。有一次，王歪不知从哪里弄来了一贯锈迹斑斑的铜钱让老赵看，老赵吃惊地问他这些东西从哪里来的。王歪便把这些铜钱的出处说了，这些铜钱出自道士矶江堤。

老赵听说过道士矶钱窖的事。

《大冶县志》记载，明万历二十六年在道士矶发现一金窖及一墓葬的随葬物品；又记，明崇祯七年在道士矶发现一钱窖，方中丈余皆满，钱贯铁线已朽。后记，清乾隆甲子春，道士矶发现一钱窖，坎土长二三里，挖掘时间长达数月。

王歪的那贯铜钱正是世间稀品宋元通宝。老赵花了三千元钱买下了这贯铜钱,从此不再提此事。

不久,王歪去道士矶沿江路拓宽,他在工地开铲车,挖到过几枚银锭。他常在老赵面前炫耀,老赵给了他几千元定金,但一直未见到所谓的银锭,后来此事不甚了了,于是老赵跟他之间的矛盾便公开化了。

王歪说:那串宋元通宝老赵占了大便宜。

直到赵村拆迁,他们的关系才出现缓和。因为王歪干起刨坟的生意,从坟堆里搞些瓶瓶罐罐卖给老赵。于是,他们又有了往来。

我师傅不知道从哪淘来了一辆二手越野车,他花了九千元钱修理了一番。说:这次,你开着它,和我一起去蕲州县吧。

这是一次我久违的远行,我问:我需要准备什么呢?

他说:换洗的衣服。

随后他给我准备了一套已经褪色的道士袍,他说:你洗洗,在外要穿,以后你跟着我唱和便可。

章镇的方言,在蕲州县没几个人能听懂,用方言唱诵经文更是听不懂。

我说:我不会呀。

师傅说:经文的字你总认得吧。

我帮师傅把装有做法事道具的大木箱放进越野车的后备箱。两天后,我们来到一个叫茅山的地方,这与茅山道士没什么关联,它是蕲州县的一个镇。在茅山镇李家村,因为修宗祠,接太公,师傅要给它做一场道场法事,七天七夜,白天的下午两小时,夜晚两小时。

我问师傅:念什么经诵什么辞?

他说：跟鬼说话，念什么经文，都不要紧。

师傅从木箱中找出几本线装书给我，他说：你照书上的经文用方言唱诵便可。

原以为这些诸如《道德经》《南华经》《冲虚经》《阴符经》应该是庙堂大殿正襟危坐而诵，原来这地方也用得上。

师傅告诉我：心无一物，明镜清净。

当天夜里，师傅教我摆好道场的道具，他在做道场法事，我学着唱，照本诵经，有模有样，竟然从头至尾照着《道德经》唱完。当然有些难认的繁体字，便跳过。反正也没人听懂。常言说：骗鬼的，大概是我唱的这些话吧。

白天师傅诵经，我只需焚香烧纸，三五个人在一旁弹奏，锣鼓间隔不停，这些弹奏的人都是李家湾上了年纪的老人。他们在炎热的天气里，昏昏欲睡的样子，看起来都像病人。

几天下来我完整地把木箱中的那些经书一一唱完，我如何唱，陈师傅从未点拨和纠正。

他告诉我以前他在凉山观诵经时也没师傅教他。那年，他跟着凉山观最后一个瞎子道长学经，"破四旧"时，他还小，只是少年，他记得吕祖像被砸，经书被烧，还有墙上壁画被涂。后来，凉山观彻底毁掉，瞎子道长也不知去了哪里。他带着剩下的几册经书和拂尘回到了家。后来，凉山观在"文化大革命"结束后重修，他把经书和拂尘送回观里，从此，不再涉足。

这段隐秘的故事跟先前外界关于他的传说有些出入，我不知其中哪些是真伪。

他说：做法事，讨生活嘛。

我只好赶鸭子上架，有时连楚剧的腔调也唱了出来。

师傅夸我天生的好嗓音。这种廉价的赞美,让我窥探他内心深处的某种惴惴不安。

我问他:师傅,何时教我道术?他笑了笑:以后,以后吧。

七天下来,师傅收入了八千三百元。我们收拾好道具装箱,然后从茅山镇回到章镇。陈师傅给了我两千元,他说:这趟辛苦你了,以后你来店里上班吧。

我心想,那个花鸟鱼虫店不是有人看守吗?

我问:不是有人看守吗?

他说:她回蕲州了。

我没有接着说下去。

我跟赵小玫聊起这趟远行的事,她很是佩服我,说:你不做道士可惜了。

我故作严肃说:道士做道场法事前后不能行房。

赵小玫说:师傅说的吗?

我说:是的。

赵小玫把我推开,说:你不会在外干了坏事吧?

我一本正经地生气说:我现在也是有信仰的人。

然后她抱住我,她的嘴巴已经贴紧我的脸庞。我开始抚摸她,但我尽量保持呼吸平静。她的手从我的后背摸到了我的裤兜,她忽然停下来。她似乎摸到了什么。我忽然意识到裤袋里那鼓鼓的两千元钱。

我说:这趟远门,师傅给了我两千元工钱。

我从裤兜里掏出钱给她。

她责怪我,这些钱我不应该收。

赵小玫所说也有道理，说不定是师傅故意试探我对金钱的态度。

我说：师傅让我去他店里上班，你觉得呢。

赵小玫毫不犹豫地说：那你答应他呀。

我说：我一个大男人给他做店员，别人怎么看？

赵小玫低头半晌没有吱声，她觉得这么做有些伤我的自尊心。

我们已经结婚多年没有孩子，毛村的人背后对赵小玫指指戳戳说，她是一只不生蛋的打鸣母鸡。她被人看低和瞧不起，我也是有责任的。那几年，我做的那些杂工打的都是短工，在外游荡，一年没几天在家。她没少求神拜佛，我也没少吃药看病。

她不让我继续做挖坟的事，让我跟陈大脚学道，一定是有人给她指点。

我们一聊到孩子的事，赵小玫像一条发情的母狗，她又一次抱紧我，这一次她更加地猛烈和主动，但我一想起陈师傅说过的话，我像泄气的皮球一般塌陷了。

赵小玫不停地刺激我，她问我：你怎么啦？

我说：这几天可能太累了。

她一脸不高兴说：你真把自己当道士了。

那晚，赵小玫辗转难眠。

我回到毛村有好几天了，天气晴朗，太阳依旧炙烤着章镇的万物，老赵再没有跟我联系，我打算去福来酒馆找他。

我先去了师傅的店里，我想把钱还回去，但他不在店里，守店的人又换了一个女人，嘴唇涂抹口红，说话慢慢吞吞。我问她：我师傅呢？

她说：陈师傅今早出门了。

听她口音是章镇本地人。我又问：你是我师傅找来的店员吗？

她笑了笑，没有作答。

这个女人看上去比师娘年轻一些，也收拾干净一些。

我又问一句：是吗？

她说：你今后该叫我师娘了。

师傅怎么突然有了女人呢？我一脸疑惑。

她说：你是毛细吧。

我点了点头。

我在福来酒馆见到了老赵，他眯着眼睛坐在吧台抽烟，还没到上班的时候，店里也没服务员，酒馆像歇了业一样冷清。

老赵说：毛细，你找个凳子先坐。

他慢悠悠地起身，仿佛椅子上有一个吸盘。

我说明来意后，他一点不意外。

他说：挖掘的墓穴不需要回填了。

我感到意外，不知发生了什么。我问：有人已经做了吗？

老赵摇了摇头。

我问：赵叔，怎么啦？

老赵说：太公坟被人盗了。

我问：那天不是发掘完了吗？

老赵说：我也觉得完了，前几天，我再去时发现墓穴重新被人挖了，不知盗走了什么。老赵垂头丧气。

我问：报案了吗？

老赵说：派出所已经立案。

老赵决定带我再去看看。香炉山下的太师椅跟之前看起来并没有什么两样,但墓穴下方的盗洞已从墓穴斜挖下去。一块断成两半的石碑躺在那里。走近看,石碑的字清晰可见,记载着赵鼐的生平,他于南宋乾道五年在宝庆做过府台。赵鼎乃是赵鼐也。

这下赵氏太公墓跟蕲州的赵家湾真有了关系呢。

老赵说:这盗墓手法的精准,是专业惯盗啊,真狠。

我说:谁有如此惊人的博识?

老赵说:我搞了多年民间收藏,却没看出这墓穴的门道来。

我问:发现了什么特别吗?

老赵说:如果不来现场看过墓穴现场的人,不懂五行八卦和古代埋葬风俗,盗墓者不可能想到墓中墓的。

原来这是一处墓中墓,真正的赵鼎墓不是迁走的那座,而是被盗的这座。

太公坟的被盗在章镇成为一个传说,更有甚者在网上做了直播。赵氏太公墓一时成为章镇的热度事件。随后,蕲州赵家湾的人也闻讯赶来,他们找到迁坟的为首者老赵,一场纷争不可避免地来到……

那么,已迁走的坟又是谁呢?为什么墓碑上关于称谓的关键字却不清晰?而墓穴里的碑刻却记载着赵鼎乃赵鼐也?一连串的问题都需要解答,关键是找到陪葬品。

从蕲州赵家湾来的七八人吃喝拉撒都在老赵的福来酒馆,看来这事不查出个水落石出,他们是不打算走的。争论了这么多年的赵氏太公墓确实跟蕲州赵家湾有了可靠的证据,发黄的族谱终于被这块断裂的碑刻像珠子一样串了起来。

他们在福来酒馆住了十来天,老赵的生意彻底没法做了,他们整天在大厅吵吵嚷嚷,七嘴八舌地议论究竟是谁盗了太公墓。

章镇的镇长来做过调解，无功而返。后来报警，警察来了，做做样子便走人，他们搬来凳子坐在福来酒馆的门口，这样的场面影响更坏，老赵只好又把他们请了进去。

怎么办呢？

案情没什么进展，因为墓穴被盗后的一场大雨把所有痕迹冲洗干净。

他们这么多人吃住在酒馆，也不是办法。

有人大声喊：老赵，你必须为太公墓被盗一事负责到底。

更有甚者说：你是监守自盗，家贼难防。

各种质问和猜疑都有，老赵没有解释。

老赵说：你们不走，我走。

他们拦住老赵说：你想一走了之吗？

他们开始推搡起来，我担心发生更大的事情，于是打电话叫了王歪。王歪赶到时，老赵已经躺在地上。我发怒地推开他们，并质问说：你们想把赵叔怎样？

有人说：老赵在装死。

但老赵确实倒地不起。

我和王歪赶快把老赵搀扶起来往章镇卫生院去。他们也随后跟到卫生院。

我对着他们质问：赵叔都到了医院，你们还想干什么呢？

他们只好守在门口，生怕老赵溜了。

老赵经过大夫诊断，已无大碍，大夫说他休息一会儿就没事了，但老赵坚持要输液休息，大夫给他挂了一瓶氨基酸营养液。

老赵说：毛细，你去跟赵家湾的人谈吧。

我？我能代表老赵吗？

我说：赵叔，我笨嘴笨舌的，不会呀。

老赵叹气说：随他们去吧。

老赵待在卫生院继续养病。

我和王歪刚出来，就被赵家湾的人堵住。他们说：老赵没出院，你们也不能走。

王歪吼道：这是什么逻辑嘛，老赵如果死了，我们就不能走出这道门了？

我帮腔说：老赵的心脏病犯了，这责任你们得担吧。

我们的话似乎正在瓦解他们的意志，他们顿时沉默。然后我听见有人说：我们也不想把事情搞大。

王歪说：我跟老赵和你们没一点关系。

我说：你们赵家人的事，自己解决吧。

后来，经过警察和拆迁办人员的调解，赵家湾的人同意留下一个人在福来酒馆里打杂，直到赵鼎墓被盗的案情完全水落石出。

这件事总算降温，老赵觉得自己很憋屈，为什么坟墓被盗的事要怪罪到自己身上呢？

我安慰他说：不必多想了。

王歪这段时间再没跟我提过买挖掘机的事，我打电话问他：挖掘机你还买吗？

王歪含混的态度让我感到很不舒服。

王歪说：你急什么，我的钱还没筹到位。

赵小玫对他的话并不相信，他哪有钱买车呀。赵小玫说：王歪买车可以，但必须一次性到位，不能拖欠。我也是这么想的，他王歪发大财了吗？这台二手挖掘机至少也值二十来万吧。

又过几天，王歪亲自来我家，他急急匆匆留下六万元定金离开了。我们之间没有谈及挖掘机的价格问题，也没有说下一笔款什么时候交。他说：我要出一趟远门，应该不会很久，下次回来，一定把余款给你交上。

王歪像一阵风一样骑着他的红色电动踏板车快速地离开了。

王歪怎么突然就有钱了呢。他家又没搞拆迁，他又没什么正当的职业，怎么就突然有钱了呢？我不信这些钱是他的，王歪可能是个二道贩子，把我的挖掘机倒手赚差价了。

赵小玫把这些钱小心地放起来，她的态度很坚决，王歪要是不付全款，这车不能给他。

赵小玫说：吃完中午饭，你去章镇把这定金存在银行，顺便订个蛋糕吧。

哦，我想起来，明天是赵小玫的生日，她在提醒我。

下午，我在银行门口碰见了陈师傅，他先跟我打招呼：毛细啊，真巧，你来银行存款啊。陈师傅的语气显得既平缓又亲切。

师傅去哪儿了？好久没见你了。

听说你到店找过我？

我开他玩笑说：师傅又换师娘啦。

寒暄了几句，办完事后，我去了师傅的店里，他和那个女人在幽暗的下午光阴里打趣。那个女的低声说了什么，我没听见，我耳朵的毛病早被挖掘机突突突的声音震坏了。那女的笑了，我师傅也笑了。那女的偶尔表现出亲昵的动作，她用手给师傅梳理一下灰白的头发。他们竟然忘记了我的出现。我轻咳了两声，师傅才转过头来看我，向她介绍我说：这是毛细，跟我学艺的徒弟。

我连忙跟她点头招呼。

她说：前段时间已经见过。

这个女人叫赵桂枝，四十来岁的年纪，嘴唇依旧涂抹口红。她说她是赵村的人，我想起来了，莫不是陈大脚那一年在赵村为她挨过打？

她笑着说：毛细呀，你以后要叫我师娘啊。

在章镇，陈大脚又换了女人的事，不过是好事者茶余饭后的谈资，对我来说没什么，叫谁师娘我当然无所谓。

师傅说：你明天开车送我去蕲州一趟，有空吗？

明天是赵小玫的生日，我已经订好了蛋糕。

他说：蛋糕可以晚上吃，我们大清早出发，中午你就可以回来了。

我想也是，从大桥开车去蕲州，来回不过是一上午光景，并不耽误赵小玫的生日晚餐。

我不好拒绝。

回到家，赵小玫问我蛋糕订了吗。我说已经订好。我把今天遇到的事跟赵小玫讲了，她并没感到惊讶。她说：这女人嘛，如果没给男人生个孩子，这家迟早会散的。她说着说着心情不好起来，她开始哭泣。这事我从未怪她，我安慰她说：也许是我身体的问题，我也得去医院看看。赵小玫太想生个孩子了，但她的肚子总是不争气……

哎，这个问题成了她的心结。

晚上，我陪赵小玫看电视时，接到老赵的电话。他告诉我民警在章镇抓到一文物贩子。

我对老赵的事，甚至赵家太公坟的所有事，都没兴趣，"嗯"了几声把电话挂了。

老赵不一会儿又打过来,他说:你是不是把陈大脚送你的那块玉佩送人了呢?

他突然问起玉佩的事,让我很惊讶。我说:没有。

他说:我怎么看见王歪手上也有一块呢。

我说:可能有两块玉佩吧。

我想莫非陈师傅又收了徒弟?王歪上午还来过我家,也没听他说起。

老赵"哦,哦"了几声,说:也许吧。

赵小玫问我:赵叔打电话来干吗?

我说:太公坟被盗的事好像有了点眉目。

赵小玫也不太关心此事,她盘腿坐在沙发上,眼睛一刻不停盯着电视看。

她又说:明天,你还是开车送师傅去蕲州吧。

我说:你生日怎么办?

她漫不经心地回了句:晚上等你回来一起过呀。

第二天早上,我直接去店里等陈师傅,他起床一般很早,他多年的习惯是早上打一会儿太极拳,这是他以前在凉山观里学会的。陈师傅的那个瞎子师傅真有本事,他虽然不认识字,却能对《道德经》倒背如流;另外他打得一手太极拳。陈大脚自然也学会了这两种本事。

陈师傅今天没让我帮忙搬行李箱,他早已把它放进了汽车后备箱。师傅说:毛细,可以出发了。

这次的出行,师傅有说有笑,一脸轻松。我想他一定是去走亲访友的,因为他没有带那些经书和做法事的道具。他理了发,留了一个寸头,看上去年轻了很多,特别是戴上墨镜,我觉得很奇怪。他解释说:夏天的阳光刺眼。我说:师傅很帅,是去相亲吧。他笑了笑,不说话。

到了蕲州县城,师傅让我把车停在人民广场的路边,他下车打了一个电话。不久,来了一辆小车接他,那人把师傅的行李箱和一个我熟悉的木箱搬到他的车子上。师傅说,我要在蕲州县城待几天,你有空去店里帮忙吧。

我点了头。

他们坐车离开后,我打算在蕲州县城看看,因为今天是赵小玫的生日,我想给她买份礼物,给她一个惊喜。我之前答应过赵小玫,我要给她买一个观世音菩萨佛像,她曾跟我讲过送子观音很灵的。

我想它是泥塑的、木雕的,还是镀铜的?蕲州是历史文化名城,我自然要去古玩市场转转,或许能碰到我想要的东西。

蕲州古玩市场的四周是"口"字形围着的门面房,中间是广场,说是广场,却停满了卡车,成了物流集散地。各种假冒伪劣的作假作旧的所谓"古玩"交易就是在烈日炎炎的广场进行的,多以高仿的瓷器为主,它们用旧报纸包裹着。我四处看了看,当我走过一排门店时,我忽然看到师傅背对着店门坐在那里,他抽着烟。

他怎么也在这里?我本想去打声招呼,我担心师傅见了我恐怕会责备我。

于是,我拐进那排门店的拐角处,又见到一个农民模样的人怀里揣一样东西,蹲在那里,他见我走来,问:要佛像吗?

我问:有观世音佛像吗?

他说：有，但这次没带来，如果你确定要买，我回去取。

我问：什么价？他说，看了再说。

他让我在这里等，他马上便来。大约过了十分钟，他用红布裹着一件东西给我看，他介绍说，这是玉石雕刻的，有些年限了，好几百年了，有人说是南宋的物品。

我看了又看，墨绿色的，大约有半尺高，还沾有泥土，做工很拙朴，显然是作旧的，不像是过去的东西。我装着很在行的样子，说：一看便知是假的嘛，这玩意儿是现代工艺打磨的。

那人把东西收了起来，狡黠地笑了说：我也没有考证，如果你一不小心买了真货，那就发财啦。

我问：多少钱可以卖？

他说：你出多少钱？

我做了一个手势说：五百。那人头也不回地走了，但令我没想到的是他刚走了不远，又回头拉住我说：小哥，你再加一点吧。几经还价，最后八百元成交了。

我回到章镇时，已是傍晚。我在蛋糕店取了昨天预订的生日蛋糕，赵小玫下班早早地回到了家里做好了晚饭。我送给她的生日礼物，让她喜出望外。

她恭恭敬敬地把佛像摆在客厅中央位置的桌几上，她虔诚地点了香，作揖跪拜。她对我说：你也来拜拜吧。

我假装没听见，她又说：别像个木桩了，过来拜拜佛。于是，我只好照她的样子焚香作揖一番。因为道家拜的是太上老君和吕洞宾，不拜观世音。

烛光摇曳，赵小玫的脸上洋溢着满足的笑容，

她灭烛时，许了愿。

我答应她一定要把挖掘机卖掉，然后买辆车周游列国。她觉得自己仿佛在梦中，真的美好。她睡了，我还在讲，我累的时候，她忽然返身过来抱紧我……

又过了一月有余，我终于把挖掘机卖了，但买挖掘机的人，不是王歪，而是王歪带来的一个矮瘦的男人。这个男人戴着墨镜。自从师傅戴了墨镜，我对戴墨镜的男人总是多看几眼。这神秘感让我想看清他的脸，跟墨镜却没什么关系。

王歪说：我的朋友张，他想买你的挖掘机，你给他开个价吧。

赵小玫说：二十六万。

我表示同意。

那人只问了王歪一句话：你觉得呢？

王歪说：还算合适吧。然后张掏出准备好的买卖合同，填写价格和签名，我也签字，随后他通过手机银行给赵小玫转账。交易出乎意料地轻松，我给他拿了挖掘机的钥匙和手续，他们便叫了拖车把挖掘机运走了。

卖了挖掘机后，我的脚步仿佛轻盈多了，平时我走路从毛村去章镇需要一刻钟，现在只花了不到十分钟。

赵小玫说：我们去福来酒馆吧，我请你喝酒。

我说：这哪跟哪呢，你的钱还不是我的吗？

赵小玫说：这不一样，现在这钱又回到了我手上，将来有了孩子，我是为他准备的。

赵小玫点了菜，我要了半斤纯谷烧酒，因为她还要上下午班，我一个人留下来慢慢喝。直到老赵的出现，这顿饭才算正式开始。

他在我对面坐了下来，他说：我正找你呢。

老赵找我还是为了迁坟的事。被盗的墓穴已经侦查完毕,警察已撤走警戒线。这座合葬墓是上下方式,但墓碑上只写有一个人的名字,族谱并没有记载合葬的事。

老赵说:还是按照上下的合葬方式下葬吧。

我说:我把挖掘机卖了。

老赵说:王歪答应过来帮忙,日子定在下月初六。

我问:赵叔,还需要我做什么吗?

老赵说:我想请陈先生做法事,可是我联系不上他,他手机一直不在服务区。

这时,我才想起我也好久没跟师傅联系了,上回我送他去蕲州之后,再没有见过他。

老赵说:你有什么办法联系到他吗?

我说:你可以问问他店里的那个女人。

老赵说:你是说赵桂枝吗?店里早就人去楼空。

从老赵口中证实,赵桂枝就是章镇的姑娘,嫁到江北十多年后又回到了章镇,帮陈大脚守店。早年在赵村被打的陈大脚,他和赵桂枝之间的情感纠葛已有好多年了。

我和老赵喝完酒去了师傅的店面,它确实关门了。我问了隔壁的粮油店,老板说:关门有一段时间,应该退租了吧。果然,卷闸门贴着A4纸的打印告示,本店急租,电话:133××7706××。他的越野车也不在店门口,我记得那天给赵桂枝交完钥匙后,车停在店门侧前方的那棵法桐树下。

老赵摇摇头说:不知陈大脚在搞什么鬼。

眼看重新迁坟的日子快要到来,老赵还没联系上陈大脚,他急啊,三天两头地打电话问我:联系上了吗?联系上了吗?我都说:联系不上。

老赵气急败坏说:你给老子想法子,要么联系上陈大脚,要么毛细你代替你师傅来做法事。

我说:这事,我做不到,也不可能。

事实上,我以前依葫芦画瓢帮师傅做帮手凑数,还需要师傅在一旁遮遮掩掩蒙混过关。

我突然想起,也许师傅去了凉山观,他以前说过,每年有那么一两个月在凉山观修行。

我又说:师傅会不会在凉山观呢?

老赵说:对呀,以前他修行时也是关机,不与外界联系。

老赵的性子急,他马上开车到了毛村,把我拽上车直奔凉山观。

按照乡俗,还得给观里的师傅带点油盐米面。

凉山观在黄金山凉山古道的驿站上,北俯长江,南临大冶湖。车只能行至桐子沟,再往上走是凉山古道,沿青石板拾级而上,大约走了半小时,透过漫山的枫树,便到了凉亭,再往东山上,凉山观便出现在我们眼前。老赵沿途歇了两处,他喘着粗气说:我要是年轻五年,我也能像你一样扛着这两袋米面上山。

凉山观,我小时候在这里采摘过野枣树的果子,我记得那破败的庙门是石头垒砌的,观里住有两个老道人。这次来,庙门和围墙重新砌了,黑漆的榆木大门是新换的,三进院的凉山观依山而建。我们走进去,几无香客,清清冷冷的院内,树叶落了一地。

秋天在山里已悄然来临。

接待我们的是某道长,他告诉我们我师傅今年还未来过。

道长收下米面把我们带到茶室,过了一会儿,一个穿着黑色道士袍的中年道长进来。他给我们行了合掌礼,我们说明来意后,他说,陈先生好久没来了,最近常有人问起他。

关于我师傅与凉山观的故事,他给我们讲起我师傅在"破四旧"中的遭遇。

那一年,有人上山到观里砸了吕祖像,又有人放火烧了道观的三清殿,我师傅带了一箱经书下山。此后,凉山观十多年成为一座没有道人的空观,无人看守。后来,还是我师傅带头募捐,重建凉山观,有了今天的模样。我师傅每年都来住上一段时间。在他们的眼里,我师傅是一个大善人。

关于凉山观那年怎么被烧毁的,有人看见陈大脚在慌乱中打翻了油灯,烧了三清殿。有人说不是这样的,凉山观的三清殿究竟是如何被烧的,没有准确的说法。老赵不信陈师傅火烧凉山观的事,因为这些杜撰造谣的事在章镇从不缺席。下山的路上,老赵的情绪似乎有些低落,他还在想着陈大脚的事。他问我:陈先生究竟是个什么样的人?

后来,老赵又去凉山观了,是为赵氏太公坟做道场法事,因为联系不上我师傅。

三五个道人靠自留地种些小麦玉米,生活一般很难为计,他们偶尔也接受信众的香火钱。当然,道场作法,也是他们的生活的主要来源,一般他们都不会拒绝。

老赵问我:我想见见陈先生,你有办法吗?

我告诉老赵,我曾在蕲州城古玩市场见过我师傅。

老赵问:莫非他在蕲州开店去了?

我说:师傅干吗要玩消失呢?

师傅近来的行踪，我也觉得奇怪。

初六那天，赵氏太公坟按照原先的格局重新合葬了，墓碑还是用以前的墓碑，经过这一回的折腾，墓碑上的字越来越模糊起来。无论赵鼎还是赵鼐，这位赵氏的先人终于可以入土为安。赵村、赵上窑和江北赵家湾的人浩浩汤汤地围着香炉山祭拜。那天我也在场，震天的锣鼓声使得我耳朵的毛病又犯了，凉山观的道士振振有词的，但嘴里到底念的是什么，我一句也没听清。

后来，我经常去凉山观学道，成了观里的居士。关于陈师傅的事，我听得越来越多。在藏经阁，我发现一本当年被烧的线装《道德经》残本，它是大明洪武时期的手抄本。尽管书角被老鼠咬了书边，缺字少角。观主说：这本经书还是陈先生捐赠的。另外一块拓碑，刻有"凉山观"三字，据说是得道真人周思得所题，也是我师傅所捐赠。

令我嘘唏不已。

王歪再来见我时已经是黄叶满地的深秋，王歪穿着笔挺的西装出现在我面前，他跟以前大不一样。王歪发财啦，这是他给章镇人的印象。几个月来，他和师傅一样突然消失，他去了哪里，我没问。

王歪说：毛细，胖啦，赵小玫也胖啦。

赵小玫哈哈笑了。

我说：好久没见你了，忙什么了？

他说：在道士矶江边挖沙呢。

赵小玫说：养得又白又胖的，谁信呢。

他说：毛居士才白才胖呢。

晚饭，我请王歪在家喝酒，赵小玫炒了几个菜。王歪以前跟我聊的道士矶的钱窖的事，没想到还确有其事。几个月来，他在挖沙时也挖了一些铜钱和银锭。他这次回来，找老赵出手这些物品。

我说：这不是犯法的事吗？

王歪不屑说：老赵做的犯法事还少吗？

老赵和王歪之间几年前因为银锭的事还闹过不愉快，受过王歪的骗，他还会相信王歪吗？在我看来似乎只有他们自己才能厘清，旁人搞不明白他们之间到底怎么了。

王歪总在背后奚落老赵，把他说得一无是处。

我说：王歪，你喝多了。

王歪说：我心底有数。

我岔开话题，问：你最近见了我师傅了吗？

王歪不满地说：一路货色。

没想到他对我师傅也有偏见。

赵小玫在一旁不大高兴，他向我使了个眼色。提醒我不要再喝了。

王歪说：你傻啊，陈大脚几十年前从凉山观私拿的东西还少吗？

我说：王歪，你真的喝多了。

赵小玫嘟着气，说：王歪，没谱的事，别乱讲。

王歪回了一句赵小玫：妇道人家知道什么。

赵小玫生着闷气，也不好发作。

赵小玫把酒壶收走了，丢下一句话：你们喝死去吧。

我给她瞪了个白眼。

王歪凑过来小声说：陈大脚在"破四旧"中一把火烧了凉山观。

道听途说的事能信吗？我摆了摆手。

王歪又说：白玉吕祖像也在陈大脚手里，你信不信？

这一消息让我吃惊。凉山观失踪几十年的吕祖像还在民间，很多人都以为它在"破四旧"中被毁掉了。

我说：真是庆幸，福生无量天尊。

王歪说：陈大脚在蕲州县城有家古玩店，我去过，是他现在的女友开的，她叫赵桂枝。

我在章镇见过她，那个让我叫她"师娘"的女人。我在蕲州古玩市场见过师傅，王歪说的也是事实。他还透露赵氏太公墓可能是老赵联手陈大脚一起盗的，他现在正在寻找证据。他给我说了这么多，我甚至有点相信他说的是真的。

但我疑惑：他为什么要跟我说这些事情呢？

我问他：你不会胡思乱想的吧？

王歪对我很不屑，他说：我跟老赵做古玩生意，老赵又跟陈大脚做古玩生意，已经好多年了。

王歪干完了最后一杯酒。他走时，叮嘱我：今晚所讲的，全装在肚子里。

我对他们之间的事本没什么兴趣，特别是我去凉山观学道后，我对章镇的人和事已很少耳闻。

我送走王歪后，赵小玫对我发了很大火，她收拾餐桌时摔碎了几个碗，在寂静的毛村的夜里，像一声惊雷打破了平静，接着猫跳狗叫……

过了几天，老赵突然来找我，他让我陪他一起去蕲州古玩城逛逛。其实他是为了见我师傅。

那天，我们找到陈师傅上次所在的店里，那个女人，也是我在章镇陈师傅店里见过的那个女人赵桂枝。她见了我们，很是惊讶的表情。

她说：赵叔来啦。

老赵没急着问关于我师傅的近况。他在店里看了看，然后坐下来一言不发。

我说：我想师傅了，特地来看看他。

她说：他没在店里，他好久不来了。

老赵问：这是他开的店吗？

她支支吾吾点头，又说不是。

老赵故意说：警察找我了，问起陈先生的事，可能有些麻烦。

她才告诉实情，陈道长晚上回来，他去乡下收购古玩去了。

随后，我和老赵在古玩市场走马观花地看了看，老赵觉得这些旧物都没什么价值，好东西一般不会出现在街市上。他走进一家不起眼的店内，这家店卖的是各种仿明清的老碗。老赵看了一圈，没什么喜欢的。店老板是个发福的中年人，他挺着啤酒肚问老赵：我有样好东西，你要不要看看？

老赵说：这些仿古的东西不看了。

中年男子听老赵口音不是本地人，他便漫不经心地回了句：有真东西你看吗？

老赵看了看表，时间还早，他说：你能有什么真东西看呢。

他说：你等等，只怕你不识货呢。

过了一会儿，他从里屋拿出一个瓷碗，放在茶几上，说：你觉得如何？

老陈端详了一会儿，故作沉静，其实内心已经按捺不住狂喜，他好久没说话。

中年男子问：你觉得如何？

这青釉碗在我看来没什么特别，甚至还有点残缺。

老赵依旧没回答他。他用手机电筒光照了又照，点了点头，心中已有了数。

老赵说：这东西好呀。

中年男子诡秘一笑，说：不瞒你说，这是南宋龙泉窑青瓷，透明度和光泽度无与伦比，用光一照，便能映出刻划纹饰，非常温润。

老赵说：这东西来路可靠吗？

他说：新出土的，非常罕见，不是市场常见品。

老赵问：怎么卖？

中年男子用手指合成一个"十"字。

老赵说：能少吗？

他说：要不是这碗有缺口，二十万我也不卖呢。

老赵又问：还有吗？

他说：还有一只，不在我手里。

老赵说：我都要了，能少吗？

他犹豫一会儿说：你明天再过来吧。

我和老赵离开后，老赵再也无心逛市场了。他说：今晚就住在蕲州城。

我说：还找我师傅吗？老赵摇了摇头。

晚上，师傅给我打来电话，他问我：你们在哪里？

老赵给我使了眼色，又摆了摆手。我瞒他说：师傅，我们回到章镇了。

师傅问：老赵来干吗？

我说：他来请你回去做法事的。

师傅说：赵家的太公坟不是请凉山观的道士做过法事了吗？

章镇发生的事，他了如指掌。

我说：可能是别人家的吧。

师傅在电话里头哼哼了两声，说：别跟老赵学坏了。

然后他挂了电话。

第二天，我们起床很晚，老赵不急不忙，他似乎忘了昨天的事，其实他是为了等待最好的机会入手。我和老赵吃了午饭后去了店里，中年男子见了我们喜出望外，他以为我们不来了。老赵说：先看货吧。中年男子早已准备好了，他从不起眼的帆布包里拿出一个包裹来，又一层一层地打开它，两只青瓷碗便呈现在我们面前。老赵看了又看，生怕忽视了哪个细节造成差错。老赵点了头说：好了，你打算多钱卖？

中年男子说：两只一起二十万。

老赵故意大声说：贵了。

他"嘘"了一声，很紧张地说：好东西，不嫌贵。

老赵说：十八万吧，吉利数。

他摇摇头，说：我的东西好，能买这碗的人，也不缺这两万元钱。

老赵挑了这碗的一些瑕疵。

中年男人说：只怕是过了此村，没有此店。

最后，老赵还是以二十万元买了两只碗。

老赵小心翼翼把两只碗包好放进帆布包里,他挎着包心情舒畅地离开了。那两只碗的碗底写着一个"赵"字。

我问老赵:值吗?

老赵说:差不多吧。

以老赵多年做收藏的经验,他不会做亏本的生意。

回到章镇,老赵特别叮嘱了我,关于两只碗的事,不要为他人所知。

老赵去了趟蕲州城找我师傅,却最终避而不见我师傅,我不知老赵的葫芦到底卖的什么药。

我师傅离开章镇已有好几个月了,赵氏太公墓被盗的事也没结果。我在毛村和凉山观之间来回住着。赵小玫的肚子没什么变化,几个月来,我吃了很多民间偏方,也没能令她的肚子隆起。赵小玫叹气说:毛细,也许你所做得还不够虔诚。

有天晚上,我跟赵小玫同房,我的阳痿又犯了,她越是埋怨我,我越是使不上劲。

赵小玫很失望,我感到无限的心灰意冷。

那段时间,王歪经常来我家找我喝酒。他又没事可做了。我问他:你不去挖沙了吗?

他说:最近查得紧,歇歇再看。

不久,他又干起了老本行,迁坟捡尸骨。

一次,他来我家喝酒,告诉我,他正在干一场大的生意。说完,他诡秘一笑。

我说:不会做文物贩子吧。

他说:你以为我是老赵啊。

我说：老赵是收藏家，不可乱说。

他说：老赵最近有件藏品很值钱啊。

我说：他家的那些瓶瓶罐罐值什么钱啊。

王歪清了清嗓子，一本正经地说：我没开玩笑，老赵有一对南宋龙泉窑的青瓷碗。

这世界没有不透风的墙。我假装很意外说：老赵怎么有青瓷碗呢？

王歪说：赵氏太公坟不会是他监守自盗吧？

他怀疑这出戏是老赵演给别人看的，有人已经见过那对青瓷碗了。我想，青瓷碗的事这么快被王歪知道了，我师傅能不知道吗？

王歪问我：毛细，你怎么看？

我说：他为什么要演这出戏呢？

想起老赵在古玩店和那中年男子的对话，我也有些疑惑，这么贵重的东西，他们第一次见面，怎么会拿出来示人呢。这有点不符合逻辑，但其他方面也看不出什么破绽。

王歪说：分赃嘛。

他所讲的，我更不懂了。

王歪说：毛细，你等着瞧吧。

此后，王歪再没来我家喝酒，偶尔，我在章镇还能见到他。我们站在街边也聊上几句，他看上去有些落魄，他又回到了从前的样子，他不再穿西装和皮鞋。他说他又没钱花了，他向我借了几百元钱，随后他钻进茶楼打牌去了。

后来，我见到老赵，谈起王歪。老赵说：这个人哪靠得住啊！我早不跟他联系了。

我问：你最近见我师傅了吗？

他说：陈先生啊，听说他得了大病。

后来我跟老赵又聊起太师椅赵氏太公坟被盗案，老赵摇了头说：这个案子已成悬案。

老赵的福来酒馆的生意越来越好，因为章镇的拆迁不断地加快，住在章镇的有钱人多了起来。一天黄昏，我去福来酒馆喝酒，福来酒馆围了很多人，两个警察站在门口维持治安，我看见老赵被人带走。人们议论纷纷，有人说：老赵犯事了，因为王歪的死。

王歪死了？这是什么时候的事？我竟然一点消息也没有听说过。

王歪确实是死了。

在一次盗墓中，他窒息而死。

警察在寻找线索时发现，他并不是盗墓案的主角，警察搜查他家时发现他的记事本上写有：7日，在香炉山盗坟一座，有玉环和银饰两对，铜钱一串，罐子五个；5日，应老赵之约在香炉山挖坟一座，收获袁大头二十个，银制酒壶一个；11日晚，在章山下陈邑枫树下，挖走龙泉寺门口石狮子两尊……

这些是师傅后来卧病在床时告诉我的。

但老赵想不通的是王歪那个王八蛋为什么要记录这些，这不是明摆着给人落下把柄吗？好在记事本上的那些记载，无法判断这是合谋作案，还是单独作案。

警察已经问讯过老赵，他闭口不谈王歪的事。

没有事实，警察把他没有办法。

老赵对我说：王歪已死，真是死无对证啊！

但师傅却给章镇派出所打电话投案，承认自己与王歪是合谋作案，这也是死无对证的事。

警察不信，一个癌症晚期患者，自身难保，他还有精力与人合谋吗？

警察说：合谋者另有其人。

师傅使劲摇头。

然后，他挂掉电话。

师傅对我说：老赵答应过我，他一定会把凉山观碑刻还回去……

他有气无力的样子，叫人担心。

他不一会儿又睡着了，其实是昏迷，这些天一直这么反复着。

冬日的阳光苍白地照在病房，他眼窝深陷的脸上毫无血色。他醒来时，太阳已经落山。我跟他告别，陈师傅拿出一张银行卡，交代我把卡里的钱转交给凉山观。他说：这些钱都是干净的。

我说：师傅看病还要花钱呢。

他又摇头。

我本想问凉山观当年被烧之事是否如坊间传言那般，但我欲言又止。我想有些事不知更好，有些事知了也未必不好。

师傅银行卡的钱有近30万，他的这些钱我转交给了凉山观。观主说：陈先生，真是好人啦。

我师傅死后，他的骨灰运回了章镇，我和赵小玫一起去为他送行。她遗憾地对我说：师傅答应过给我生娃的秘方，他却死了。

赵小玫同意我给老赵继续做事，原来是这个原因。

观主为师傅的死做了一场盛大的法事，他的骨灰永远保存在凉山观的骨灰塔里。

关于凉山观的碑刻，老赵果然没有食言，几个月前他亲自把碑刻送来凉山观，他特意说了是陈先生生前的想法。观主带我去看了那块石碑，它放在院内，石碑上的"凉山观"三个大字已经斑驳。但却依稀能辨认出"南宋乾道×年"字样，而不是民间流传的洪武时间。

观主说：这是南宋皇帝宋孝宗赵昚亲笔写下的字，命赵萧奉命建有的凉山观……虽然宋孝宗皈依道教，但赵萧墓的碑刻没有任何关于凉山观的记载。我不大相信这是史实，传说却张冠李戴和猴年马月，也许它是蛛丝马迹吧。

后来，老赵还是因为贩卖文物被拘留，后被审判定罪。

赵氏太公墓，在章镇迅速成为一种传奇。我和赵小玫离开章镇时，赵萧的神像已经立在章镇新建的广场上。

有一年，我回到了章镇，老赵已刑满释放，他告诉我，他现在正着手整理赵萧的历史故事和传说，他想为章镇的文化旅游做点贡献。

他笑着说：毛细，你下次回来，我带你好好看看章镇吧。

——原载《四川文学》2021年第5期，《小说月报》（大字版）2021年第7期转载

后记

小说家谈论小说总是动静很大：声色俱厉，语不惊人誓不休。

但也没错吧。小说不便大声说话，所以小说家装点正经说话，也只是像野史正说那般搬弄是非，在民间话本里言辞凿凿，字正腔圆。人们对待小说的态度，无非觉得那点事，不必大惊小怪。它无非是家长里短、吃喝拉撒、市井百态、史说演义和神话鬼怪。很长时间，它不是中国文章之正统。理由是凡夫俗子的肉身，没一点正经。小说也许是这道时光的窄缝，借此还原我们对逝去的日常、论理、道德、观念，甚至是当下或未来以及空间地理的看法。

因为小说保有对世界的批判、反思、怀疑、困顿、期待、和解，这些掺杂着人性欲望的善恶美丑，它用古老的方法演绎着人们对善美的赞美和对丑恶的鞭笞。于是，小说又有了百科全书般的社会全景，似乎它要解决人们遭遇的心理困惑和精神凝结，并使之经典化。其实，这都是对小说的误解，小说有什么作用？对现代人来说，不再是提笼换鸟，现代小说正走在去标签化和意义化的过程。

小说何为？我曾经试图以例举回答这个问题。我说，当一个人被生活逼退至绝望之后，他继续滑落，置于深渊和黑暗当中，他仍旧要保持的底线是做一个人，他具有人类基本的情怀和自我救赎的理想。至少像一个人吧，当他身处时代的焦虑时，当渺小和无力左右其他时，尊严和人性仍然指引他向着光斑投来的方向仰望。

我理想中的小说是关乎人心变迁的心灵史，是矛盾冲突交替后，最终又取得和解的过程。它一层一层剥开无限的小我，每个人在驳杂的日常中找到对应的地方。我希望笔下的小说人物有别于其他时代的形象，他们以个体的面目清晰地呈现，这些来自人群中的声音，尽管被隐藏在芸芸众生中，被湮没在喧嚣和嘈杂中，但，这些小人物的命运，已凝固成时间的雕像，成为逝去时代的见证者。

毛细、赵甲人、老章、章果果、老唐、陈先生、王歪、陈大脚等，小说集《西凤》中的这些小镇人物，他们是否也能这么列队向我走来，我充满期待。他们或在沉默中，有的人连名字也不曾有过。在冰冷的时间里，我听到的是他们一颗颗躁动的心，他们的命运时常被一种无形的力量裹挟着，虽然无可奈何，但他们没有停止每一步的行进，依旧在迷茫中走向远方。多年以后，我也许是他们中的某个影子，我又借他们之口讲述他们的故事。我想这其中的意义在于讲述本身的意义，而不是他们背后所承受的不幸和责难。

口实不独成为小说，传奇不独成为小说，故事不独成为小说，志怪不独成为小说，但反之小说可由它们的某种因素构成。假托某某之口，完成自我的世界观、价值观和人生观。但从某种意义上讲，小说所表达和建立的意图，也只可能是作者未能完成的部分。由此看来，散落时间和故事的碎片和片段，都由无数的个"我"构成，在历史维度、文化背景、日常经验中，照射出思维与意识的渗透，宏大与细微的交替，古老与维新的共照。

它们像丰茂的草莽覆盖了大地，疾风摧劲草，辽阔照耀出远方。斑斓和灰暗也被同时照亮。曲径通幽也好，逼窄崎岖也罢，写出人心幽微的部分，何其容易啊！

再回到我的小说集《西凤》吧，它们是人与人之间的争执、猜忌、同情、温暖，最终构成和解，他们共同构成某种妥协，从迷茫走向未完成的失败，从卑微走向未知的未来。"我"要去向哪里，或从哪里去，也许本身构成了叙事的张力和迷人。

现实中，我却在惶恐中回到别了多年的故乡——章镇，在经历了一番情感、工作的体无完肤之后，我和小说里的小镇青年成了同病相怜的人。当我从困顿中抽离时，所谓人间、烟火、日常、幻象和食色赫然在目，我隐隐觉得，也许自己才是那个需要被救赎的人。

杜甫的诗云："两个黄鹂鸣翠柳，一行白鹭上青天。"作为小说家的意图已经昭然若揭，就此打住吧。